RÉFUGIÉS

Published by arrangement with Scholastic Inc.,
Broadway, New York, NY 10012, USA.
Cet ouvrage a été proposé à l'éditeur français par l'Agence Editio Dialog, Lille.

Illustration de couverture : © Hitandrun

1, rond-point du Général-Eisenhower, 31101 Toulouse Cedex 9, France
editionsmilan.com

Ont collaboré à l'édition française de cet ouvrage :
Correction : Anne Rastoll
Mise en pages : Pascale Darrigrand

Loi 49-956 du 16 juillet 1949 sur les publications destinées à la jeunesse.

Dépôt légal : 3e trimestre 2018
ISBN : 978-2-7459-9603-9

ALAN GRATZ

RÉFUGIÉS

Traduit de l'anglais
par Virginie Cantin

MILAN

JOSEF

BERLIN, ALLEMAGNE, 1938

CRAC ! BOUM !

Josef Landau se redressa dans son lit, le cœur battant. On aurait dit que quelqu'un venait d'enfoncer la porte. Ou avait-il rêvé ?

Dans le noir, il tendit l'oreille. Les bruits de ce petit appartement, où il avait été contraint d'emménager avec sa famille, ne lui étaient pas familiers. Depuis que les nazis avaient interdit à son père d'exercer son métier parce qu'il était juif, les Landau n'avaient plus les moyens de conserver leur ancien logement.

De l'autre côté de la chambre, Ruth, la petite sœur de Josef, dormait encore. Josef essaya de se calmer. Ce n'était peut-être qu'un cauchemar.

Soudain, il perçut à l'extérieur de la chambre un grondement, suivi d'un bruit. Il y avait quelqu'un dans l'appartement !

Josef se rallongea, les yeux grands ouverts. Dans la pièce voisine, un bruit de verre brisé retentit. Réveillée en sursaut, Ruth poussa un cri de terreur. Elle n'avait que six ans.

– Mama ! hurla Josef. Papa !

Des ombres surgirent dans la chambre. Josef se recroquevilla au fond de son lit, mais des mains noires l'agrippèrent. Il hurla plus fort encore que sa petite sœur, couvrant sa voix. Pris de panique, il s'agita et se débattit, mais l'une des ombres lui saisit la cheville. Josep se cramponna aux draps, en vain : les mains étaient trop fortes. Il avait si peur qu'il sentit un liquide tiède couler le long de ses jambes.

– Non ! Non !

Une ombre le jeta à terre, tandis qu'une autre tirait Ruth par les cheveux et la giflait.

– Tais-toi ! cria quelqu'un en forçant la fillette à s'asseoir à côté de Josef.

Sous le choc, elle se tut un instant, puis se remit à pleurer de plus belle.

Josef l'enveloppa de ses bras protecteurs.

– Chut, Ruthie, supplia-t-il. Tais-toi, maintenant.

Recroquevillés par terre, ils virent les ombres soulever le lit de Ruth et le jeter contre le mur. Il se brisa en mille morceaux. Ensuite, elles arrachèrent les affiches des murs, les tiroirs des bureaux, et envoyèrent valser des vêtements à travers la chambre. Elles cassèrent lampes et ampoules tandis que Josef et Ruth, terrifiés et le visage baigné de larmes, s'agrippaient l'un à l'autre.

De nouveau, elles s'emparèrent d'eux et les traînèrent jusqu'au salon. De nouveau, elles les plaquèrent au sol et allumèrent le plafonnier. Plissant les yeux, Josef distingua sept étrangers. Certains portaient des vêtements de ville : chemise blanche, pantalon gris, casquette en laine marron, chaussures en cuir, mais la plupart arboraient la chemise brune et le brassard rouge à croix gammée des sections d'assaut (SA) hitlériennes.

Les parents de Josef et de Ruth étaient là aussi, allongés par terre, aux pieds des miliciens.

– Josef ! Ruth ! cria leur mère en les voyant.

Elle s'élança vers eux, mais l'un des nazis agrippa sa chemise de nuit.

Un autre se tourna vers le père de Josef.

– Aaron Landau, vous avez continué à travailler comme avocat malgré la loi sur la restauration de la fonction publique de 1933 interdisant aux Juifs d'exercer le droit. Nous vous plaçons donc en détention préventive pour crime contre le peuple allemand.

Pris de panique, Josef regarda son père.

– Il s'agit d'un malentendu ! s'écria celui-ci. Laissez-moi vous expliquer…

Ignorant ses protestations, le SA fit un signe de tête aux autres hommes. Deux d'entre eux remirent le père de Josef debout et l'entraînèrent vers la porte.

– Non ! hurla Josef.

Il devait faire quelque chose. Se levant d'un bond, il saisit l'un des hommes par le bras, mais deux autres le retinrent tandis qu'il se débattait comme un beau diable.

Le chef des miliciens laissa échapper un rire.

– Regardez-moi ça ! lança-t-il en pointant du doigt le pyjama de Josef. Il s'est pissé dessus !

Les nazis éclatèrent de rire, et Josef se sentit rougir. De nouveau, il tenta de se libérer.

– Je serai bientôt un homme, dit-il. Dans six mois et onze jours.

Nouvel éclat de rire.

– Six mois et onze jours ! répéta le milicien. C'est précis, au moins !

Tout à coup, il redevint sérieux.

– Peut-être as-tu l'âge d'être envoyé dans un camp de concentration, comme ton père ?

– Non ! cria Rachel Landau. Non, mon fils a tout juste douze ans. Ce n'est qu'un enfant. Je vous en prie…

S'agrippant aux jambes de Josef, la petite Ruth se mit à hurler.

– Ne l'emmenez pas ! Ne l'emmenez pas !

Le milicien fronça les sourcils et adressa un geste dédaigneux aux hommes qui portaient Aaron Landau. Josef les regarda traîner son père hors de la pièce, malgré les hurlements de Ruth et les sanglots de sa mère.

– Ne grandis pas trop vite, mon garçon, reprit le milicien. Nous reviendrons te chercher bientôt.

Les nazis saccagèrent ce qu'il restait de l'appartement, brisant les meubles, cassant les assiettes et déchirant les rideaux. Ils partirent aussi vite qu'ils étaient venus, laissant Josef, sa sœur et sa mère à genoux, blottis les uns contre les autres au milieu de la pièce. Après avoir beaucoup pleuré, Rachel Landau emmena ses enfants dans sa chambre, refit son lit et les tint serrés contre elle jusqu'au matin.

Les jours suivants, Josef apprit que sa famille n'était pas la seule à avoir été attaquée par les nazis, cette nuit-là. Dans toute l'Allemagne, d'autres maisons et commerces appartenant à des Juifs ainsi que des synagogues avaient été détruits, et des dizaines de milliers d'hommes arrêtés et envoyés dans des camps de concentration. On avait baptisé ce pogrom[1] « la nuit de Cristal ».

Les nazis ne l'avaient pas dit, mais le message était clair : Josef et sa famille étaient devenus indésirables en Allemagne. Cependant, Josef, sa mère et sa sœur ne partiraient pas. Pas maintenant. Pas sans le père de Josef.

Rachel passa des semaines à courir d'un bureau à l'autre pour tenter de savoir où se trouvait son mari et le faire libérer. Mais personne ne lui disait rien. Josef désespérait de ne jamais revoir son père.

Puis, six mois après l'arrestation, ils reçurent un télégramme. Papa avait été libéré du camp de concentration de Dachau – à la condition expresse de quitter le pays dans les deux semaines.

Josef n'avait jamais voulu partir. Il était chez lui, en Allemagne. Où aller ? Comment vivre ? Mais c'était déjà la deuxième fois que les nazis leur ordonnaient de quitter le pays, et la famille Landau n'avait pas l'intention d'attendre la troisième.

1. Il se déroula dans la nuit du 9 au 10 novembre 1938 en Allemagne et la journée qui suivit, faisant plusieurs milliers de victimes et marquant le début des déportations dans les camps.

ISABEL

ENVIRONS DE LA HAVANE, CUBA, 1994

Deux tentatives avaient suffi à Isabel Fernandez pour que le maigre chat Calico, caché sous la maison de parpaings roses, vienne manger dans sa main. Comme tout le monde à Cuba, l'animal était affamé, et l'instinct de survie l'avait vite emporté sur la peur.

Il était si petit qu'il avait du mal à mâcher les haricots. Il avait un ventre minuscule qui grondait comme un moteur et, entre deux bouchées, il frottait sa tête sur la main d'Isabel.

– Tu ne ressembles à rien, hein, chaton ? dit l'adolescente.

Son pelage était terne et clairsemé, et l'on voyait les os sous sa peau. Comme elle, songea-t-elle, le chaton était maigre, affamé, et il avait bien besoin d'un bain.

Isabel était une grande perche de onze ans, tout en bras et en jambes. Son visage hâlé était piqueté de taches de rousseur, et elle avait rabattu derrière ses oreilles ses épais cheveux noirs coupés court pour l'été. Elle était pieds nus, comme toujours, et portait un débardeur et un short.

Une fois le dernier haricot avalé, le chat émit un miaulement pitoyable. Isabel aurait voulu lui offrir autre chose, malheureusement elle n'avait plus rien. Son déjeuner – quelques haricots accompagnés d'une petite portion de riz – n'avait guère été plus copieux que celui du chat. Petite, elle avait connu les tickets de rationnement, mais c'est quelques années plus tôt, en 1989, au moment de la chute de l'Union soviétique, que Cuba avait touché le fond. Cuba était un pays communiste, comme la Russie qui, pendant des décennies, avait acheté à cette petite île son sucre à plus de dix fois sa valeur et l'avait approvisionnée gracieusement en nourriture, pétrole et médicaments.

Avec le départ des Russes, Cuba avait perdu son plus précieux soutien. Comme personne n'achetait plus la canne à sucre, principale production de l'île, les champs s'étaient asséchés, entraînant la fermeture des raffineries et le chômage des paysans. Sans le pétrole russe, impossible d'utiliser les tracteurs pour transformer les friches en cultures vivrières. Frappés par la pénurie, les Cubains avaient commencé à mourir de faim. Toutes les vaches, tous les cochons, tous les moutons avaient été abattus et dévorés. Les gens avaient envahi le zoo de La Havane et mangé les animaux. Même des petits chats comme celui-ci avaient fini à la casserole.

Personne ne mangerait ce chaton-là.

– Tu seras mon petit secret, murmura Isabel.

– Hé ! Isabel ! lança Ivan.

Elle sursauta. Le chaton courut se réfugier sous la maison.

D'un an son aîné, Ivan était le voisin d'Isabel et ils avaient toujours été amis. Ivan avait la peau plus claire qu'elle et des cheveux noirs et bouclés. Il portait des sandales, une chemisette à rayures déboutonnée et une belle casquette arborant la lettre I – l'emblème des Industriales, l'équipe de base-ball de La Havane. Il voulait devenir joueur professionnel et il était assez doué pour que son rêve devienne un jour réalité.

Ivan se laissa tomber sur le sol poussiéreux.

– Regarde ! J'ai trouvé un morceau de poisson sur la plage, pour le chat.

L'odeur fit grimacer Isabel, mais le chaton se précipita pour venir dévorer dans la main d'Ivan.

– Il faut lui trouver un nom, déclara-t-il.

Ivan baptisait tout – les chiens errants qui sillonnaient la ville, son vélo et même son gant de base-ball.

– Que dis-tu de Jorge ? Ou Javier ? Ou Lazaro ?

– Ce ne sont que des noms de garçons ! remarqua Isabel.

– Mais ils font tous partie de l'équipe des Lions, et ce chaton est un petit lion !

Les Lions, c'est ainsi qu'on surnommait les Industriales.

Une voix l'appela depuis la maison voisine.

– Ivan ! Viens dans le hangar, j'ai besoin de ton aide.

Ivan se leva d'un bond.

– Il faut que j'aille aider mon père. Nous construisons… une niche, dit-il avant de partir en courant.

Isabel secoua la tête. Ivan la croyait dupe, mais elle savait très bien ce qu'ils construisaient dans leur hangar. Ce n'était pas une niche, mais un bateau pour aller aux États-Unis.

Isabel craignait que les Castillo ne se fassent prendre. Fidel Castro, ancien Premier ministre devenu président de Cuba, ne laissait personne quitter le pays, surtout pas pour les États-Unis – *el Norte*, comme on disait ici. Le Nord… Si l'on était pris à bord d'une embarcation voguant vers *el Norte*, on était jeté en prison.

Isabel le savait parce que la dernière fois qu'il avait tenté de rejoindre la Floride, son propre père avait été intercepté par la marine cubaine et incarcéré quelque temps.

Quand elle vit son père et son grand-père descendre en ville pour aller faire la queue à l'épicerie, Isabel laissa le chaton sous la maison et courut chercher sa trompette. Elle adorait accompagner son père et son grand-père à La Havane et s'arrêter au coin d'une rue pour jouer afin de gagner quelques pesos. Cela ne rapportait guère. Pourtant, elle ne jouait pas mal, mais elle soufflait avec tant d'enthousiasme que sa mère disait pour rire qu'elle aurait pu couvrir le bruit du tonnerre.

Souvent, les passants s'arrêtaient pour l'écouter et l'accompagnaient en frappant dans leurs mains et en tapant du pied. Mais seuls les rares touristes venus du Canada, d'Europe ou du Mexique pouvaient se permettre de lui donner quelques pièces. Depuis la chute de l'Union soviétique, la seule monnaie dont disposaient la plupart des Cubains était les cartes d'alimentation qu'ils faisaient tamponner dans les magasins.

Elles ne servaient d'ailleurs pas à grand-chose car il n'y avait pas assez de nourriture à distribuer.

Isabel rattrapa son père et son grand-père, puis se sépara d'eux sur le Malecón, l'avenue qui longeait le front de mer de La Havane.

Elle était bordée de maisons et de magasins jaunes, roses et bleu azur. La peinture s'écaillait, les bâtiments étaient vétustes, mais Isabel les trouvait magnifiques. Elle s'arrêta sur la large promenade, véritable vitrine de la ville. Malgré la pénurie, la vie continuait. Des mères portaient leurs bébés en écharpe sur leur poitrine. Des couples s'embrassaient sous les palmiers. Des musiciens des rues jouaient de la rumba sur des guitares et des percussions. Des garçons plongeaient dans la mer à tour de rôle. Des touristes prenaient des photos. De toute La Havane, c'était l'endroit préféré d'Isabel.

Elle posa une vieille casquette de base-ball par terre dans l'espoir qu'un touriste ait un peso à perdre et porta la trompette à ses lèvres. Elle souffla, ses doigts pressant les touches qu'elle connaissait par cœur. Elle aimait bien jouer cette salsa, mais aujourd'hui elle n'écoutait pas la musique. Pas plus qu'elle n'écoutait le brouhaha des voitures et des camions sur le Malecón, les voix des passants, le bruit des vagues s'écrasant sur la digue, derrière elle.

Entre les notes, Isabel cherchait *la clave*, le rythme mystérieux de la musique cubaine que tout le monde sauf elle semblait entendre. Un rythme saccadé qui couvrait le tempo régulier et tambourinait comme le pouls sous la peau. Malgré tous ses efforts, Isabel ne l'avait jamais senti.

Attentive, elle s'appliquait à percevoir dans sa propre musique le battement du cœur de Cuba.

Mais elle n'entendit qu'un bruit de verre brisé.

MAHMOUD

ALEP, SYRIE, 2015

Mahmoud Bishara était invisible et c'était exactement ce qu'il voulait. Ce qu'il lui fallait pour survivre.

Il n'était pas réellement invisible. Si l'on regardait sous la capuche qui lui cachait en permanence le visage, on voyait un garçon de douze ans au nez long et fort, aux épais sourcils et aux cheveux noirs coupés court. Il était trapu et musclé, avec des épaules larges malgré la privation de nourriture. Mais il faisait tout pour qu'on oublie sa taille et son visage, pour passer inaperçu. La mort pouvait frapper au hasard – missile ou tir de roquette –, à l'instant où l'on s'y attendait le moins. Pour s'attirer des ennuis, il suffisait d'être repéré par l'armée syrienne ou par les rebelles qui la combattaient.

En classe, Mahmoud s'assit dans la rangée du milieu pour ne pas être interrogé par le professeur. Les bureaux étaient assez grands pour trois, et il prit place entre deux autres élèves, Ahmed et Nedhal.

Ahmed et Nedhal n'étaient pas ses amis. Il n'avait pas d'amis.

Ainsi, il était plus facile de rester invisible.

Quand un professeur commença à faire les cent pas dans le couloir en agitant une clochette, Mahmoud prit son sac à dos et partit chercher Walid, son petit frère.

Âgé de dix ans, Walid était deux classes au-dessous de Mahmoud. Il avait lui aussi des cheveux noirs très courts, mais avec ses épaules étroites, ses sourcils plus fins, son nez plus plat et ses oreilles saillantes, il ressemblait davantage à leur mère. Ses dents trop grandes pour son visage lui donnaient l'air d'un écureuil de dessin animé. Hélas, il ne souriait plus beaucoup, et Mahmoud ne se rappelait pas la dernière fois qu'il l'avait vu rire, pleurer, ou montrer une quelconque émotion.

La guerre avait rendu Mahmoud nerveux. Agité. Paranoïaque. Et transformé son petit frère en robot.

Leur appartement avait beau être tout proche, Mahmoud empruntait chaque jour un chemin différent pour raccompagner Walid. Parfois, il passait par les ruelles ; sur les grandes artères, on pouvait croiser des combattants que les opposants prenaient pour cible. Les bâtiments détruits par les bombes étaient eux aussi plus sûrs. Si un obus d'artillerie sifflait au-dessus de leurs têtes, Mahmoud et Walid pouvaient se cacher parmi les amas de métal tordu et les blocs de béton sans craindre qu'un mur s'écroule sur eux. En revanche, les murs étaient bien utiles contre les barils d'explosifs, ces bombes artisanales remplies de clous et de ferrailles qui déchiquetaient tous ceux qui ne couraient pas se mettre à l'abri.

Cela n'avait pas toujours été ainsi. Quatre ans auparavant, Alep, leur ville natale, était la plus grande, la plus resplendissante, la plus moderne de toute la Syrie. Un joyau du Moyen-Orient. Mahmoud se rappelait les galeries commerciales éclairées au néon, les gratte-ciel rutilants, les stades de football, les cinémas, les musées. Alep avait une histoire, aussi – une longue histoire. Cœur de la cité, la vieille ville avait été construite au XIIe siècle. La région était peuplée depuis plus de 8 000 ans. Grandir à Alep avait été une chance merveilleuse.

Jusqu'au moment où, en 2011, la Syrie avait découvert l'existence du Printemps arabe.

À l'époque, on ne l'appelait pas encore ainsi. Tout le monde ignorait qu'une vague contestataire allait déferler sur le Moyen-Orient, renversant des gouvernements, détrônant des dictateurs et provoquant des guerres civiles. Tout juste savait-on grâce à la télévision et aux réseaux sociaux qu'en Tunisie, en Lybie et au Yémen, les gens étaient descendus dans la rue ; et qu'il avait suffi qu'un pays se soulève et crie « Assez ! » pour qu'un autre suive, puis un autre encore, jusqu'à ce qu'enfin vienne le tour de la Syrie.

Les Syriens savaient qu'il était dangereux de manifester. Leur pays était gouverné par Bachar el-Assad, « élu » président à deux reprises alors qu'il était seul en lice. Assad faisait disparaître ceux qui ne l'aimaient pas. Pour toujours.

Tous redoutaient sa réaction aux évènements qui s'annonçaient. Un vieux proverbe arabe disait « Ferme la porte d'où rentre le vent et tu seras tranquille ». C'est exactement ce que les Syriens avaient fait. Pendant que le reste du Moyen-Orient se révoltait, la plupart étaient restés chez eux, fermant leur porte en attendant de voir ce qu'il se passerait.

Mais ils n'avaient pas claqué la porte assez fort. À Damas, la capitale de la Syrie, un opposant à Bachar el-Assad fut emprisonné. À Daraa, une ville du Sud, des enfants furent arrêtés et frappés pour avoir écrit sur les murs des slogans hostiles au régime. Soudain, tout changea dans le pays. Des dizaines de milliers de gens envahirent les rues pour réclamer la libération des prisonniers politiques et plus de liberté pour tous. En l'espace d'un mois, Assad envoya ses tanks, ses soldats et ses bombardiers sur les manifestants – sur son propre peuple –, plongeant le pays dans la guerre.

Alors qu'ils venaient de s'engager dans une rue différente de celle empruntée la veille, Mahmoud et Walid se figèrent. Juste devant eux, deux garçons avaient plaqué un garçon plus jeune contre un mur à demi effondré et tentaient de lui arracher son sac de pain.

Le cœur battant, Mahmoud poussa Walid à l'intérieur d'une voiture brûlée. Ces derniers temps, ce genre d'incidents se multipliaient à Alep, où il devenait de plus en plus difficile de se procurer de la nourriture. Mais cette scène rappela à Mahmoud des souvenirs d'une autre époque, juste après le début de la guerre.

Alors qu'il allait retrouver son meilleur ami, Khalid, il l'avait vu se faire tabasser par deux garçons plus âgés dans une petite rue comme celle-ci. Khalid était chiite dans un pays à majorité sunnite. Il était rusé. Intelligent. Toujours prompt à lever la main en cours, il donnait chaque fois la bonne réponse. Mahmoud et lui se connaissaient depuis des années et leurs différences religieuses n'avaient jamais eu d'importance à leurs yeux. Ils aimaient passer leurs après-midi et leurs week-ends à lire des bandes dessinées, regarder des films de super-héros et jouer à des jeux vidéo.

Mais ce jour-là, Khalid était roulé en boule sur le sol et se tenait la tête dans les mains pendant que les garçons le rouaient de coups.

– Tu fais moins le malin, maintenant, hein, sale porc ! lança l'un d'eux.

– Dehors, les chiites ! Ici, c'est la Syrie, pas l'Iran !

Mahmoud était furieux. La division entre sunnites et chiites[2] n'était qu'un prétexte pour ces brutes qui ne voulaient qu'une chose : se défouler.

En poussant un cri de guerre à faire pâlir d'envie Wolverine, Mahmoud avait bondi sur les agresseurs de Khalid.

Et il avait subi le même sort que lui.

À partir de ce jour, Mahmoud et Khalid étaient devenus les souffre-douleur de ces deux garçons qui n'avaient cessé de les harceler, les battant entre les cours et même après l'école.

Mahmoud et Khalid avaient alors compris à quel point l'invisibilité leur serait précieuse. Mahmoud ne quittait pas la salle de classe de la journée, pas même pour aller aux toilettes ou jouer dans la cour. Quant à Khalid, il avait cessé

2. Ces deux branches principales de l'islam s'opposent encore de nos jours au Moyen-Orient sur la succession du prophète Mahomet.

de parler, même quand le professeur l'interrogeait. Si l'on voulait éviter les coups, il ne fallait pas se faire remarquer. Mahmoud s'était également rendu compte qu'ensemble, Khalid et lui faisaient une cible plus voyante ; seul, on passait plus facilement inaperçu. Les deux amis n'en avaient jamais parlé, mais chacun l'avait assimilé et, en l'espace d'un an, ils s'étaient éloignés, n'échangeant pas un mot quand ils se croisaient dans les couloirs.

Un an plus tard, Khalid avait été tué lors d'une attaque aérienne.

Dans la Syrie de 2015, mieux valait ne pas avoir d'amis.

Mahmoud regarda les deux brutes s'en prendre au garçon – un garçon qu'il ne connaissait même pas – et à son pain. Comme l'indignation, la colère et la compassion se mêlaient en lui, il se mit à respirer plus vite, plus fort, et serra les poings. « Je devrais faire quelque chose », murmura-t-il. Mais il était plus malin que ça.

Tête baissée, capuche relevée, regard rivé au sol… Ce qu'il fallait, c'était s'effacer, se fondre dans le paysage. Disparaître.

Mahmoud prit son petit frère par la main, tourna les talons et rentra chez lui par un autre chemin.

JOSEF

BERLIN, ALLEMAGNE, 1939

1er jour de voyage

C'était comme s'ils étaient devenus invisibles.

Josef et sa sœur suivaient leur mère parmi la foule du Lehrter Bahnhof, la principale gare de Berlin. Ils portaient chacun une valise et Mme Landau, deux – la sienne et celle de son mari. Pas un porteur ne se précipitait pour les aider. Pas un agent ne s'arrêtait pour leur demander s'ils avaient besoin qu'on leur indique leur train. Tels des talismans, leurs brassards frappés de l'étoile de David jaune vif les rendaient invisibles. Cependant, personne ne les bousculait, remarqua Josef. Agents et passagers, tous s'écartaient sur leur passage comme l'eau autour d'une pierre.

Les gens avaient décidé de ne pas les voir.

Dans le train, ils s'installèrent dans un compartiment marqué J, comme « Juif », afin qu'aucun « vrai » Allemand ne puisse se tromper. Ils allaient à Hambourg, sur la côte nord, où M. Landau les attendait pour prendre le bateau. Le jour où elle avait reçu son télégramme, la mère de Josef avait acheté quatre billets à destination du seul pays qui voulait bien d'eux : Cuba, une île du bout du monde.

Depuis que les nazis avaient pris le pouvoir, six ans plus tôt, les Juifs fuyaient l'Allemagne. À ce jour, en mai 1939, la plupart des pays avaient cessé d'accueillir des réfugiés juifs, ou ne les laissaient entrer qu'après leur avoir fait remplir un tas de papiers officiels – et payants. Josef et sa famille espéraient arriver un jour en Amérique, mais il n'était pas possible d'accoster simplement dans le port de New York. Les États-Unis n'acceptant qu'un quota limité de Juifs chaque année, les Landau avaient décidé de s'installer à Cuba en attendant.

– J'ai chaud, gémit Ruthie en tirant sur son manteau.

– Non, non, dit sa mère, il faut le garder sur toi et ne jamais t'en séparer avant l'arrivée à Cuba, tu comprends ?

– Je ne veux pas aller à Cuba ! gémit Ruth comme le train démarrait.

Mama la prit sur ses genoux.

– Je sais, ma chérie. Mais il le faut pour nous mettre tous en sécurité. C'est comme une aventure…

Si les Juifs avaient encore eu le droit d'aller à l'école, Ruthie serait entrée à la maternelle cette année. Elle avait les yeux clairs, d'épais cheveux châtains coupés au carré avec une raie sur le côté et les dents du bonheur. Elle portait une robe en laine bleue à col marin blanc et ne quittait jamais Bitsy, son lapin en peluche.

Ruthie était née l'année de l'élection d'Adolf Hitler comme chancelier du Reich et n'avait jamais rien connu d'autre. Mais Josef, lui, se rappelait comment c'était, avant. Quand les gens les voyaient. Quand ils étaient encore des Allemands.

Ils s'étaient levés tôt, et ç'avait été une journée éprouvante. Bientôt, Ruthie s'endormit dans les bras de leur mère, qui se mit à somnoler à son tour. En les regardant dormir, Josef s'interrogea : s'ils n'étaient pas installés dans un compartiment réservé aux Juifs, avec leur étoile de David au bras, aurait-on pu deviner qu'ils étaient juifs ?

Josef se souvint qu'un jour, à l'école – quand il était encore autorisé à la fréquenter – son professeur, M. Meier, l'avait appelé au tableau. Il avait d'abord cru qu'il voulait lui demander de résoudre un problème de mathématiques, mais M. Meier avait sorti une affiche avec des portraits d'hommes et de femmes juifs de face et de profil et avait pris Josef comme exemple pour expliquer ce qui distinguait un Juif d'un Aryen. Il l'avait fait pivoter dans un sens, puis dans l'autre, montrant la courbe de son nez, la ligne de son menton.

Rouge de honte, Josef se rappela l'humiliation d'avoir été traité comme un animal. Un spécimen. Un sous-homme. Sans ce stupide brassard, et sans la lettre J imprimée sur son passeport, devinerait-on qu'il était juif ?

Il décida d'en avoir le cœur net. Il quitta le compartiment et s'avança prudemment dans le couloir, passant devant les autres familles juives. La zone réservée aux « Allemands » commençait au fond du wagon.

La gorge nouée, Josef ôta son brassard en papier, le glissa dans la poche intérieure de sa veste puis franchit la porte. Il avait la chair de poule.

Le wagon « allemand » n'avait pas l'air différent du wagon « juif ». Dans leurs compartiments, des familles allemandes parlaient, riaient et se disputaient, exactement comme les Juifs. Comme les Juifs, ils mangeaient, dormaient ou lisaient.

Josef aperçut son reflet dans une fenêtre : ses cheveux châtains et raides coiffés en arrière, ses yeux marron derrière ses lunettes à monture métallique posées sur son nez court, ses oreilles légèrement décollées. De taille moyenne pour son âge, il portait une veste croisée à rayures, un pantalon marron avec une chemise blanche et une cravate bleue. Il ne présentait aucun des traits caractéristiques montrés par M. Meier, et ne connaissait aucun Juif qui les présentât.

Il entra dans le wagon-restaurant. Assis à de petites tables, les gens fumaient, mangeaient et buvaient en bavardant, en lisant le journal ou en jouant aux cartes. Un homme vendait des journaux. Josef en prit un et posa une pièce sur le comptoir.

Le vendeur lui sourit.

– C'est pour ton père ?

Non. Mon père vient de sortir d'un camp de concentration.

– Non, pour moi. Plus tard, je veux être journaliste.

– C'est bien ! approuva le vendeur en désignant son étal. Nous en avons besoin. Comme ça, j'aurai plus de choix !

Il rit, et Josef sourit. Certes, ils bavardaient tout à fait normalement, mais Josef n'avait pas oublié qu'il était juif. Il n'avait pas oublié que s'il avait porté son brassard, cet homme, au lieu de discuter et de plaisanter avec lui, aurait appelé la police.

Il allait partir quand il pensa à Ruthie. S'il lui achetait un bonbon ? L'argent se faisait rare depuis que leur père avait perdu son travail, et une petite douceur lui ferait plaisir. Josef prit un sucre d'orge dans un bocal et chercha dans sa poche un autre pfennig[3]. Comme il le posait sur le comptoir, son brassard tomba au sol en tourbillonnant, l'étoile de David bien visible sur le dessus.

Le cœur battant à tout rompre, Josef se baissa pour le ramasser, mais une chaussure noire s'abattit dessus avant qu'il ne puisse l'attraper. Tremblant, Josef leva lentement les yeux sur les chaussettes blanches, le short et la chemise marron, puis le brassard rouge d'un soldat des Jeunesses hitlériennes.

Il pâlit.

Le garçon se baissa pour ramasser le brassard.

– Viens, dit-il en prenant Josef par le bras pour l'entraîner vers le wagon-restaurant.

Les jambes de plomb, la vue troublée, Josef pouvait à peine marcher. Après que M. Meier l'eut appelé au tableau pour démontrer à toute la classe l'infériorité des Juifs sur les vrais Allemands, il était retourné s'asseoir près de Klaus, son meilleur ami. Maintenant, Klaus portait le même uniforme que ce garçon, non par choix, mais parce que les garçons allemands – et leurs familles – étaient déshonorés et humiliés s'ils ne s'engageaient pas dans les Jeunesses hitlériennes.

3. Dans l'ancienne monnaie allemande, subdivision du Deutsche Mark (comme les centimes pour les francs).

D'une grimace, Klaus avait exprimé à Josef son dégoût de ce que M. Meier venait de lui faire subir.

Cet après-midi-là, un groupe de chemises brunes avaient attendu Josef à la sortie de l'école. Ils s'étaient rués sur lui et l'avaient frappé, le couvrant d'injures. Parce qu'il était juif.

Pire encore, Klaus s'était joint à eux.

Les garçons qui portaient cet uniforme se transformaient en monstres. Depuis cet incident, Josef les évitait comme la peste, et voici qu'il venait de se livrer à l'un d'eux – tout cela parce qu'il avait retiré son brassard pour aller acheter un journal ! On allait les faire descendre du train, sa mère, sa sœur et lui, et peut-être même les envoyer dans un camp de concentration.

Il s'était conduit comme un idiot et, avec sa famille, il en paierait le prix.

ISABEL

LA HAVANE, CUBA, 1994

Isabel ouvrit les yeux et détacha la trompette de ses lèvres. Elle était sûre d'avoir entendu un bruit de verre brisé, mais sous le soleil vif du Malecón, les voitures et les vélos continuaient de rouler comme si de rien n'était. *J'entends des voix*, songea-t-elle en secouant la tête avant d'emboucher de nouveau son instrument.

Soudain, une femme poussa un cri – *pang* ! un coup de feu – et le monde devint fou.

Les piétons envahirent les rues transversales. Par centaines. C'étaient surtout des hommes, pour la plupart en short et baskets, et torse nu sous la chaleur écrasante de ce mois d'août, leurs dos blancs, bruns et noirs luisant au soleil. Ils hurlaient des slogans. Éparpillés dans les rues tels des grains de café échappés d'un sac de toile, ils lançaient des pierres et des bouteilles. Les quelques policiers postés sur le Malecón furent vite débordés. Quand la vitrine d'un grand magasin explosa, les manifestants se ruèrent à l'intérieur pour voler chaussures, papier toilette et savon. Dans la rue, une alarme hurla. De la fumée s'éleva derrière un immeuble.

La Havane se soulevait, et le père et le grand-père d'Isabel étaient parmi les émeutiers.

Des klaxons retentissaient, des cyclistes faisaient demi-tour… Certains fuyaient le chaos, d'autres – plus nombreux – s'y jetaient. Isabel les suivit. Sa trompette sous le bras, elle cherchait Papi et Lito dans cette foule aussi dense qu'un champ de canne à sucre.

– Liberté ! Liberté ! criaient certains manifestants.

– Castro dehors !

– Ça suffit !

Isabel n'en croyait pas ses oreilles. Alors que ceux qui avaient osé critiquer Castro croupissaient en prison, voici que, soudain, tout le monde se mettait à hurler « À bas Fidel ! À bas Fidel ! »

– Papi ! Lito !

Son grand-père s'appelait Mariano, mais Isabel l'appelait Lito, diminutif d'*abuelito* – « grand-père ».

Elle se jeta à terre quand des coups de feu éclatèrent. Des policiers arrivèrent en renfort, à moto ou dans des fourgons militaires, et la manifestation dégénéra. Les émeutiers jetaient des pierres, les forces de l'ordre ripostaient par des coups de feu. Quand un homme passa en titubant près d'elle, la tête en sang, Isabel se figea, puis sursauta en sentant une main serrer son bras. Lito ! Elle se jeta dans ses bras.

– Dieu merci, tu es saine et sauve !
– Où est Papi ?
– Je ne sais pas. Nous étions ensemble, au début.
Isabel lui fourra sa trompette dans les mains.
– Il faut que j'aille le chercher !
– Non, Chabela ! Attends !
Son grand-père l'avait appelée par son surnom d'enfant, comme toujours.
Isabel ignora ses cris. Il fallait qu'elle retrouve son père. S'il était arrêté, il retournerait en prison et, cette fois, il n'en sortirait plus.
Prenant soin d'éviter les cordons de policiers, elle se faufila à travers la foule.
– Papi ! Papi !
Mais elle était trop petite et la foule trop dense. Quand elle vit des manifestants escalader la grande enseigne électrique d'un hôtel de tourisme, elle eut une idée. Après s'être frayé un chemin jusqu'à une vieille Chevrolet aux ailettes chromées des années 1950 bloquée dans ce chaos, elle sauta sur le capot. Derrière le volant, l'homme klaxonna et retira son cigare de sa bouche pour lui hurler dessus.
– Chabela ! Descends ! cria son grand-père.
Les ignorant tous deux, Isabel se mit à appeler son père. Elle l'aperçut juste à l'instant où il prenait son élan pour lancer une bouteille sur un barrage de police installé le long de la digue. Cette ultime provocation déclencha l'assaut des policiers qui, sur ordre de leur chef, se mirent à charger, arrêtant des manifestants et les matraquant.
Soudain, Isabel vit un policier rattraper son père et lui saisir le bras.

– Non !

Elle sauta du capot et se jeta dans la bataille. Lorsqu'elle arriva près de son père, le policier l'avait plaqué au sol et le rouait de coups.

Il levait son arme pour le frapper de nouveau quand Isabel hurla.

– Non ! Arrêtez !

Surpris, le policier suspendit un instant son geste, puis recula. Isabel était pétrifiée. Elle s'attendait à ce qu'il la frappe à son tour, mais le coup ne vint pas. Un second policier avait retenu le bras de son collègue ! Isabel reconnut Luis Castillo, le frère aîné d'Ivan.

– Qu'est-ce que tu fais ? aboya le premier policier.

Luis n'eut pas le temps de répondre. Un coup de sifflet retentit pour ordonner aux deux hommes de rejoindre leur bataillon. Furieux, le premier policier se libéra de l'emprise de Luis.

– J'ai vu ce que tu as fait, dit-il à Papi en le menaçant de sa matraque. Je te retrouverai. Quand tout ça sera fini, je viendrai t'arrêter et on se débarrassera de toi pour de bon !

Luis entraîna son collègue, s'arrêtant brièvement pour jeter à Isabel un regard alarmé par-dessus son épaule.

Il n'eut pas besoin de dire quoi que ce soit. Quand son grand-père la rejoignit pour l'aider à relever son père, elle avait compris.

Papi devait quitter Cuba.

Le soir même.

MAHMOUD

ALEP, SYRIE, 2015

L'adhan[4] retentit dans les rues ravagées d'Alep. Depuis une mosquée voisine, la voix mélodieuse et éthérée du muezzin[5] louait Allah et appelait les fidèles à la prière de l'après-midi.

Mahmoud, qui faisait ses devoirs sur la table de la cuisine, posa aussitôt son crayon pour aller faire ses ablutions[6]. Une fois de plus, l'eau était coupée et il dut utiliser les seaux en plastique que sa mère avait remplis au puits du quartier.

À l'autre bout de la pièce, son frère Walid regardait les *Tortues Ninja* en dessin animé, sous-titré en arabe. On aurait dit un zombie.

4. Appel à la prière.
5. Religieux musulman qui appelle les fidèles à la prière cinq fois par jour.
6. Se laver pour se purifier.

Sa mère sortit de la chambre où elle pliait du linge et éteignit la télévision.

– C'est l'heure de la prière, Walid.

Fatima Bishara avait de longs cheveux noirs relevés au sommet de sa tête et des yeux d'un brun profond. Son portable rose à la main, elle tenait Hana, la petite sœur de Mahmoud, calée sur sa hanche, et portait un jean et la blouse d'infirmière qu'elle réservait aux travaux domestiques. Elle avait quitté l'hôpital à la naissance d'Hana. C'était après le début de la guerre et chaque soir, quand elle rentrait à la maison, elle racontait les histoires atroces des gens qu'elle avait soignés dans la journée. Pas des soldats, des gens ordinaires. Des hommes blessés par balles. Des femmes brûlées. Des enfants mutilés, dont les membres avaient été arrachés. Elle n'avait pas perdu l'usage de la parole, comme Walid, mais au fil du temps son travail était devenu si pénible qu'elle avait cessé d'en parler.

Une fois ses ablutions terminées, Mahmoud se dirigea vers la partie du salon faisant face à La Mecque. Il déroula deux tapis – un pour lui et un pour Walid. Sa mère, elle, priait seule dans sa chambre.

Il n'attendit pas son frère. Levant les mains à la hauteur des épaules, il dit « *Allahou akbar* » – Allah est le plus grand. Puis, les bras croisés sur le ventre, il fit une courte prière avant de réciter le premier chapitre du Coran, le livre le plus sacré de l'islam. Il s'inclina, pria Allah trois fois, puis se redressa et pria une nouvelle fois. Ensuite, il s'agenouilla et posa les mains et la tête au sol pour réciter trois autres prières. Pour terminer, il se rassit sur ses talons et tourna la tête à droite, puis à gauche pour saluer ses anges scribes, chargés de consigner ses bonnes et ses mauvaises actions.

La prière lui avait pris environ sept minutes. Walid s'était joint à lui, et Mahmoud attendit qu'il ait terminé pour rouler leurs tapis et reprendre ses devoirs, tandis que son frère retournait à ses dessins animés.

Mahmoud commençait une équation quand un grondement venu de l'extérieur, tel un vent brûlant, couvrit le générique des *Tortues Ninja*. En l'espace d'une seconde, le temps que le simple souffle se transforme en tornade, Mahmoud avait lâché son crayon et s'était jeté sous la table de la cuisine, les mains sur les oreilles.

Il connaissait le bruit des missiles, maintenant.

CHHHHHHH... BOUUUUUUUUM!

Le mur de son appartement explosa, faisant jaillir partout des éclats de béton et de verre. Le sol vacilla sous ses pieds, et il fut projeté contre le mur de la cuisine avec la table et les chaises. Tout à coup, le monde n'était plus qu'un tourbillon brûlant de briques, de vaisselle cassée, de morceaux de bois, et il heurta de plein fouet le buffet. Le souffle coupé, il s'effondra avec un bruit sourd sur un tas de débris.

Il perçut un son aigu, comme celui de la télévision quand le satellite cherchait un signal. Au-dessus de sa tête, ce qui restait du plafonnier lançait des étincelles. Soudain, il eut l'impression que quelqu'un s'était assis sur sa poitrine. Pris de panique, il se débattit. Il ne pouvait plus respirer. *Plus respirer*! Il se démena, creusant et grattant les décombres comme s'il avait pu passer au travers pour ressortir à l'air libre.

Puis ses poumons recommencèrent à fonctionner, et il aspira goulûment quelques bouffées d'oxygène. L'air saturé de poussière lui grattait la gorge et pourtant il n'avait jamais rien goûté d'aussi doux. Ses oreilles bourdonnaient toujours, et il entendit d'autres bruits de chute, d'autres explosions dans ce chaos. Son immeuble n'était pas le seul touché. Tout le quartier avait été pilonné.

Il porta la main à sa tête chaude et humide et constata qu'elle était rouge de sang. Il avait mal aux épaules et chacune de ses respirations lui brûlait la poitrine, mais la seule chose qui comptait, dans l'immédiat, était de retrouver sa mère. Sa sœur. Son frère.

Il s'extirpa des décombres. Dans la lumière crue du jour, il distinguait nettement l'immeuble d'en face, comme s'il flottait dans l'air, tout près. Étourdi, il cligna des yeux, puis il comprit.

Le mur extérieur de son appartement avait été arraché.

JOSEF

DANS UN TRAIN À DESTINATION DE HAMBOURG, ALLEMAGNE, 1939

1er jour de voyage

Le jeune soldat entraîna Josef dans le long couloir du wagon réservé aux passagers allemands. « Nous reviendrons te chercher bientôt », lui avait dit celui qui avait arrêté son père pendant la nuit de Cristal. Mais Josef ne les avait pas attendus. Bêtement, il s'était livré à eux.

Au moment où ils passaient devant un compartiment occupé par un homme en uniforme de la Gestapo, la police secrète d'État des nazis, Josef trébucha. L'homme leva la tête et les regarda à travers la porte vitrée.

Non. Pas ici. Pas maintenant. Pas comme ça, pria Josef – et le garçon le poussa. Devant la porte du wagon réservé aux Juifs, il le fit pivoter vers lui, jeta un œil par-dessus son épaule pour s'assurer que personne ne les entendait et murmura :

– Qu'est-ce qui t'a pris ?

Josef le regardait en silence, incapable de prononcer un seul mot.

Le garçon lui jeta le brassard sur la poitrine.

– Mets ça. Et ne recommence jamais, lui dit-il. Compris ?

– Oui, bégaya Josef. Merci merci merci merci.

Le visage cramoisi, le garçon respirait bruyamment, comme si c'était lui qui était en difficulté. Quand il vit le sucre d'orge que Josef avait acheté pour Ruth, il le prit, se redressa, tira sur le bas de sa chemise pour la défroisser, puis tourna les talons.

Tremblant toujours, Josef regagna son compartiment et se laissa tomber sur la banquette. Il n'en bougea plus de tout le voyage, pas même pour aller aux toilettes, son brassard bien en place et bien visible.

Quelques heures plus tard, le train s'arrêta en gare centrale de Hambourg. La mère de Josef les conduisit, sa sœur et lui, jusqu'au port où les attendait leur bateau.

Josef n'avait jamais rien vu d'aussi grand. Mis debout, le bâtiment aurait dépassé n'importe quel immeuble berlinois. Deux gigantesques cheminées, dont l'une crachait une fumée grise, se dressaient au milieu du pont. Une rampe abrupte courait jusqu'en haut de la grande coque. Des centaines de personnes étaient déjà à bord, se pressant sous des fanions colorés et saluant de la main amis et famille restés sur le quai.

Au sommet du bâtiment, comme pour rappeler qui commandait, flottait le drapeau rouge et blanc des nazis frappé du svastika[7] noir.

Le bateau s'appelait le *Saint Louis.* Josef savait que c'était le nom d'une ville américaine et cela lui parut bon signe. Oui, ils finiraient par arriver en Amérique. Peut-être même visiteraient-ils un jour la véritable Saint Louis.

Un homme à l'allure miteuse tendit la main vers eux.

– Enfin ! Vous êtes là !

Cette voix…

L'homme enlaça sa mère, qui le laissa faire mais garda les mains devant sa poitrine, comme pour se protéger. Puis il recula d'un pas et dit :

– Ma chère Rachel ! Je croyais ne jamais te revoir !

Oui, c'était bien lui, songea Josef avec un frisson. L'homme débraillé qui avait surgi de l'ombre tel un fou échappé d'un asile était Aaron Landau, son père. Il n'avait plus rien de l'homme qu'on avait traîné hors de chez lui, six mois auparavant. Ses épais cheveux bruns et sa barbe avaient disparu, remplacés par une toison clairsemée. Il avait maigri, aussi, et portait un costume élimé trois fois trop grand pour lui. On aurait dit un squelette.

Quand, les yeux exorbités dans son visage décharné, il se tourna vers ses enfants pour les attirer à lui, Ruthie éclata en

7. Croix gammée.

sanglots, tandis que Josef se raidissait. Son père sentait si fort qu'il dut détourner la tête.

– Josef ! Ruth ! Mes chéris !

Il embrassa le sommet de leur crâne, encore et encore, puis s'écarta vivement en jetant des regards affolés autour de lui, comme si le paquebot était truffé d'espions.

– Il faut partir. Nous ne pouvons pas rester ici. Il faut monter à bord avant qu'ils ne nous en empêchent.

– Mais j'ai des billets, dit Mama. Et des visas.

Papa secoua frénétiquement la tête.

– Ça ne fait rien. Ils vont nous arrêter. Me reprendre.

Ruthie se cramponna à Josef. Son père lui faisait peur, et il faisait peur à Josef.

– Dépêchez-vous !

Il les entraîna. Il zigzaguait entre les piles de caisses, fuyant des ennemis imaginaires, et femme et enfants avaient bien du mal à le suivre. Inquiet, Josef jeta à sa mère un regard interrogateur, mais celle-ci se contenta de secouer la tête avec impuissance.

Une fois près de la rampe, Papa se baissa pour se cacher derrière la dernière pile de caisses.

– À trois, courez ! Ne vous arrêtez pas. *Sous aucun prétexte*. Il *faut* que nous montions à bord de ce bateau. Prêts ? Un. Deux. Trois !

Josef n'était pas prêt. Sa mère et sa sœur non plus. D'autres passagers faisaient la queue pour tendre leurs billets à un homme souriant en uniforme de marin. Aaron Landau se mit à courir, le dépassa et trébucha sur la rampe d'accès avant de se redresser et de s'engouffrer dans le couloir.

– Attendez !

– Dépêchez-vous, les enfants !

Avec toutes leurs valises, ils firent de leur mieux pour atteindre la rampe.

– C'est moi qui ai son billet, dit Mme Landau. Je suis désolée. Nous pouvons attendre notre tour.

Surpris, l'homme qui était en tête de la file lui fit signe de passer devant, et elle le remercia.

– Mon mari a juste… hâte de partir.

Le matelot poinçonna leurs billets et dit avec un sourire triste :

– Je comprends. Oh… laissez-moi vous aider avec vos bagages. Portier !

Josef vit alors un autre marin – un Allemand sans brassard, un non-Juif – prendre une valise sous chaque bras, une dans chaque main, et leur ouvrir la voie. Il les traitait comme de vrais passagers. De vraies *personnes*. Et il n'était pas le seul. Chaque marin qu'ils croisèrent retira son calot pour les saluer et le steward qui leur indiqua leur cabine leur assura qu'il était à leur service pendant toute la traversée. La cabine était impeccable, les draps fraîchement lavés, les serviettes repassées et empilées avec soin.

– C'est une ruse, dit son père quand le steward eut refermé la porte.

Méfiant, il inspecta toute la cabine et ajouta :

– Ils reviendront bientôt nous chercher.

C'est exactement ce que le garçon des Jeunesses hitlériennes avait dit à Josef.

Mama posa une main sur la tête de Josef et l'autre sur celle de Ruthie.

– Allez faire un tour sur le pont, dit-elle doucement. Je vais rester ici avec Papa.

Trop contents de s'éloigner, Josef et Ruth ne se le firent pas dire deux fois.

Quelques heures plus tard, depuis le pont-promenade, ils regardèrent les remorqueurs pousser le *Saint Louis* vers le large, tandis que les passagers lançaient des confettis et envoyaient des baisers d'adieu mouillés de larmes. Josef et sa famille partaient pour un nouveau pays. Une nouvelle vie.

Mais Josef ne pouvait penser à rien d'autre qu'aux choses terribles que leur père avait dû vivre pour devenir aussi terrifiant – et aussi terrifié.

ISABEL

FAUBOURGS DE LA HAVANE, CUBA, 1994

Isabel et son grand-père installèrent Papi sur une chaise, dans leur petite cuisine, tandis que sa mère, Teresa Padron de Fernandez, courait chercher de la teinture d'iode. Elle devait accoucher une semaine plus tard, et Isabel l'aida à attraper le flacon dans le placard sous l'évier.

Son père, Geraldo Fernandez, avait toujours été bel homme, mais en ce moment, il n'avait pas fière allure. Il avait du sang dans les cheveux, et le contour de ses yeux commençait déjà à noircir. Sous sa chemise de lin blanc, son dos était couvert de zébrures.

Isabel regarda Mami tamponner les plaies avec un gant de toilette. Papi grimaça quand elle les désinfecta avec la teinture d'iode.

– Que s'est-il passé ? demanda Mami.

Dans un coin de la pièce, Lito, qui regardait un match des Industriales à la télévision, baissa le volume.

– Les gens se sont retrouvés trop vite à court de nourriture, alors il y a eu des émeutes sur le Malecón, expliqua-t-il.

– Je ne peux pas rester ici, dit Papi.

Il avait la tête baissée, mais sa voix était forte et claire.

– Je ne peux plus. Ils vont venir me chercher.

Un lourd silence s'installa, troublé seulement par le bruit sourd de la télévision.

Papi avait déjà tenté de fuir Cuba à deux reprises. La première fois, avec trois autres hommes, il avait construit un radeau pour ramer jusqu'en Floride, mais un orage tropical l'avait contraint à faire demi-tour. La deuxième fois, il était parti sur un bateau à moteur, s'était fait prendre par la marine cubaine et avait fini en prison.

Aujourd'hui, quitter le pays était encore plus difficile. Pendant des décennies, les garde-côtes américains avaient accueilli en Floride tous les réfugiés interceptés en mer. Cependant, la pénurie poussant de plus en plus de Cubains vers *el Norte*, les États-Unis venaient d'adopter une nouvelle politique dite des « pieds secs, pieds mouillés ». Si des réfugiés cubains étaient pris en mer – avec les « pieds mouillés » –, on les conduisait jusqu'à la base navale américaine de Guantanamo Bay, dans le sud de l'île. Ensuite, ils avaient le choix : retrouver Cuba – et Castro –, ou attendre dans un camp qu'on décide de leur sort. S'ils survivaient à la traversée du détroit de Floride et parvenaient à poser le pied sur le sol américain sans se faire prendre par les gardes-côtes – en gardant les « pieds secs » – ils se voyaient accorder le statut de réfugiés et pouvaient devenir citoyens des États-Unis.

Papi allait s'enfuir et, cette fois, pieds secs ou mouillés, il ne reviendrait pas.

– Rien ne t'oblige à te jeter à la mer sur un canot, affirma Lito. Va plutôt te cacher pendant quelque temps. Je connais une petite cabane dans les champs de canne. Ça va s'arranger, tu verras.

Papi tapa du poing sur la table.

– Ah oui, ça va s'arranger ? Dis-moi comment, Mariano ! Tu crois que la Russie va soudain décider de renouer avec Cuba et reprendre ses envois de nourriture ? Personne ne va nous aider. Castro ne fait qu'empirer les choses.

Comme si prononcer son nom avait le pouvoir de le faire apparaître, le président cubain envahit l'écran, interrompant le match de base-ball pour un communiqué spécial.

Fidel Castro était un vieil homme au front couvert de taches brunes. Il avait les cheveux gris, une longue barbe grise en bataille et des valises sous les yeux. Vêtu d'une veste militaire verte et d'une casquette – comme à chacune de ses apparitions télévisées –, il était assis derrière une rangée de micros.

Tout le monde se tut quand Lito monta le volume. Castro condamnait les violences qui avaient éclaté sur le Malecón, et rejetait la faute sur les agents des États-Unis.

– Ce ne sont pas les Américains qui ont manifesté, mais des Cubains affamés ! protesta Papi.

Castro continua de parler sans notes, citant romans et anecdotes personnelles sur la révolution.

– Éteins ça, ordonna Papi.

Mais avant que Mami ait touché le bouton, tout le monde se rassit. Castro disait quelque chose d'important.

– Cuba ne peut pas continuer à garder ses frontières avec les États-Unis alors que des agents de la CIA infiltrés provoquent des émeutes à La Havane. Le monde entier condamne les incidents comme ceux que nous avons connus aujourd'hui et jugent le gouvernement cubain cruel et inhumain. Par conséquent, jusqu'à ce qu'une solution rapide et efficace soit trouvée, ceux qui veulent quitter Cuba pourront le faire en toute légalité. Nous ne les en empêcherons pas.

– Quoi ? demanda Mami.

Papi se leva, les yeux écarquillés.

– Castro vient de dire que tout le monde pouvait partir !

Isabel eut l'impression qu'on lui arrachait le cœur. Si Castro tenait parole, son père les aurait quittés avant le lever du jour. Elle le lut dans son regard enfiévré.

Lito se tourna vers son gendre.

– Tu ne peux pas partir maintenant ! Tu dois prendre soin de ta famille ! De ta femme ! De ta fille ! De ton fils à naître !

Le père et le grand-père d'Isabel commencèrent à se disputer à propos de dictature et de liberté, de famille et de responsabilité. Lito, le père de sa mère, ne s'était jamais entendu avec Papi.

Isabel se boucha les oreilles et s'éloigna. Elle devait réfléchir à tout cela, trouver le moyen de sauver sa famille.

Tout à coup, elle eut une idée.

– Partons tous ! s'écria-t-elle.

Tout le monde se tut. Même Castro cessa de parler, et le match de base-ball reprit.

– Non, répondirent en chœur Papi et Lito.

– Pourquoi pas ?

– D'abord, parce que ta mère est enceinte ! dit Lito.

– Ici, il n'y a rien à manger pour le bébé, répliqua Isabel. Pour nous non plus, d'ailleurs. Même si c'était le cas, nous n'avons pas d'argent pour acheter quoi que ce soit. Mais aux États-Unis, il y a de la nourriture. La liberté. Du travail.

Et un endroit où son père ne serait ni battu ni arrêté. Un endroit qu'il n'aurait pas envie de fuir.

– Nous allons tous partir, pendant que Castro le permet, poursuivit Isabel. Même Lito.

– Quoi ? Mais je... non ! balbutia celui-ci.

Tous gardèrent un instant le silence, puis Papi lâcha :

– Je n'ai même pas de bateau.

Isabel hocha la tête. Elle pouvait régler ça.

Sans un mot, elle sortit et courut chez les Castillo. Luis, l'aîné, qui lui avait épargné la matraque, n'était pas encore rentré. Sa mère, Juaneta, qui travaillait comme avocate dans un « cabinet collectif », non plus. Isabel trouva Ivan et son père, Rudi, là où elle était sûre de les trouver – dans leur cabanon, en train de construire leur bateau.

C'était un horrible rafiot bleu fait avec des vieilles pancartes métalliques, des panneaux de signalisation et des bidons recyclés. Il méritait à peine le nom de bateau, mais il était assez grand pour la famille Castillo – voire pour quatre passagers supplémentaires.

– Tiens, voilà l'ouragan Isabel ! lança M. Castillo.

Il avait ses cheveux blancs coiffés en arrière et, malgré le manque de nourriture, arborait une petite bedaine de quinquagénaire.

– Emmenez-nous avec vous ! dit Isabel.

– Sûrement pas, répondit M. Castillo. Ivan… un clou.

– Il y a des émeutes à La Havane !

– Comme si je ne le savais pas ! Ivan… un clou.

Isabel insista.

– Mon père a failli être arrêté. Si vous ne nous prenez pas avec vous, il va aller en prison !

Le marteau en suspens, M. Castillo secoua la tête.

– Il n'y a pas assez de place. Et nous ne pouvons pas embarquer un fugitif.

Isabel surprit l'étrange regard qu'Ivan jeta à son père.

– Je vous en prie… insista-t-elle.

Ivan posa la main sur le moteur de mobylette installé sur le bateau.

– De toute façon, nous n'avons pas d'essence, bougonna-t-il, et pour l'instant, nous n'allons nulle part.

– Je peux vous en trouver, moi !

Isabel rentra chez elle en courant. Dans la cuisine, son père et son grand-père se disputaient toujours. Elle attrapa sa trompette, la contempla longuement puis s'éclipsa par l'arrière de la maison. Dans la rue, elle s'arrêta pour attraper le chaton, qui miaulait toujours, avant de courir jusqu'à la plage. À bout de souffle, elle frappa chez un pêcheur que connaissait son grand-père. Un bateau à moteur ondulait doucement près d'un ponton.

Le pêcheur vint ouvrir et lui jeta un regard courroucé tout en se léchant les doigts. Isabel l'avait dérangé pendant son dîner. Du poisson frit. Le chat huma l'air avidement, puis laissa échapper un miaulement. Isabel sentit son estomac gargouiller.

– Tu es la petite fille de Mariano Padron, n'est-ce pas ? Qu'est-ce que tu veux ?

– J'ai besoin d'essence !

– Ah bon ? Eh bien moi, j'ai besoin d'argent.

– Je n'ai pas d'argent, dit Isabel, mais j'ai ceci.

Elle lui tendit sa trompette. Même si le laiton était un peu terni, c'était son bien le plus précieux. Il fallait que le pêcheur l'accepte en échange.

– Que veux-tu que je fasse de ça ?

– Vendez-la. Elle est ancienne, elle vient de France et elle a un son merveilleux.

Le pêcheur soupira.

– Et pourquoi donc as-tu besoin d'essence ?

– Pour quitter Cuba avant que mon père ne soit arrêté.

Le pêcheur s'essuya les lèvres d'un revers de main. Isabel attendit pendant ce qui lui parut une éternité, son estomac grondant de plus belle. Enfin, le pêcheur prit la trompette.

– Attends-moi ici…

Isabel retint son souffle. Bientôt, il revint avec deux énormes bidons d'essence presque aussi grands qu'elle.

– Ça suffira ?

– Pour aller à Miami ? Oui. Aller et retour.

Folle de joie, Isabel se mit à sautiller sur place.

– Merci merci merci merci merci ! Oh, et il faut aussi prendre le chaton ! C'est une femelle.

Elle lui tendit l'animal qui gigotait dans sa main. Le vieil homme ne bougea pas.

– Ah bon ?

– S'il vous plaît… Sinon, quelqu'un va l'attraper et la manger. Vous, vous avez du poisson. Vous lui donnerez les arêtes.

Le pêcheur jeta au chaton un coup d'œil soupçonneux.

– C'est une bonne chasseuse ?

– Oh oui ! affirma Isabel, même si elle savait l'animal bien trop maigre pour attraper les souris. Elle s'appelle Leona.

Le vieux pêcheur soupira et attrapa le chaton, qui gigotait toujours.

Isabel regarda les bidons. Elle conclut en souriant :

– Oh, et je vais avoir besoin de votre aide pour porter tout ça, aussi…

MAHMOUD

ALEP, SYRIE, 2015

À travers le gigantesque trou où se dressait encore quelques instants auparavant le mur extérieur de son appartement, Mahmoud vit des nuages gris-blanc se former sur la trajectoire des missiles. Il secouait la tête pour faire cesser le bourdonnement dans ses oreilles quand il découvrit son petit frère, assis par terre, au même endroit qu'avant l'attaque.

Mais la télévision n'était plus là. Elle était tombée cinq étages plus bas, avec le mur. Et Walid était à deux doigts de chuter à son tour.

– Walid ! Ne bouge pas !

Mahmoud s'élança vers lui, se tordant les chevilles dans les débris. Immobile comme une statue, Walid en avait aussi l'aspect : une fine poudre grise le recouvrait des pieds à la tête, comme s'il avait plongé dans un sac de ciment.

Enfin, Mahmoud attrapa son petit frère et l'éloigna du trou béant – tout ce qu'il restait du mur de leur appartement.

– Walid ! Walid, ça va ?

Les yeux de Walid étaient vivants, mais vides.

– Walid, parle-moi. Tu vas bien ?

Enfin, Walid le regarda et dit :

– Tu saignes.

– Mahmoud ? Walid ? cria leur mère depuis la porte de sa chambre en tenant dans ses bras Hana qui hurlait. Dieu merci, vous êtes vivants !

Elle tomba à genoux et les serra tous les trois contre elle. Le cœur de Mahmoud battait à se rompre, ses oreilles bourdonnaient toujours et ses épaules le brûlaient, mais il était vivant. Ils étaient tous vivants ! Il essuya les larmes qui lui montaient aux yeux.

Sous leurs pieds, le sol grondait et tremblait toujours.

– Il faut sortir d'ici ! dit sa mère en lui tendant Hana. Va-t'en, vite ! Emmène ton frère et ta sœur. Je prends quelques affaires et je vous rejoins.

– Non, Maman !

– File ! ordonna-t-elle en les poussant tous trois vers la porte.

Mahmoud cala Hana sur sa hanche et prit la main de son frère, mais celui-ci résistait.

– Et mes figurines ? gémit-il.

– On t'en achètera d'autres ! promit Mahmoud. Il faut sortir d'ici !

Au bout du couloir, il aperçut la famille Sarraf – la mère, le père et leurs jumelles, plus jeunes que Walid.

– Que s'est-il passé ? demanda M. Sarraf.

Hébété, il découvrit le mur effondré.

– L'immeuble a été touché, dit Mahmoud. Il faut sortir !

M. et Mme Sarraf rentrèrent à la hâte dans leur appartement, tandis que Mahmoud descendait l'escalier avec Hana et Walid, qu'il tenait toujours par la main. Soudain, le bâtiment bougea une nouvelle fois. L'escalier se détacha du mur, formant une large fissure dans le béton. Retenant son souffle, Mahmoud cramponna la rampe et attendit. Comme rien ne s'effondrait, il dévala les dernières marches avant de s'éloigner en courant, Hana dans les bras et son frère sur les talons.

La rue était un champ de ruines. Partout résonnait le bruit sourd des missiles et des bombes, assez proches pour faire trembler les rares lambeaux de murs qui tenaient encore debout. Un immeuble vacilla, puis s'effondra, recouvrant la rue d'une immense vague de poussière et de débris. Mahmoud trembla sous le choc. Walid, lui, demeura impassible, comme si ce genre d'évènement se produisait tous les jours.

Et en effet, songea Mahmoud, sous le choc, cela arrivait tous les jours. Mais pas à eux. Jusqu'à aujourd'hui…

Autour d'eux, les gens couraient, couverts de poussière grise et de sang. Pas de bruits de sirènes, ni d'ambulances venant au secours des blessés. Pas de voitures de police ni d'équipes de secouristes affluant vers les lieux de l'accident.

Il n'y en avait plus.

Mahmoud leva les yeux. Toute la façade s'était effondrée et leur immeuble ressemblait maintenant à une maison de poupée géante avec, à chaque étage, un salon et une cuisine identiques aux leurs, mais meublés différemment.

L'immeuble craqua de nouveau. Tout en haut, une cuisine commença à pencher vers le vide. Elle tomba d'un étage, s'écrasa sur leur appartement puis poursuivit sa chute jusqu'en bas. Mahmoud eut à peine le temps de crier « Courez ! » et d'éloigner Walid et sa sœur avant que le bâtiment entier ne s'effondre dans la rue en grondant comme un avion de chasse.

Une fois en sécurité sur le trottoir d'en face, Hana et Walid serrés contre lui, il se rappela soudain que sa mère était toujours dans l'immeuble. Il se mit à hurler.

– Maman ! Maman !

– Mahmoud ? Walid ?

Sa mère lui avait répondu, et il la vit émerger des décombres avec la famille Sarraf ; tous étaient couverts de poussière grise. Elle se précipita pour les serrer dans ses bras.

– Nous sommes sortis par l'escalier de derrière, expliqua-t-elle. Juste à temps.

Mahmoud leva les yeux. Leur appartement n'était plus là. Que faire, maintenant ? Où aller ?

Sa mère lui prit Hana, puis lui tendit son cartable et celui de Walid. Surpris, Mahmoud découvrit qu'ils étaient pleins de vêtements et de couches qu'elle était retournée chercher dans l'appartement.

Tout ce qu'il leur restait tenait dans ces deux sacs.

– Je n'arrive pas à joindre ton père, dit sa mère en tapotant sur les touches de son portable. Pas de réseau. Une fois de plus.

Son père, qui travaillait comme ingénieur pour une entreprise de téléphonie mobile, essayait probablement de réparer la panne, en ce moment, songea Mahmoud. Et s'il avait été frappé par une bombe, lui aussi ? Rien que d'y penser, il avait l'estomac noué.

Il se sentit pousser des ailes quand il vit son père courir vers eux.

– Fatima ! Mahmoud ! Walid ! Hana !

Il les serra tous les quatre contre lui et déposa un baiser sur le front d'Hana.

– Dieu merci, vous êtes vivants !

– Papa, notre maison s'est écroulée ! Qu'est-ce qu'on va faire ?

– Ce que nous aurions dû faire il y a longtemps déjà : quitter Alep. Maintenant. J'ai garé la voiture tout près. Nous serons en Turquie demain. Là, nous vendrons la voiture et continuerons vers le nord, en direction de l'Allemagne.

Tout le monde se figea.

– L'Allemagne ? répéta sa mère.

Mahmoud était aussi stupéfait qu'elle. L'Allemagne ? Il se remémora la carte du monde, dans sa salle de classe. C'était quelque part vers le nord, au cœur de l'Europe. Il n'arrivait pas à s'imaginer voyager aussi loin.

– Juste pour quelque temps, précisa son père. J'ai vu à la télévision qu'ils accueillaient des réfugiés. Nous resterons là-bas jusqu'à ce que tout ça soit terminé, puis nous rentrerons chez nous dès que possible.

– Il fait froid, en Allemagne, dit Mahmoud.

– Je voudrais un bonhomme de neige… entonna son père.

Ils étaient allés voir *La Reine des Neiges*, à Alep, à l'époque où ils pouvaient encore se rendre dans le quartier des cinémas, désormais contrôlé par le gouvernement.

– Youssef… gronda sa mère.

Penaud, son père bredouilla :

– Un bonhomme de neige… ou autre chose.

– Je ne plaisante pas, reprit sa mère. Nous avons souvent parlé de partir, mais c'est un peu précipité. Il faut faire nos bagages. Nous préparer. Acheter des billets, réserver des chambres d'hôtel… Nous avons en tout et pour tout deux cartables et nos téléphones. C'est loin, l'Allemagne. Comment irons-nous jusque-là ?

Son père haussa les épaules.

– En bateau ? En train ? En bus ? À pied ? Je ne sais pas. Avons-nous vraiment le choix ? Nous n'avons plus de maison ! As-tu récupéré l'argent que nous avons mis de côté ?

Sa mère acquiesça, mais elle n'était pas rassurée.

– Alors nous avons de l'argent ! Nous achèterons des billets en chemin. Il nous reste l'essentiel : la vie. Chaque jour passé à Alep risque de nous la faire perdre.

Regardant tour à tour sa femme et ses deux fils, son père décréta :

– Nous avons perdu trop de temps à parler sans rien faire. C'est dangereux, ici. Il y a longtemps que nous aurions dû partir. Prêts ou non, si nous voulons vivre, il faut quitter la Syrie.

JOSEF

QUELQUE PART DANS L'OCÉAN ATLANTIQUE, 1939

6e jour de voyage

Sur le pont-promenade ensoleillé du bateau, Ruthie dépassa Josef en sautillant. Jamais celui-ci ne l'avait vue aussi heureuse et il savait pourquoi. Le *Saint Louis* était un paradis. Interdite de cinéma en Allemagne parce qu'elle était juive, Ruthie y avait vu son premier dessin animé. Elle l'avait adoré – même s'il avait été suivi d'un film de propagande montrant Hitler en train de hurler sa haine des Juifs. Trois fois par jour, on leur servait de délicieux repas dans une salle à manger – nappes blanches, verres en cristal, argenterie étincelante –, et les stewards étaient aux petits soins pour eux. Ils jouaient au palet ou au badminton et l'équipage avait promis de remplir la piscine d'eau de mer dès que le paquebot aurait pénétré dans les eaux tièdes du Gulf Stream.

Son père – qui, en cinq jours, n'avait pas quitté une seule fois sa cabine, pas même pour prendre ses repas – avait beau répéter sans cesse que tous les Allemands leur voulaient du mal, les Landau étaient traités avec respect et gentillesse.

Ce n'était pas faute de savoir qu'ils étaient juifs. À bord, personne ne portait l'étoile jaune et il n'y avait pas de lettre J sur les portes des cabines, et pour cause : tous les passagers – neuf cent huit personnes, en majorité des femmes et des enfants – étaient juifs ! Heureux d'avoir enfin réussi à échapper aux menaces et à la violence qui sévissait partout en Allemagne, ils chantaient, dansaient et riaient. Deux fillettes de l'âge de Ruthie, penchées par-dessus le bastingage, ricanaient dans leurs robes à fleurs identiques. L'une d'elles avait trouvé un bout de ficelle qu'elle agitait au-dessus des passagers endormis dans des transats, sur le pont A, pour leur chatouiller le nez. Quand leur victime du moment, qui se frappait sans cesse le visage comme pour en chasser une mouche, s'éveilla en sursaut, Ruthie éclata d'un rire hystérique. Aussitôt, les fillettes remontèrent la ficelle à la hâte avant d'aller se cacher sur le pont pour pouffer à leur aise.

Josef se présenta au petit groupe.

– Je m'appelle Josef, et voici Ruthie.

– Josef vient d'avoir treize ans ! expliqua Ruthie. Samedi prochain, il va faire sa bar-mitzvah.

Cérémonie marquant le passage officiel à la majorité religieuse pour les jeunes garçons juifs, la bar-mitzvah a généralement lieu le premier samedi – ou chabbat, le jour de repos des Juifs – qui suit le treizième anniversaire. Josef attendait ce jour avec impatience.

– S'il y a assez de monde, rappela-t-il à sa sœur.

– Je suis Renata Aber, dit la plus âgée des deux filles, et voici Evelyne.

Josef fut étonné d'apprendre que ces deux sœurs voyageaient seules.

– Notre père nous attend à Cuba, expliqua Renata.

– Où est votre mère ? demanda Ruthie.

– Elle a… préféré rester en Allemagne, dit Evelyne.

Sentant que cette discussion les mettait mal à l'aise, Josef lança :

– Hé ! Je connais un jeu amusant !

C'était un tour qu'il avait joué un jour à M. Meier, avec Klaus. L'évocation de son ami fit resurgir de mauvais souvenirs qu'il chassa d'un clignement d'yeux. Tout cela était fini, maintenant qu'il avait embarqué à bord du *Saint Louis.*

– D'abord, reprit-il, il nous faut du savon…

Josef leur montra comment enduire une poignée de porte pour la rendre si glissante qu'elle devenait impossible à tourner. Après avoir savonné toutes les poignées de la coursive[8] menant au pont A, ils allèrent se cacher et attendirent.

Très vite, un steward muni d'un grand plateau d'argent frappa à une cabine. Josef, Ruthie, Renata et Evelyne se retinrent de rire quand il essaya en vain d'ouvrir. En triturant la poignée, il lâcha son plateau qui s'écrasa au sol dans un grand fracas.

---

8. Couloir étroit dans le sens de la longueur d'un bateau.

Les quatre plaisantins éclatèrent de rire. Josef et Renata éloignèrent les plus jeunes pour qu'elles ne se fassent pas prendre puis, tout essoufflés, ils s'accroupirent derrière un canot de sauvetage et pouffèrent de plus belle.

Josef avait les larmes aux yeux. Il ne s'était pas autant amusé depuis des années.

Il aurait voulu que ce voyage à bord du *Saint Louis* ne s'arrête jamais.

ISABEL

FAUBOURGS DE LA HAVANE, CUBA, 1994

Le bateau était lourd et, même s'ils étaient six à le porter, Isabel avait peur de le lâcher. Ivan et elle se tenaient de part et d'autre de l'embarcation ; au milieu, les parents d'Ivan soutenaient l'avant ; le père et le grand-père d'Isabel, l'arrière.

Mme Castillo, la mère d'Ivan, était une jolie femme à la peau mate. Elle portait un fichu blanc noué sur ses dreadlocks. La mère d'Isabel, enceinte de presque neuf mois, était la seule à ne pas soulever le bateau – qui, en plus d'être grand et lourd, était rempli de bouteilles de gaz, de bonbonnes d'eau fraîche, de lait concentré, de fromage, de pain et de médicaments. Les fuyards avaient dû abandonner tout le reste.

L'essentiel était d'arriver jusqu'en Floride.

Il faisait nuit, et la lune déclinante pointait derrière les nuages épars. Isabel frissonna quand une brise tiède souleva ses courts cheveux bouclés. Fidel Castro avait autorisé les Cubains à quitter leur île plusieurs heures auparavant. Et s'il avait changé d'avis ? Si un cordon de policiers les attendait sur la plage pour les arrêter ? Isabel leva un peu les bras pour avoir une meilleure prise et avancer plus vite.

Ils quittèrent le chemin de pierre qui menait au village pour s'engager dans les dunes. Isabel ne voyait rien d'autre que la coque du bateau, mais elle perçut de l'agitation tout près d'eux. Il y avait du monde sur la plage ! Beaucoup de monde ! Éblouie par une lumière aveuglante, elle laissa échapper un cri de panique et lâcha prise. Devant elle, Mme Castillo trébucha et lâcha à son tour le bateau, dont l'avant tomba sur le sable avec un bruit mat.

Inquiète de voir ses craintes se confirmer, Isabel se retourna, la main en visière. Au lieu de la lampe d'un policier, c'est le projecteur d'une caméra de télévision qui l'aveugla.

– Vous êtes sur CNN, dit en espagnol une femme dont elle ne distinguait que la silhouette, en contre-jour. Pouvez-vous nous révéler pourquoi vous avez décidé de quitter Cuba ?

– Vite ! cria M. Castillo, continuez, nous y sommes presque !

– Eh bien, je…

– Avez-vous de la famille à Miami, à qui vous voudriez faire passer un message ?

– Non, nous…

– Isabel, le bateau ! cria son père.

Déjà, les autres soulevaient l'embarcation et se dirigeaient d'un pas mal assuré vers les vagues rugissantes. Le projecteur se détourna d'Isabel pour éclairer ce qui ressemblait à une fête, sur la plage. Plus de la moitié des habitants du village étaient là, applaudissant, saluant, encourageant ceux qui partaient.

Il y avait des bateaux partout ! Canots gonflables, canoës équipés de stabilisateurs construits avec les moyens du bord, radeaux faits de chambres à air tressées, bateaux lestés de plaques de polystyrène ou de bidons d'essence… Craignant d'être vus ou entendus, la famille d'Isabel et les Castillo avaient travaillé en secret toute la nuit. Apparemment, ils n'étaient pas les seuls.

La foule applaudit quand le drap hissé en guise de voile sur une frêle embarcation faite de palettes et de chambres à air prit le vent, et éclata de rire en regardant couler un autre rafiot bricolé avec un vieux frigo.

Quand les lumières des projecteurs balayèrent de nouveau la plage, Isabel aperçut quelques policiers debout sur les rochers. Ils n'étaient pas aussi nombreux qu'à La Havane, mais suffisamment pour les arrêter. Pourtant, ils se contentaient de les observer sans bouger. Castro n'avait pas changé d'avis !

– Chabela ! appela sa mère qui était déjà dans le bateau. Dépêche-toi !

Papi aidait Ivan à monter à bord pendant que M. Castillo tentait de démarrer le moteur.

Isabel s'avança dans l'eau. Les vagues léchaient le bas de son short, et elle était sur le point de toucher les mains tendues de son père lorsqu'elle le vit se figer.

Deux policiers s'élançaient vers la mer. Droit sur eux.

– C'est pour moi qu'ils sont là ! cria Papi.

Isabel plongea pour nager jusqu'au bateau ; mais déjà son père grimpait à bord en hurlant :

– Démarre le moteur !

– Attendez-moi ! cria Isabel.

Les deux policiers couraient dans les vagues, suivis par leurs collègues venus en renfort.

Isabel sentit qu'on l'agrippait pour la hisser à bord – Ivan ! Avec l'aide de sa mère, celui-ci tendit la main à ses poursuivants. Que faisaient-ils ?

– Non ! cria Papi en reculant jusqu'au fond du bateau.

Ivan et Mme Castillo hissèrent les policiers par-dessus bord. Quand ils ôtèrent leurs bérets, Isabel reconnut aussitôt l'un d'eux – Luis, le fils aîné des Castillo ! En voyant l'autre secouer ses longs cheveux noirs, elle comprit qu'il s'agissait de sa petite amie.

C'était le plan des Castillo depuis le début : les emmener avec eux ! Mais ils n'avaient rien dit à Isabel et à sa famille.

Un coup de feu éclata, couvrant le bruit des vagues, et un cri de panique s'éleva dans la foule assemblée sur la plage. Une nouvelle déflagration, et une balle heurta la coque du bateau.

Pourquoi les policiers leur tiraient-ils dessus ? Castro n'avait-il pas déclaré que chacun était libre de partir ?

Isabel se tourna vers Luis et sa petite amie et comprit tout à coup : réquisitionnés pour servir dans la police, ils n'étaient pas autorisés à quitter le pays. C'étaient des déserteurs, et les déserteurs étaient abattus.

Le moteur toussa, le bateau s'éloigna, heurtant une vague qui éclaboussa Isabel. De la plage, les villageois les encourageaient. M. Castillo mit les gaz, laissant les policiers qui les poursuivaient dans leur sillage.

Isabel s'assit entre deux bancs pour reprendre son souffle. Il lui fallut un moment avant de réaliser qu'ils étaient vraiment en train de quitter Cuba, laissant derrière eux leur village, leur maison – tout ce qu'ils avaient jamais connu.

Le père d'Isabel traversa le bateau balloté par les vagues et saisit M. Castillo par le col.

– Qu'est-ce qu'il t'a pris de les faire monter à bord ? hurla-t-il. Et s'ils nous suivaient ? S'ils lançaient la marine à nos trousses ? Tu nous as tous mis en danger !

M. Castillo repoussa son bras.

– On ne vous a pas demandé de venir !

– C'est notre essence !

Ils continuèrent à se disputer mais le bruit du moteur et le clapotis des vagues couvraient leurs voix. De toute façon, Isabel ne les écoutait plus. Elle ne songeait plus qu'aux cent cinquante kilomètres qu'il leur restait à parcourir et à l'eau qui entrait par le trou que la balle avait fait dans la coque.

MAHMOUD

FAUBOURGS D'ALEP, SYRIE, 2015

1er jour de voyage

Le père de Mahmoud gara sa Mercedes break dans une petite station-service, au nord d'Alep. Les garçons étaient à l'arrière avec leur mère qui, dissimulée sous une couverture, nourrissait Hana. Elle avait enfilé une robe noire à manches longues et un hijab[9] rose à fleurs qui lui couvrait la tête et les épaules, ne révélant que quelques cheveux noirs. Avec son mari, elle avait décidé de se couvrir davantage qu'à Alep, au cas où ils croiseraient des musulmans plus stricts en chemin. Dans certains endroits, et surtout dans des zones contrôlées par l'État islamique, les femmes qui ne cachaient

9. Voile porté par certaines femmes musulmanes.

pas entièrement leur corps étaient lapidées. Quiconque protestait contre cette perversion de l'islam était considéré comme un infidèle à qui il fallait couper la tête. Mahmoud et sa famille avaient l'intention d'éviter le plus possible l'EI, mais ses combattants progressaient chaque jour un peu plus à l'intérieur de la Syrie.

Par la vitre poussiéreuse de la voiture, Mahmoud vit un avion de chasse filer en direction d'Alep. Un portrait peint du président Assad occupait tout un mur de la station-service. Costume-cravate, cheveux noirs coupés court et fine moustache sous son nez pointu, il posait dans une lumière jaune devant un drapeau syrien, entouré de colombes de la paix. Une ligne irrégulière de vrais impacts de balles lui barrait le visage.

Après avoir fait le plein, le père de Mahmoud remonta dans la voiture.

– J'ai un itinéraire, dit sa mère.

Elle avait fini par trouver un signal sur son smartphone.

Mahmoud se pencha vers elle.

– Cet itinéraire traverse une frontière, lut-il en désignant un petit triangle jaune sur l'écran.

C'est ce qu'ils voulaient – sortir de Syrie par la voie la plus rapide. Son père mit le contact, passa la première vitesse et démarra.

Une heure plus tard, Mahmoud se figea en voyant quatre soldats postés sur la route leur faire signe de s'arrêter. Ils pouvaient appartenir à l'armée syrienne, être des rebelles ou même des soldats de l'État islamique. C'était devenu difficile de les distinguer. Certains portaient des pantalons camouflage et des chemises ; d'autres, des maillots Adidas, des blousons de cuir et des pantalons de survêtement. Tous avaient une barbe noire taillée court comme celle de son père et la tête couverte d'une écharpe avec des motifs et des couleurs divers.

Mais – et c'était le plus important – chacun d'eux avait entre les mains un fusil automatique.

– Ton hijab, dit son père. Vite !

La mère de Mahmoud rabattit un pan de son foulard sur son visage pour ne plus montrer que ses yeux.

Recroquevillé à l'arrière du vieux break, Mahmoud se fit tout petit. À côté de lui, Walid, imperturbable, regardait par la fenêtre ouverte.

– Gardez votre calme, dit son père en ralentissant, et laissez-moi parler.

L'un des soldats s'avança vers la voiture, son fusil vaguement pointé sur le pare-brise, tandis que les autres, de chaque côté, scrutaient l'intérieur. Comme ils restaient silencieux, Mahmoud ferma les yeux dans l'attente des coups de feu. La sueur lui coulait dans le dos.

– Je veux juste mettre ma famille en sécurité, dit son père.

L'un des hommes pointa son fusil sur lui.

– Dans quel camp es-tu ?

La question était aussi dangereuse que son arme. Si son père donnait la bonne réponse, ils vivraient ; s'il se trompait, ils mourraient tous. Mais quelle était la bonne réponse ? Assad et l'armée syrienne ? Les rebelles ? L'EI ? Voyant son père hésiter, Mahmoud retint son souffle.

L'un des soldats arma son fusil.

C'est Walid qui prit finalement la parole pour dire :

– Nous sommes contre ceux qui nous bombardent.

Le soldat rit, bientôt imité par ses compagnons.

– Nous aussi, nous sommes contre ceux qui nous bombardent. Et le plus souvent, c'est ce chien d'Assad !

Mahmoud laissa échapper un soupir de soulagement. Sans le savoir, Walid venait de leur sauver la vie.

– Où allez-vous ? reprit le soldat.

– Vers le nord, répondit son père. Par Azaz.

Le soldat ouvrit la portière arrière et poussa Walid au fond du break pour s'asseoir.

– On ne peut plus traverser Azaz, dit-il. Il y a des combats entre l'Armée syrienne libre et Al-Qaïda.

Un autre soldat ouvrit la portière côté passager en faisant signe à Mahmoud d'aller rejoindre Walid. Deux de ses compagnons se serrèrent sur la banquette arrière ; le dernier s'installa avec Mahmoud, Walid et leurs cartables. Il était couvert de poussière et semblait ne pas s'être lavé depuis des mois. La chaleur de la rue irradiait de son corps et de son arme.

Apparemment, ils voulaient tous voyager avec eux.

L'un des soldats installés sur la banquette arrière prit le téléphone des mains de la mère de Mahmoud et consulta la carte.

– Vous devriez utiliser Apple Maps, dit-il.

– Mais non, imbécile, Google Maps est beaucoup mieux ! répondit son compagnon, avant de se tourner vers le père de Mahmoud. Vous voyez, il faut aller jusqu'à Qatma et traverser Qestel Cindo, plus au nord.

Il désigna des points sur la carte.

– Il y a des affrontements entre les rebelles, l'armée et l'EI ici, et là, expliqua-t-il. Beaucoup d'armes et d'artillerie. Et les Kurdes tiennent tout ce territoire… Dans cette région, il y a eu des frappes aériennes russes pour soutenir ce cochon alaouite d'Assad. Plus loin, des drones américains attaquent l'EI.

Mahmoud était désespéré. De trop nombreux obstacles se dressaient entre eux et la frontière turque.

– Repartez en direction du sud, conseilla l'un des soldats. Vous nous laisserez sur la route 214.

Son père fit demi-tour et commença à rouler, tandis que le soldat affichait l'itinéraire pour voir leur destination.

– Vous allez en Turquie ?

– C'est… c'est là que j'ai fait mes études d'ingénieur, répondit son père.

– Il ne faut pas quitter la Syrie, déclara l'un des soldats. Vous devez défendre votre pays ! Combattre ce tyran d'Assad !

Mahmoud songea qu'entre Assad, l'EI, la Russie et l'Amérique, il ne restait plus grand-chose à défendre en Syrie.

– Je veux juste mettre ma famille en sécurité.

– Ma famille a été tuée lors d'une attaque aérienne, répondit l'un des soldats. Quand ce sera le tour de la vôtre, vous prendrez peut-être les armes. Mais il sera trop tard.

Mahmoud se rappela sa terreur quand son immeuble s'était effondré alors qu'il croyait sa mère encore à l'intérieur. Sa panique quand ils n'avaient pas réussi à joindre son père. Si ses parents étaient morts lors de l'attaque aérienne, aurait-il voulu se venger de leurs assassins ? Au lieu de s'enfuir, son père et lui devraient-ils rallier les rebelles et se battre pour reconquérir leur pays ?

Ils approchaient d'une grande route quand des coups de feu éclatèrent. Mahmoud cria et se recroquevilla au sol sous une pluie de verre. L'une des roues arrière explosa. Son père tenta de garder le contrôle de la voiture, qui se mit à zigzaguer dans un crissement de pneus. Le soldat assis près de Mahmoud et Walid s'effondra sur eux, un trou dans la tête.

Comme Mahmoud le repoussait en hurlant, la voiture s'arrêta. Des balles sifflèrent. De nouveau, ils étaient touchés.

– Sortez ! cria son père en ouvrant sa portière à la volée et en attirant sa mère et Hana à l'extérieur.

Les soldats assis sur la banquette arrière se précipitèrent hors du véhicule pour riposter. Leurs fusils automatiques crépitaient, et Mahmoud avait l'impression d'être enfermé dans un bidon qu'on frappait sans relâche avec un marteau.

Il n'avait qu'une envie : se rouler en boule et disparaître. Mais il savait que si Walid et lui restaient dans la voiture, ils finiraient comme le soldat à côté d'eux. Il devait se lever. Sortir. Bouger. Son cœur battait si fort qu'il avait l'impression qu'il allait jaillir hors de sa poitrine. Pourtant, il trouva le courage d'attraper son frère par le bras et de plonger la tête la première hors de la voiture. Ils atterrirent dans le fossé, près de leurs parents. Hana pleurait, mais on l'entendait à peine à cause des coups de feu.

Son père attendit que les tirs cessent un instant pour se hisser jusqu'à la voiture.

– Youssef, qu'est-ce que tu fais ? cria sa mère.

Son père se glissa à l'avant et, sous les balles qui criblaient une nouvelle fois la Mercedes, il arracha le téléphone avec son câble et son chargeur, puis roula dans le fossé.

– Il fallait que je le récupère. Comment je jouerai à Angry Birds, sinon ?

Il plaisantait, comme d'habitude, mais Mahmoud savait bien qu'ils avaient besoin de leurs téléphones pour aller jusqu'en Turquie. Sans cartes, ils se perdraient.

Son père attendit une nouvelle accalmie, puis ils se mirent à courir, laissant derrière eux tout ce qu'ils possédaient.

JOSEF

QUELQUE PART DANS L'OCÉAN ATLANTIQUE, 1939

8e jour de voyage

Enfin, le jour du chabbat arriva. Josef allait quitter le monde de l'enfance pour entrer dans l'âge adulte et il avait du mal à contenir son impatience. Le tableau d'affichage du paquebot informait les passagers que la salle de réception des premières classes serait transformée en synagogue pour l'occasion. Josef allait bel et bien faire sa bar-mitzvah, mais il s'efforçait de ne pas montrer son enthousiasme à son père :

pour celui-ci, ce qui aurait jadis été un heureux évènement était devenu un sujet d'angoisse.

Flottant dans son pyjama désormais trop grand, Aaron Landau arpentait leur cabine d'un air soucieux.

– Une synagogue, à bord de ce paquebot ?

– C'est le capitaine lui-même qui a tout organisé, expliqua la mère de Josef.

– Ridicule ! Vous n'avez donc pas vu le drapeau nazi en montant à bord ?

– Tu ne veux pas assister à la bar-mitzvah de ton propre fils ?

Sa mère et Ruthie avaient déjà mis leurs jolies robes de chabbat ; Josef, lui, portait sa plus belle chemise et une cravate.

– Une bar-mitzvah ? Nous ne sommes pas assez nombreux pour former un miniane ! rétorqua son père.

La tradition exigeait qu'au moins dix hommes adultes récitent les prières. On appelait ce groupe un miniane.

Aaron Landau passa la main sur son crâne rasé, puis reprit :

– Non. Non, quiconque a vécu en Allemagne pendant les six dernières années ne serait pas assez fou pour assister à une cérémonie juive à bord d'un paquebot nazi. C'est un piège destiné à nous tromper. C'est comme ça qu'ils procèdent…

– Très bien. Nous irons sans toi, soupira Rachel Landau.

Pour Josef, laisser son père fut un déchirement. Toutes les fois qu'il avait rêvé de ce jour, celui-ci était présent et récitait une prière avec lui. *Mais c'était peut-être cela, devenir un homme : ne plus compter sur son père ?*

Josef, sa mère et Ruthie s'arrêtèrent sur le seuil de la salle, stupéfaits. Non seulement les dix hommes requis pour célébrer l'office étaient réunis, mais ils étaient une centaine ; voire davantage, portant la kippa sur la tête et le *talit*[10] noir et blanc sur les épaules. On avait poussé les tables de bridge sur le côté, et des stewards installaient des chaises supplémentaires pour accueillir la foule. Devant, sur un pupitre, se trouvait le rouleau de la Torah.

Comme il observait ces préparatifs, Josef eut l'impression de n'être pas entré dans une synagogue depuis une éternité. La dernière fois, c'était avant la nuit de Cristal, avant les lois de Nuremberg qui avaient fait des Juifs des citoyens de seconde zone, avant les boycotts et les autodafés[11]. Avant que les Juifs renoncent à se rassembler dans des lieux publics. Le samedi, ses parents l'emmenaient toujours prier, alors que les autres parents laissaient leurs enfants à leur nounou. Tout lui revenait, maintenant – sa façon de se balancer en marmonnant les prières, de se tordre le cou pour voir la Torah qu'on retirait de l'Arche sainte, et son espoir de la toucher avant de baiser ses doigts pendant la procession. Josef sentit un picotement sur sa peau. Les nazis leur avaient volé, lui avaient volé tout cela, et maintenant, lui et les autres passagers allaient le reprendre.

C'est Gustav Schröder, le capitaine, qui les accueillit. Sur le balcon surplombant la salle, quelques membres d'équipage s'étaient rassemblés pour assister à la cérémonie.

---

10. Petit bonnet et châle de prière portés par les Juifs pratiquants.

11. Sous le IIIe Reich, la population allemande était invitée à ne plus faire travailler les Juifs ni lire leurs livres ; qui étaient brûlés.

– Capitaine, dit l'un des rabbins qui célébraient l'office, je me demandais si nous pouvions retirer le portrait du Führer. Étant donné les circonstances et le caractère sacré de l'évènement, il paraît quelque peu déplacé…

Hitler était partout à bord, et la salle de réception des premières classes ne faisait pas exception. Un grand portrait y était suspendu au beau milieu, surveillant tout le monde. Josef sentit son sang se glacer. Il détestait cet homme pour tout ce qu'il avait fait aux Juifs, et surtout à son père.

– Bien sûr, acquiesça le capitaine Schröder en faisant signe à deux stewards qui s'empressèrent d'aller décrocher le tableau.

Au balcon, Josef vit l'un des membres d'équipage taper du poing sur la balustrade et sortir en trombe.

Mme Landau embrassa son fils sur la joue, puis, tandis que celui-ci s'installait avec les hommes, elle s'éloigna avec Ruthie pour rejoindre la section réservée aux femmes. Face aux fidèles, le rabbin lut le livre d'Osée[12], puis Josef récita à son tour la bénédiction qu'il répétait depuis des mois. Il avait l'estomac noué quand il se leva devant ce public aussi nombreux et sa voix se brisa lorsqu'il buta sur les mots hébreux, mais il alla jusqu'au bout. Sa mère, parmi la foule, avait les yeux baignés de larmes.

Après la cérémonie, Josef était sur un petit nuage. Comme dans un rêve, il serra de nombreuses mains et reçut de nombreuses félicitations. D'aussi loin qu'il se souvienne, il avait attendu ce jour. Ne plus être un enfant. Entrer dans l'âge adulte.

---

12. Passage de la Bible hébraïque (Ancien Testament chrétien) traitant de l'amour de Dieu pour son peuple.

Une fois sa mère et sa sœur parties retrouver son père dans leur cabine, il sortit seul sur le pont-promenade. Il se sentait différent, comme neuf.

Soudain, Renata et Evelyne, qui avaient délaissé la synagogue pour aller jouer, surgirent de derrière un canot de sauvetage et lui prirent la main.

– Josef ! Viens faire le guet pour nous ! s'écria Renata.

Avant qu'il puisse protester, les filles l'entraînèrent vers les toilettes des femmes. Masi au lieu de le pousser à y entrer, elles l'abandonnèrent à la porte.

– Si quelqu'un vient, tu cries ! ordonna Renata, hors d'haleine. Nous allons fermer toutes les cabines de l'intérieur et ressortir par en dessous. Comme ça, personne ne pourra utiliser les toilettes !

Josef essaya de les dissuader, mais elles avaient déjà disparu. Il resta planté là, sans savoir s'il devait rester ou partir. Les deux sœurs revinrent presque aussitôt, agrippées l'une à l'autre en riant comme des folles.

Une jeune femme passa près d'elles, très pâle et se tenant le ventre. Renata et Evelyne se turent. Josef entendit la femme tenter désespérément d'entrer dans les cabines, avant de ressortir en titubant, plus pâle et plus désemparée encore.

Quand elle se fut éloignée, les deux fillettes éclatèrent de rire.

– Ce n'est pas drôle, gronda Josef. Retournez tout de suite ouvrir les portes !

– Ce n'est pas parce que tu as fait ta bar-mitzvah que tu es un adulte ! lui lança Renata, tandis qu'Evelyne lui tirait la langue. Viens, Evie, allons dans les toilettes du pont A !

Une fois les fillettes parties, Josef laissa échapper un soupir. Elles avaient raison. La bar-mitzvah ne suffisait pas à faire de lui un adulte. Il fallait aussi qu'il se montre responsable. Comme il arpentait le pont-promenade à la recherche d'un steward, il en vit deux penchés par-dessus le bastingage.

– On doit avancer à seize nœuds à l'heure, facile, dit l'un. Le capitaine a poussé les moteurs à fond.

– Il le faut, répondit l'autre. Les autres bateaux sont plus petits et plus rapides. S'ils arrivent les premiers à La Havane et déchargent leurs passagers, qui sait si les Cubains accepteront de nous accueillir ? Ils décideront peut-être qu'il y a assez de Juifs chez eux !

Josef regarda la mer. Pas un seul navire à l'horizon. De quels bateaux parlaient-ils ? D'autres paquebots pleins de réfugiés ? Et pourquoi était-ce important d'arriver les premiers ? Tous les passagers n'avaient-ils pas déjà fait leur demande et acheté un visa ? Cuba ne pouvait pas les refouler…

Comme pour répondre aux interrogations de Josef, l'un des stewards ajouta en hochant la tête :

– La compagnie maritime nous cache quelque chose. Ils n'ont peut-être rien dit à Schröder non plus. Le capitaine est dans un sacré pétrin et je n'aimerais pas être à sa place pour tout le sucre de Cuba.

Josef s'éloigna. Il avait oublié cette histoire de toilettes des femmes.

Si sa famille et lui ne pouvaient pas entrer à Cuba, si on leur refusait l'asile, où iraient-ils ?

ISABEL

DÉTROIT DE FLORIDE, QUELQUE PART AU NORD DE CUBA, 1994

1er jour de voyage

C'est M. Castillo qui s'occupait du bateau. Il n'y avait eu ni vote ni discussion pour le nommer capitaine. Puisque c'était lui qui avait construit l'embarcation et qui la pilotait, le choix s'était imposé. Cette responsabilité ne paraissait guère le réjouir. Il jetait sans cesse des regards inquiets au moteur et à la barre. Pourtant, à part le trou grossièrement rebouché avec une chaussette, tout allait bien. Derrière eux, les lumières de La Havane ne formaient plus qu'une tache et ils avaient distancé tous les autres bateaux.

Coincée entre Ivan et son grand-père, Isabel se cramponnait au banc de bois sur lequel elle était assise. Le bateau était à peine assez grand pour sept personnes et, avec Luis et sa petite amie, ils étaient très à l'étroit.

– Je crois qu'il est temps de faire connaissance avec notre compagnon de route, dit son grand-père.

Elle crut qu'il voulait parler de la petite amie de Luis, qu'elle avait d'abord prise pour un policier. Elle comprit son erreur quand Lito commença à déplacer les sacs de nourriture et les bonbonnes d'eau stockés à leurs pieds, laissant apparaître l'énorme visage de Fidel Castro !

La petite amie de Luis éclata de rire, bientôt imitée par les autres passagers. Isabel riait si fort qu'elle en avait mal au ventre.

Malgré son humeur morose, M. Castillo se joignit à l'hilarité générale.

– Il me fallait quelque chose de grand et d'épais pour faire le fond du bateau, dit-il. Alors quand j'ai vu tous ces portraits d'*el Presidente*…

C'était vrai. Le visage de Castro était partout à Cuba – sur les panneaux publicitaires, les taxis, encadré sur les murs des écoles ou peint sur les façades des immeubles.

Un slogan illustrait ce portrait : *Lutter contre l'impossible et vaincre.*

– Fidel a vraiment la grosse tête, observa Luis.

Isabel ne put s'empêcher de rire avec les autres. À Cuba, on n'avait pas le droit de dire ce genre de choses. Mais ils n'étaient plus à Cuba, n'est-ce pas ?

– Savez-vous quelles sont les plus grandes réussites de la révolution cubaine ? demanda son père.

Tous répondirent d'une seule voix :

– L'éducation, la santé publique et les sports !

Castro répétait cela en boucle dans ses discours-fleuves.

– Et ses plus grands échecs ?

– Le petit déjeuner, le déjeuner et le dîner ! lancèrent les adultes, qui connaissaient cette blague par cœur.

Isabel sourit tandis que ses compagnons, mis en appétit, commençaient à sortir boissons et nourriture, malgré l'heure tardive.

Elle prit une gorgée de soda.

– On arrivera quand, en Floride ?

M. Castillo haussa les épaules.

– Demain soir, peut-être. Dès le lever du jour, nous nous orienterons grâce au soleil.

– Pour l'instant, l'essentiel est de nous éloigner de Cuba, dit la petite amie de Luis.

Lito se tourna vers elle.

– Comment t'appelles-tu, ma jolie ?

– Amara.

Elle était très belle, même avec son uniforme bleu de policier. Sa peau mate était parfaite, tout comme ses longs cheveux noirs et ses lèvres rouges et pleines.

– Non, non, non, répliqua Lito. Tu dois t'appeler Summer[13], car tu me donnes chaud !

---

13. N.D.T. : En anglais, *summer* signifie « été ».

La jeune fille sourit, mais la mère d'Isabel donna une bourrade à Lito.

– Arrête, Papi. Tu pourrais être son grand-père !

Piqué au vif, Lito se tourna vers Amara et déclara, les mains sur le cœur :

– J'aimerais être ta chanson préférée pour être toujours sur tes lèvres. Si tes yeux étaient un océan, je voudrais m'y noyer.

Il lui offrait des *piropos*, les compliments que les hommes cubains murmuraient dans la rue aux passantes. Cette coutume était tombée en désuétude mais Lito la considérait comme un art.

Luis sourit, tandis qu'Amara éclatait franchement de rire.

Soudain, une vague les souleva et Papi lança, agrippé au plat-bord :

– On devrait peut-être éviter de parler de noyade !

– Vous imaginez ça comment, les États-Unis ? demanda la mère d'Isabel à la cantonade[14].

Comment ce serait, les États-Unis ? Isabel n'avait guère eu le temps d'y réfléchir.

– Avec des magasins bien approvisionnés, répondit Mme Castillo.

– On a le droit d'aller où on veut quand on veut ! renchérit Amara.

– Et celui de voter pour qui on veut ! ajouta Luis.

– Moi, je veux jouer dans l'équipe des New York Yankees ! s'écria Ivan.

– Et moi, je veux d'abord que tu finisses tes études, répliqua sa mère.

14. Ici, parler à tout le monde sans paraître s'adresser à une personne en particulier.

– Je veux regarder la télévision américaine ! reprit Ivan. *Les Simpson* !

– Et moi, j'espère bien ouvrir mon propre cabinet d'avocat ! dit Mme Castillo.

Isabel écouta chacun énumérer les choses qu'il était impatient de pouvoir faire. Vêtements, nourriture, sport, cinéma, théâtre, école, travail… Tout cela avait l'air merveilleux. Mais en fin de compte, la seule chose qu'Isabel voulait vraiment, c'était un endroit où vivre heureuse avec sa famille. Elle se tourna vers son père.

– Et toi, Papi, tu imagines ça comment, *el Norte* ?

Son père était le seul à n'avoir encore rien dit. Il parut surpris par la question.

– Comme un pays sans Ministre-Qui-Dit-Aux-Autres-Quoi-Penser-Et-Quoi-Faire, répondit-il, et où on n'est pas jeté en prison quand on n'est pas d'accord avec le gouvernement.

– Que comptes-tu faire, une fois là-bas ? insista M. Castillo.

Tout le monde se tourna vers Papi qui hésitait, scrutant le visage de Castro comme s'il avait pu y trouver une réponse.

– Être libre, dit-il enfin.

– Si on chantait ? proposa Lito. Chabela, joue-nous quelque chose à la trompette !

Isabel sentit son cœur se serrer. Ses parents étaient au courant, mais elle n'avait rien dit à Lito. Elle savait qu'il ne l'aurait jamais laissée faire.

– J'ai échangé ma trompette contre de l'essence, avoua-t-elle.

Son grand-père la regarda, abasourdi.

– Cette trompette était tout pour toi !

Non, pas tout. Ce n'était pas mon père ni ma mère, ni toi non plus, Lito.

– Je m'en achèterai une autre aux States.

Lito acquiesça d'un signe de tête.

– Chantons quand même !

Il entonna un air de salsa en battant la mesure sur le plat-bord[15] en métal du bateau… Bientôt, tout le monde fredonna. Lito se leva pour tendre la main à Amara et l'inviter à danser.

– Papi ! Assieds-toi ! Tu vas passer par-dessus bord ! ordonna la mère d'Isabel.

– Je ne peux pas tomber dans l'eau ! répliqua-t-il. Je suis déjà tombé amoureux de cette princesse des mers !

Amara accepta dans un éclat de rire. Tous deux se mirent à danser malgré le roulis, tandis qu'Isabel s'efforçait de suivre Mami qui frappait dans ses mains pour marquer la clave.

– Tu ne l'entends toujours pas, Chabela ? demanda Lito.

Concentrée, Isabel ferma les yeux. Elle l'entendait presque. Presque…

Puis le moteur toussa et s'arrêta, comme la musique.

---

15. Latte de bois qui borde un navire.

MAHMOUD

KILIS, TURQUIE, 2015

2e jour de voyage

On entendait de la musique derrière les barrières.

La foule était si dense que Mahmoud avait du mal à voir ce qui se passait. Sa famille et lui, tout juste arrivés dans la ville-frontière de Kilis, attendaient comme d'innombrables Syriens qu'on les laisse entrer en Turquie.

Tout ce qu'ils possédaient tenait dans des valises ou des sacs de sport, dans des taies d'oreiller ou des sacs poubelle. Les hommes portaient des jeans et des T-shirts ou des survêtements, les femmes des robes, des abayas[16] et des hijabs. Quant aux enfants, on aurait dit des versions miniatures de leurs parents. Ils se comportaient comme des adultes, pleuraient et criaient très peu, ne jouaient pas du tout.

Ils avaient tous trop marché et vu trop d'horreurs.

16 Robes portées par-dessus les vêtements.

Après avoir abandonné leur voiture, Mahmoud et les siens s'étaient orientés grâce à leurs téléphones, s'efforçant d'éviter les villes prises par l'État islamique, l'armée syrienne, les rebelles et les Kurdes. Pour diviser en deux les huit heures de marche, ils avaient dormi dehors, dans un champ. Pendant la journée, il faisait chaud, mais les nuits étaient fraîches et, dans leur hâte, ils avaient laissé tous leurs vêtements de rechange dans la voiture.

C'est le lendemain de l'attaque de la voiture qu'ils les avaient vus. Comme eux, ils étaient des douzaines, des centaines à avoir quitté la Syrie pour tenter de gagner le nord de la Turquie. De se mettre à l'abri. Mahmoud et les siens s'étaient fondus dans leurs rangs, invisibles, comme Mahmoud aimait l'être. Malgré les explosions et les nuages de fumée, personne ne se souciait de ce lent cortège de Syriens fuyant les champs de bataille – ni les drones américains, ni les rebelles lanceurs de roquettes, ni les tanks de l'armée syrienne ni les avions russes.

Ces centaines de réfugiés, et des milliers d'autres encore, formaient une longue file, bien visible désormais. Des gardes turcs en tenue de camouflage vert clair, munis d'armes automatiques et portant des masques chirurgicaux, dévisageaient chacun d'entre eux. Mal à l'aise, Mahmoud aurait voulu détourner le regard, mais il craignait que les gardes le soupçonnent d'avoir quelque chose à cacher. À l'inverse, s'il levait les yeux, ils le remarqueraient et les feraient peut-être sortir du rang, sa famille et lui…

Il décida de fixer le dos de son père. Celui-ci avait des auréoles aux aisselles. Sentant sa propre chemise, Mahmoud se rendit compte qu'il puait, lui aussi. Après avoir marché des heures sous le soleil brûlant sans se laver ni se changer, tous avaient l'air fatigués, pauvres et misérables. À la place de ces douaniers turcs, Mahmoud n'aurait laissé entrer aucun de ces Syriens sordides et crasseux, pas même lui.

Son père gardait leurs papiers et leur argent dans son pantalon, sous sa chemise. À part deux téléphones et deux chargeurs, ils n'avaient rien. Quand, à la fin de la journée, ils arrivèrent en tête de la file, son père présenta leurs passeports au douanier. Après les avoir examinés pendant une éternité, le fonctionnaire y tamponna enfin des visas temporaires et les laissa passer.

Ils étaient en Turquie ! Mahmoud n'arrivait pas à y croire. Pas à pas, kilomètre après kilomètre, il avait fini par douter qu'ils quittent un jour la Syrie. Il était soulagé, mais il savait qu'il leur restait encore un très long chemin à parcourir.

Devant eux s'étendait une petite ville de toiles de tentes, leurs toits pointus pareils à des moutons sur une mer agitée. Une ville sans arbres, ni ombre, ni parc, ni terrain de football, ni fleuve. Juste un océan de tentes blanches entouré d'une forêt de poteaux et de fils électriques.

– Eh, nous avons de la chance ! lança le père de Mahmoud. Le cirque est arrivé en ville !

Mahmoud observa les environs. Une « rue » principale traversait le camp, une large allée bordée de petites échoppes où l'on vendait des cartes téléphoniques, des réchauds de camping et ce dont les réfugiés n'avaient plus besoin. C'était comme un gigantesque vide-greniers où tout le camp s'était donné rendez-vous. L'endroit était bondé de Syriens qui déambulaient comme s'ils n'avaient rien d'autre à faire et nulle part où aller.

– On m'a donné le nom d'un passeur qui peut nous conduire jusqu'en Grèce, dit le père de Mahmoud.

– Un passeur ? répéta sa mère.

Ce mot ne plaisait pas non plus à Mahmoud. Pour lui, il était synonyme d'« illégal », et « illégal » voulait dire « dangereux ».

Papa balaya leurs craintes d'un geste de la main.

– Ne vous inquiétez pas. Ils font ça tous les jours. Ils aident les gens à rentrer dans l'Union européenne.

Mahmoud savait que l'Union européenne, c'était l'Europe. Il savait aussi que les conditions d'entrée y étaient plus strictes qu'en Turquie. Si on parvenait à gagner un pays de l'Union européenne, comme la Grèce, la Hongrie ou l'Allemagne, on pouvait demander l'asile et obtenir le statut officiel de réfugié.

Encore fallait-il y arriver…

Son père désigna son téléphone.

– Je lui ai parlé sur WhatsApp. Ça coûte cher, mais nous pouvons payer. Il faut rejoindre Izmir, sur la côte turque. En nous arrêtant toutes les nuits pour dormir, cela nous prendra dix-neuf jours. En voiture, c'est douze heures sans arrêt. Je vais essayer de trouver un bus.

Mahmoud continua d'arpenter l'allée commerçante avec sa mère, son frère et sa sœur. Les gens s'interpellaient en arabe, sur fond de musique diffusée par les radios et les télévisions. De temps à autre, des enfants se faufilaient entre les adultes, riant et se poursuivant dans les ruelles latérales. Il se surprit à sourire. Après Alep – les explosions et les coups de feu quasi permanents, ponctués par le silence oppressant d'une ville où chacun tentait de passer inaperçu –, cet endroit, même poussiéreux et exigu, lui paraissait vivant.

Dans une échoppe, Mahmoud aperçut un carton de jouets usagés et se baissa pour fouiller dedans… Une Tortue Ninja ! Celle avec le bandana rouge ! Il n'y en avait qu'une, mais cela amuserait Walid. Du moins l'espérait-il, car son frère était triste, ces derniers temps. Il paya la figurine 10 livres syriennes – l'équivalent de 5 cents.

Une voiture klaxonna derrière lui, fendant la foule à son approche. Le vieux taxi Opel bleu roulait si lentement qu'il aurait pu le dépasser à pied. Tout autour, des jeunes gens chantaient et dansaient sur la pop syrienne que l'autoradio crachait à plein volume. Mahmoud aperçut un jeune couple à l'arrière. La femme portait une robe de satin blanc et un voile.

Un cortège nuptial… En Syrie, la tradition voulait qu'une parade de voitures suive le véhicule des mariés pour les accompagner vers leur nouvelle vie. Mahmoud se remémora le mariage de son oncle, avant la guerre. Il portait un smoking, son épouse une robe brodée de brillants et un diadème ; une douzaine de voitures les avaient escortés jusqu'au lieu de la fête, où Mahmoud avait mangé une part d'un délicieux gâteau à sept étages et dansé avec sa mère au son d'un véritable orchestre.

Ce couple-là avait pour toute escorte un groupe d'adolescents chahuteurs courant à côté du taxi qui les déposerait devant une tente blanche et sale où on leur servirait, en guise de festin, la nourriture dénichée sur le marché du camp. Mais tout le monde semblait bien s'amuser quand même.

Quand le pot d'échappement usé de la voiture émit un claquement pareil à un coup de feu, tous se baissèrent instinctivement. Soudain, les souvenirs du chaos auquel ils venaient d'échapper resurgirent, balayant la joie et le sentiment de sécurité du moment.

Le cœur battant, Mahmoud sursauta en sentant une main se poser sur son épaule.

– Mahmoud, où est ta mère ? Où sont Walid et Hana ? demanda son père. J'ai trouvé une voiture, mais il faut partir *tout de suite.*

JOSEF

QUELQUE PART DANS L'OCÉAN ATLANTIQUE, 1939

10e jour de voyage

Josef suivit le petit groupe d'enfants jusqu'à la passerelle de navigation du *Saint Louis* qui courait sur toute la largeur du paquebot. Deux douzaines de fenêtres inondées de lumière offraient une vue panoramique sur l'immensité bleu-vert de l'Atlantique surplombée de fins nuages blancs. Lambrissée de bois, cette salle des commandes regorgeait d'étranges instruments de navigation en laiton rutilant, de pupitres couverts de cartes et de règles.

Les membres d'équipage y étaient nombreux. Ils portaient des uniformes marins bleu et blanc comme ceux des stewards, à l'exception de trois d'entre eux, vêtus de vestes bleues à boutons de laiton, aux manches à chevrons, et de casquettes d'officiers bleues à galon doré. L'un des matelots se tenait devant une barre de gouvernail aussi grande qu'une roue de camion et munie de poignées sur tout son pourtour. Elle ressemblait aux barres des navires de pirates, à ceci près qu'elle était en métal et scellée sur un grand piédestal rectangulaire.

Le plus petit des trois officiers s'avança vers le groupe d'enfants, un large sourire aux lèvres. Josef l'avait déjà vu à l'office du chabbat.

– Bienvenue aux commandes, mesdemoiselles et messieur ! dit-il. Je suis le capitaine Schröder.

Il serra la main de chaque visiteur, même si aucun n'avait plus de treize ans. Huit enfants s'étaient inscrits pour cette visite de la passerelle et de la salle des machines organisée par un parent. Ruthie et Evelyne n'avaient pas voulu venir mais Renata était là, accompagnée de quelques camarades plus âgés.

Le capitaine Schröder les présenta à son second, puis aux autres membres de l'équipage avant de leur expliquer le fonctionnement des jauges et des cadrans. Josef l'écouta avec attention.

– Voici le tableau de commandes du *Saint Louis*. Pour changer de vitesse, il faut saisir ces manettes, les pousser vers l'avant et les tirer de nouveau pour les placer dans la position choisie.

Le capitaine Schröder fit une pause et sourit avant de reprendre :

– Je ne vais pas changer de vitesse maintenant, parce que les machines sont réglées exactement comme nous le désirons.

Josef remarqua que les deux manettes étaient en position « En avant toute ».

– C'est parce que nous faisons la course avec d'autres paquebots que nous naviguons à pleine vitesse ? demanda-t-il.

Le capitaine parut à la fois surpris et contrarié. Il répondit par une nouvelle question :

– Où as-tu entendu ça ?

– Deux stewards en parlaient, l'autre jour, expliqua Josef, un peu nerveux. Ils disaient que si nous n'arrivions pas les premiers à Cuba, nous risquions de ne pas pouvoir débarquer.

Les lèvres pincées, le capitaine jeta un regard entendu à son second avant d'offrir à Josef et à ses compagnons un sourire de façade.

– Nous ne faisons pas la course, affirma-t-il, nous profitons juste d'une mer calme et de vents favorables pour prendre de l'avance. Vous n'avez aucune raison de vous inquiéter. Maintenant, M. Jockl, le premier maître, va vous montrer la salle des machines.

Contrairement à la passerelle, la salle des machines était située tout au fond du paquebot. Après avoir franchi une porte anti-incendie en acier où figuraient en grosses lettres les mots « RÉSERVÉ À L'ÉQUIPAGE », Josef et ses camarades descendirent une volée d'escaliers, puis une autre. Mais il fallait aller plus bas encore.

Les ponts inférieurs étaient très différents des autres parties du paquebot. Tandis que tout, aux étages supérieurs, était spacieux et confortable, il n'y avait ici ni hublots ni grandes cabines. L'air humide sentait la cigarette, le chou et la sueur. Comme ils visitaient les quartiers réservés à l'équipage, Josef remarqua qu'il y avait deux couchettes par cabine – des cabines si petites qu'on pouvait à peine s'y retourner. Les couloirs étaient étroits, les plafonds, bas : le premier maître devait se pencher pour franchir les portes. Josef n'avait jamais été claustrophobe, mais ces espaces confinés le mettaient mal à l'aise. Il avait l'impression de visiter un monde étranger. Ses compagnons devaient ressentir la même chose, car tous demeuraient silencieux. Même Renata.

Au fond du couloir, des hommes chantaient. Le premier maître Jockl ralentit le pas. En s'approchant, Josef reconnut le *Chant de Horst Wessel*, l'hymne du Parti national-socialiste. En une nuit, ce chant méconnu que les nazis entonnaient lors de leurs rassemblements était devenu l'hymne officieux de l'Allemagne – un air qui faisait froid dans le dos. Josef se figea et échangea des regards nerveux avec ses camarades. Il avait entendu cet air des centaines de fois avant l'arrestation de son père. La dernière fois, c'était le jour où tous ses voisins s'étaient alignés dans la rue pour saluer le défilé des soldats nazis.

Alors que le premier maître Jockl s'apprêtait à traverser la petite pièce où les matelots buvaient et chantaient, quelqu'un cria :

– Stop ! C'est interdit aux passagers, ici !

Jockl s'arrêta, imité par Josef. L'un des hommes s'était levé de table, l'air maussade. Trapu, il avait un nez proéminent, des bajoues et des sourcils noirs et épais.

Josef l'avait déjà vu quelque part. Leur avait-il servi leur dîner ? Préparé leurs lits ? Non, se rappela-t-il : il faisait partie des membres d'équipage venus assister à sa bar-mitzvah, mais il avait quitté la salle, furieux qu'on ait retiré le portrait d'Hitler pour célébrer l'office.

L'homme tituba légèrement dans la pièce exiguë, se cognant aux meubles. À Berlin, Josef avait déjà vu des hommes ivres sortir ainsi des cafés.

– Schiendick, dit Jockl, le capitaine a accordé à ces enfants une autorisation spéciale pour visiter la salle des machines.

L'homme lui jeta un regard mauvais avant de répéter :

– Le capitaine…

Josef pouvait sentir son haleine chargée d'alcool. Il frissonna de peur en découvrant, épinglés sur un tableau, des slogans nazis et des coupures du *Stürmer*, un journal farouchement antisémite.

Schiendick se tourna vers Josef et ses amis.

– Espèce de rats ! lâcha-t-il avec mépris.

Beaucoup fixaient leurs chaussures. Josef baissa également les yeux afin de ne pas attirer l'attention de ce colosse. Bouillant de rage, il serra les poings, honteux de son impuissance.

Au bout de quelques instants d'un silence tendu, Schiendick regagna sa chaise d'un pas mal assuré. Même très loin de la passerelle, on respectait les ordres du capitaine.

Pendant que Jockl s'empressait d'éloigner les enfants, Schiendick et ses amis entonnèrent un couplet d'un autre chant nazi, plus fort encore qu'auparavant. *Quand le sang juif gicle sous le couteau, cela nous fait du bien, du bien !*

Les jambes en coton, Josef dut se cramponner à la rampe pour descendre une nouvelle volée de marches. Il croyait avoir échappé à tout cela en embarquant sur le *Saint Louis*, mais la haine les avait suivis jusqu'ici, au beau milieu de l'Océan.

La salle des machines, avec ses énormes moteurs diesel, ses générateurs, ses pompes et ses manettes, aurait dû le passionner. Il eut pourtant du mal à s'y intéresser, tout comme les autres, du reste. La visite se termina dans une ambiance lourde, et le premier maître Jockl prit soin d'emprunter un chemin différent pour les raccompagner sur le pont supérieur.

En bas, c'était un autre monde, songea Josef. Un monde très éloigné de la petite bulle magique où lui et les autres Juifs évoluaient, sur les ponts supérieurs du *Saint Louis*.

Le vrai monde.

ISABEL

DÉTROIT DE FLORIDE, NORD DE CUBA, 1994

1er jour de voyage

Isabel regardait Papi, M. Castillo et Luis, penchés sur le moteur du bateau pour tenter de comprendre pourquoi il ne démarrait pas, tandis qu'Amara l'arrosait d'eau pour le refroidir. « Sans doute un problème de surchauffe », avait dit M. Castillo.

Avec Ivan, Isabel était chargée d'écoper l'eau accumulée au fond du bateau. La chaussette enfoncée dans le trou de la coque était trempée et – drip ! drip ! drip ! – gouttait sur le visage de Castro comme un robinet qui fuit.

Ils dérivaient depuis une heure dans le Gulf Stream, en direction du nord. À bord, les chants, les danses et les rires avaient cessé. La mère d'Isabel et Mme Castillo dormaient, blotties l'une contre l'autre sur l'étroit banc situé à l'avant du bateau. Lito était assis sur le banc du milieu, juste au-dessus d'Ivan et d'Isabel.

– Tu as de la famille à Miami, lui dit-il. Quand la journaliste t'a demandé si tu connaissais quelqu'un à *el Norte*, tu as répondu non. Mais c'est faux. Tu as Guillermo, mon frère.

Isabel et Ivan échangèrent un regard étonné.

– J'ignorais que tu avais un frère, répondit Isabel.

– Dans les années 1970, il a pris un *freedom flight*, un « vol vers la liberté », comme on appelait à l'époque les charters affrétés par les États-Unis pour permettre aux opposants cubains de gagner la Floride, expliqua Lito. Guillermo n'était pas un opposant. Il voulait juste vivre aux États-Unis. J'aurais pu partir, moi aussi. Sais-tu qu'avant Castro, quand Batista était encore président, j'étais dans la police comme Luis et Amara ?

Isabel le savait. Elle savait aussi que, pendant la révolution, son grand-père avait perdu son travail et avait été envoyé dans les champs pour couper de la canne à sucre.

– J'aurais pu faire jouer mes relations, reprit Lito, demander des faveurs pour pouvoir quitter l'île avec ta grand-mère.

– Et toi, tu serais née à *el Norte* ! lança Ivan à Isabel.

Isabel cessa un instant d'écoper.

Comme sa vie serait différente, aujourd'hui, si cela avait été le cas ! Naître aux États-Unis ! Isabel avait beaucoup de mal à s'imaginer une chose pareille.

– Nous sommes restés parce que Cuba était notre pays, reprit Lito. Je ne suis pas parti quand Castro a pris le pouvoir en 1959, ni quand les Américains nous ont envoyé des avions, dix ans plus tard, ni en 1980, pendant l'exode de Mariel.

Lito regarda le petit groupe penché sur le moteur, puis hocha la tête en tapant du poing sur le plat-bord.

– C'était une erreur d'embarquer sur ce bateau-cercueil. J'aurais dû rester. Nous aurions tous dû rester. Nous, les Cubains, avons toujours vécu sous la coupe de quelqu'un. D'abord des Espagnols, puis des Américains et des Russes. Ensuite il y a eu Batista, puis Castro. Nous aurions dû attendre. Les choses changent. Toujours.

– Mais est-ce qu'elles s'améliorent ? demanda Ivan.

C'était une bonne question, songea Isabel. Depuis qu'elle était née, la situation n'avait fait qu'empirer. Cela avait commencé par la chute de l'URSS. À l'époque, ses parents s'étaient disputés et son père avait tenté de fuir. Puis, sa grand-mère était morte. Elle attendait que Lito la contredise, lui promette des jours meilleurs, mais celui-ci gardait les yeux rivés sur les eaux noires, dans un silence éloquent.

Isabel et Ivan échangèrent un regard.

– Quelqu'un aurait fini par faire quelque chose, reprit enfin Lito. Nous aurions dû attendre.

– Ils allaient arrêter Papi ! s'écria Isabel.

– Je sais que tu aimes ton père, Chabela, mais c'est un imbécile.

Isabel se sentit rougir de colère et de honte. Elle aimait Lito, mais elle aimait aussi son père et détestait qu'on dise du mal de lui. Surtout devant son meilleur ami. Elle jeta un rapide coup d'œil à Ivan, qui faisait mine de n'avoir rien entendu. Lito n'avait pas terminé.

– Il risque sa vie, la tienne et celles de ta mère et de son bébé. Et tout ça pourquoi ? demanda Lito. Il ne le sait même pas. Il est incapable de le dire. Tout ce qu'il répond, quand on lui demande pourquoi il veut aller aux États-Unis, c'est « liberté ». Tu parles d'un projet ! Une fois là-bas, pourra-t-il vous loger et vous nourrir mieux qu'à Cuba ?

Les sourcils froncés, Lito poursuivit.

– Il vous arrache à votre pays. À votre identité. Comment apprendras-tu les *claves* à Miami ? L'Amérique n'a pas d'âme. À La Havane, tu aurais appris sans même t'en rendre compte. Le cœur secret des Cubains bat au rythme des *claves*, quelle que soit la chanson que chante le pouvoir en place.

– Oh, tais-toi, Papi ! dit la mère d'Isabel d'une voix ensommeillée. Miami, ce n'est rien d'autre que le nord de Cuba !

Elle était assez éveillée pour avoir entendu leur conversation, du moins la fin.

Sa mère se rendormit, et Isabel songea que Lito avait peut-être raison. Elle n'avait jamais saisi la *clave*, mais elle avait toujours pensé que ça finirait par venir. Qu'un jour, elle sentirait battre au plus profond de son âme le rythme secret de son pays natal. Lui restait-il seulement une chance d'y parvenir, désormais ? Et si, en cédant sa trompette pour sauver sa famille, elle avait perdu la seule chose qui lui appartenait vraiment ?

Lito se leva en chancelant.

– Nous devrions faire demi-tour, suggéra-t-il. Nous ne sommes pas trop loin et Castro est si indulgent, ces temps-ci, qu'il n'y aura pas de représailles.

– Non, Lito, répondit Isabel. Non.

Malgré sa peur de perdre sa musique, son âme, elle n'était pas prête à sacrifier sa famille.

Elle saisit le bras de son grand-père.

– Si nous faisons demi-tour, ils arrêteront Papi !

Soudain, un lointain grondement de tonnerre retentit. Isabel sentit la panique la submerger. Ivan et Lito levèrent la tête.

Ce n'était pas la peur qui faisait trembler Isabel comme une feuille.

C'était l'énorme pétrolier qui fonçait droit sur eux.

MAHMOUD

IZMIR, TURQUIE, 2015

4e jour de voyage

Mahmoud et sa famille attendaient dans un parking boueux, sous un crachin pénétrant. En contrebas, sur la plage de galets, la Méditerranée était déchaînée. Un immense cargo noir et rouge glissait à l'horizon.

– Désolé, il n'y a pas de bateau aujourd'hui, leur dit le Syrien qui travaillait pour les passeurs turcs. Demain.

– Mais on m'a affirmé qu'il y en aurait un aujourd'hui ! protesta le père de Mahmoud. Nous nous sommes pressés pour arriver à temps.

Le passeur secoua la tête.

– Non. Vous avez de l'argent, hein ? Demain. Je vous enverrai un texto demain.

Le père de Mahmoud insista :

– Et que sommes-nous censés faire, maintenant ?

Mahmoud n'arrivait pas à y croire. Ils venaient de passer deux longues journées en voiture et en car afin de venir prendre le bateau que Papa avait loué pour faire la traversée jusqu'en Grèce. Et voilà qu'il n'y avait plus de bateau !

– Il y a un hôtel tout près, dit le passeur. Ils prennent des Syriens.

– Nous voulons faire des économies pour tenir jusqu'en Allemagne, répondit le père de Mahmoud.

– Il y a un parc, pas loin d'ici.

– Un parc ? répéta sa mère en désignant d'un signe de tête Hana, dans ses bras. Nous avons un bébé, et vous voulez nous faire dormir dehors ?

Le passeur haussa les épaules avec indifférence. Son téléphone sonna et il se tourna pour répondre.

– Demain, lança-t-il aux parents de Mahmoud par-dessus son épaule. Je vous enverrai un texto demain. Tenez-vous prêts.

Le père de Mahmoud ravala sa protestation et s'adressa à sa famille, le sourire aux lèvres.

– Nous avons toujours voulu passer des vacances en Méditerranée, dit-il, et on nous offre une nuit supplémentaire à Izmir. Qui veut aller danser ?

– Je veux juste dormir au sec, soupira sa mère.

Sans relever, Papa prit la direction du centre-ville, où se trouvait l'hôtel. Tous les magasins fermaient, mais Mahmoud s'émerveilla de la propreté qui régnait partout.

Ici, en Turquie, pas de décombres ni de métal tordu. Les rues pavées étaient parfaitement entretenues ; des fleurs ornaient les petites maisons et les échoppes impeccables. Des voitures et des camions rutilants circulaient dans les rues et les fenêtres étaient éclairées.

Mahmoud se tourna vers son frère et demanda :

– Tu te souviens quand c'était comme ça, en Syrie ?

Aussi ébloui que lui, Walid garda le silence. Déçu, Mahmoud prit une profonde inspiration. Walid et lui s'étaient souvent disputés – après tout, ils étaient frères – mais aussi loin qu'il s'en souvienne, Walid avait été son meilleur ami, son fidèle compagnon. Ils jouaient et priaient ensemble, partageaient la même chambre. Walid était le plus casse-cou des deux, grimpant sur les meubles et jouant au football dans le couloir. Son frère avait beau l'agacer, parfois, Mahmoud aurait bien aimé qu'il retrouve un peu de sa folie d'avant. Même la Tortue Ninja qu'il lui avait achetée à Kilis ne lui avait pas redonné le sourire.

En arrivant à l'hôtel, Mahmoud cherchait toujours un moyen d'égayer son frère lorsqu'il entendit le réceptionniste dire qu'il n'avait plus de chambre.

– Quelqu'un acceptera peut-être de partager la sienne, suggéra son père.

– Désolé, mais il y a déjà trois familles par chambre.

Mahmoud sentit son cœur se serrer. Trois familles par chambre ! Et l'hôtel était plein. Quelles chances avaient-ils de pouvoir se loger ailleurs ?

Son père appela plusieurs hôtels. Partout on leur fit la même réponse : c'était complet.

– Comment est-ce possible ? se désola sa mère. Ils ne peuvent pas tous partir en même temps que nous !

Faute de mieux, la famille se rabattit sur le parc indiqué par le passeur mais, là non plus, il n'y avait pas de place. Tous les autres réfugiés refoulés par les hôtels étaient là. Certains dormaient sur des bancs, sous la pluie ; d'autres, plus chanceux, sous des tentes qui semblaient plantées depuis longtemps. Mahmoud s'effondra sous la pluie. Il était trempé. Et si fatigué…

– Nous aurions dû rester au camp ! lança Maman.

– Non, dit son père. Non, il faut continuer. Toujours. Nous ne nous arrêterons pas avant d'être arrivés en Allemagne. Pas question de rester coincés ici ! Tentons de trouver un endroit sec où passer la nuit…

Mahmoud avait remarqué un mince garçon syrien de son âge qui abordait toutes les familles réfugiées dans le parc. Comme il s'approchait pour l'observer de plus près, le garçon vint à sa rencontre.

Il lui tendit un petit sachet en plastique.

– Tu veux acheter des mouchoirs ? C'est 10 livres syriennes seulement, ou 10 kurus turcs.

– Non, merci.

– Avez-vous besoin d'eau ? De gilets de sauvetage ? D'un chargeur de téléphone ? Je peux vous trouver tout ça.

– Nous cherchons un endroit où dormir.

Le garçon regarda Mahmoud, puis sa famille.

– J'en connais un. Je peux vous y conduire pour 2 000 livres syriennes ou 25 livres turques.

Cela faisait presque 10 dollars – ce qui était beaucoup, quand on devait traverser tout un continent. Mais la pluie redoublait et il n'y avait plus d'endroit sec dans le parc. Mahmoud transmit l'offre à son père, qui l'accepta.

Le garçon s'éloigna de la mer et les conduisit dans un quartier mal éclairé, où les mauvaises herbes poussaient entre les pavés. Ici, les barreaux de fer remplaçaient les jardinières.

Il souleva la clôture grillagée d'un parking.

– C'est ici.

Jetant à sa famille un regard hésitant, le père de Mahmoud suivit leur guide jusqu'à un grand bâtiment carré aux fenêtres placardées et aux murs couverts de graffitis. Ils écartèrent l'une des planches condamnant la porte qui avait été arrachée et pénétrèrent à l'intérieur.

C'était un centre commercial – ou plutôt, cela l'avait été. Sur quatre niveaux, des échoppes entouraient une grande cour à ciel ouvert ornée en son centre d'une fontaine vide. Certaines étaient éclairées par des ampoules raccordées à des rallonges, d'autres par des lampes à essence et des bougies. La plupart avaient été transformées en appartements par des réfugiés qui occupaient ce bâtiment à l'abandon.

Le garçon les guida jusqu'à une crèmerie vide située au troisième étage, à côté d'un ancien magasin de musique où vivait une famille syrienne de six personnes. Visiblement là depuis un moment, ils avaient récupéré un vieux canapé troué et un réchaud, et suspendu des draps au plafond pour diviser l'espace en petites chambres.

Il n'y avait pas de meubles dans la petite boutique obscure, et le sol en lino était défoncé. Un battement d'ailes affolé salua leur entrée.

– C'est juste pour une nuit, dit le père de Mahmoud.

– Vous partez demain ? demanda le garçon. En bateau ? Alors il vous faut des gilets de sauvetage. Absolument. Si le bateau chavire, vous vous noierez.

Mahmoud, les yeux écarquillés, frissonna dans ses vêtements trempés.

Son père leva les bras dans un geste d'apaisement.

– Le bateau ne va pas chavirer.

– Il peut tomber en panne d'essence, ou s'échouer sur des rochers, insista le garçon. Alors, vous vous noierez.

– D'accord, d'accord, soupira le père de Mahmoud. Où peut-on acheter des gilets de sauvetage ?

JOSEF

QUELQUE PART DANS L'OCÉAN ATLANTIQUE, 1939

11e jour de voyage

Le père de Josef était très agité. Pour tenter de le calmer, sa femme lui prit le bras, mais Aaron Landau avait beau être très maigre, il était trop fort pour elle.

– Non. Non ! Ils vont venir nous chercher, dit-il, les yeux hors de la tête. Le paquebot ralentit, vous le sentez ? Il va faire demi-tour et nous ramener en Allemagne !

En se libérant, il renversa une lampe qui se brisa au sol avec fracas. Tout à coup, la cabine fut plongée dans l'obscurité.

– Josef, aide-moi, supplia sa mère.

Josef tenta d'attraper son père par un bras, pendant que sa mère saisissait l'autre. Pelotonnée dans un coin de son lit, Ruthie enfouit son visage entre les oreilles de Bitsy et se mit à pleurer.

– Non ! hurla Aaron Landau. Il faut nous cacher, vous m'entendez ? Nous ne pouvons pas rester ici. Il faut quitter ce bateau !

Josef lui serra très fort le bras.

– Non, Papa, nous ne faisons pas demi-tour. Nous ralentissons pour célébrer des funérailles. En mer.

Son père se raidit, mais Josef ne le lâcha pas. Il aurait voulu éviter de lui parler de la cérémonie, mais désormais, cela semblait être le seul moyen de le calmer.

Aaron Landau posa sur lui son regard hanté.

– Des funérailles ? Qui est mort ? Un passager ? Ce sont les nazis qui l'ont tué ! Je savais qu'ils étaient à bord ! Ils en ont après nous tous !

Pris d'une panique grandissante, il se débattit de nouveau.

– Non, affirma Josef, luttant pour contenir son père. Il s'agit d'un vieil homme, le Pr Weiler. Il était déjà malade en embarquant. Ce n'est pas un coup des nazis, Papa.

Josef avait tout vu. Cet après-midi-là, Ruthie l'avait supplié de l'accompagner à la piscine avec Renata et Evelyne. Mais il n'était plus un petit garçon. C'était un homme, maintenant, il était trop vieux pour jouer avec les enfants. Il arpentait la promenade du pont B dans l'espoir d'apercevoir Schiendick, l'homme de la salle des machines, et ses amis, lorsqu'il avait entendu des pleurs. Par le hublot d'une cabine, il avait vu une femme en robe blanche et aux longs cheveux noirs bouclés sangloter, penchée sur le corps d'un vieil homme. Le capitaine Schröder et le médecin du bord étaient là aussi. Sur le lit, l'homme était parfaitement immobile, la bouche ouverte, les yeux inertes. Mort.

Josef n'avait jamais vu un cadavre d'aussi près.

– Hé ! Toi, là-bas !

Surpris en train d'épier par une femme qui promenait son petit chien, Josef avait sursauté. Il s'était enfui quand l'animal s'était mis à aboyer, mais il avait eu le temps d'entendre le médecin du bord déclarer que le Pr Weiler avait succombé à un cancer.

– C'était un vieil homme malade depuis longtemps, Papa, expliqua-t-il. Comme nous sommes encore loin de Cuba, il faut organiser des funérailles maritimes.

Josef et sa mère attendirent qu'Aaron Landau ait assimilé les paroles de son fils pour le lâcher.

– Il était malade ? demanda-t-il.

– Oui, répondit Josef. Il avait un cancer.

Son père se laissa conduire jusqu'à son lit et s'y assit, pendant que sa mère allait réconforter Ruthie.

– Quand auront lieu les obsèques ?

– Plus tard dans la soirée.

– Je veux y aller !

Josef n'en croyait pas ses oreilles. Depuis onze jours, son père n'avait pas quitté sa cabine et voilà qu'il voulait assister aux funérailles d'un inconnu ! Dans son état…

Il jeta un regard inquiet à sa mère, qui avait pris Ruthie sur ses genoux.

– Je ne crois pas que ce soit une bonne idée, dit Mme Landau.

– J'ai vu trop d'hommes mourir sans funérailles à Dachau, murmura son mari. Je veux rendre hommage à celui-ci.

C'était la première fois qu'il prononçait le nom du camp où il avait été prisonnier, et ce fut comme si un vent glacial avait soudain soufflé sur la cabine. La discussion s'arrêta net.

– Accompagne Josef, alors, proposa la mère de Josef. Je reste ici avec Ruthie.

En début de soirée, Josef emmena donc son père jusqu'au bout du pont A, où le capitaine et son second attendaient avec des proches du défunt. Ces derniers étaient mal habillés, et ce n'est qu'en les voyant déchirer leur chemise que Josef comprit – ce geste rituel qu'ils faisaient par compassion envers Mme Weiler symbolisait la séparation d'avec le défunt. Son père lui fit signe de le suivre jusqu'à la piscine, où il prit une poignée de sable dans une boîte. Josef l'imita.

La porte de l'ascenseur du pont A s'ouvrit sur Mme Weiler, une bougie à la main, suivie du rabbin et de quatre marins qui portaient le Pr Weiler sur une civière. Il était enveloppé d'une voile de marine blanche, comme un pharaon.

– Attendez une minute…

Le petit groupe s'écarta à l'approche de Schiendick, l'homme du pont inférieur, suivi de deux marins.

– Je suis Otto Schiendick, le chef du parti nazi sur ce paquebot, déclara-t-il, et, selon la loi allemande, tout corps enseveli en mer doit être couvert du drapeau national.

Les passagers retinrent leur souffle lorsqu'il déroula le drapeau nazi rouge et blanc frappé de la croix gammée.

Aaron Landau s'avança, furieux.

– Jamais ! Vous m'entendez ? Jamais ! C'est un sacrilège !

Il tremblait comme une feuille. Josef ne l'avait jamais vu dans une telle colère. Il eut peur pour lui. Mieux valait ne pas plaisanter avec un homme comme Schiendick...

Il tenta de l'attirer à lui, mais Aaron Landau cracha aux pieds de Schiendick.

– Voilà ce que je pense de vous et de votre drapeau !

Schiendick et ses hommes s'élancèrent vers lui pour laver l'affront. Le capitaine Schröder s'interposa aussitôt.

– Arrêtez ! Arrêtez tout de suite ! ordonna-t-il.

Schiendick obéit mais déclara, sans quitter des yeux le père de Josef :

– C'est la loi allemande et je ne vois aucune raison d'y déroger.

– Eh bien, moi, si ! dit le capitaine Schröder. Maintenant, monsieur Schiendick, si vous ne voulez pas être relevé de vos fonctions et consigné dans vos quartiers, prenez ce drapeau et disparaissez !

Le marin soutint longuement le regard d'Aaron Landau, puis celui de Josef, avant de tourner les talons.

Josef ne pouvait plus respirer. Il était si bouleversé qu'il tremblait plus fort encore que son père. Du sable s'échappait de son poing fermé.

Le capitaine s'excusa platement pour cet incident et la cérémonie reprit. Après une brève prière du rabbin, les marins firent glisser le corps du Pr Weiler par-dessus bord.

On entendit un lointain bruit d'éclaboussure. Les endeuillés récitèrent en chœur « Souviens-toi que tu es poussière et que tu retourneras à la poussière » avant de s'avancer tour à tour jusqu'au bastingage pour jeter des poignées de sable à la mer, bientôt imités par Josef et son père.

Comme le capitaine Schröder et son second se couvraient de nouveau la tête, Josef remarqua qu'au lieu de faire le salut nazi, ils touchaient brièvement la visière de leur casquette.

Le service funéraire s'acheva en silence. Josef s'attendait à voir son père regagner sa cabine mais celui-ci s'attardait, penché sur le bastingage, le regard fixé sur les eaux noires de l'Atlantique. *À quoi pense-t-il ? Que lui est-il arrivé à Dachau pour qu'il soit devenu l'ombre de l'homme qu'il a jadis été ?*

– Au moins, celui-ci n'a pas été inhumé dans l'enfer du IIIe Reich, dit-il.

En entendant le paquebot gronder doucement, Josef comprit que le capitaine avait redémarré les moteurs. Ils mettaient de nouveau le cap sur Cuba. Mais combien de temps avaient-ils perdu ?

ISABEL

DÉTROIT DE FLORIDE, NORD DE CUBA, 1994

1er jour de voyage

Le pétrolier surgit de l'obscurité, tel un Léviathan géant[17] sur le point de les engloutir. Plus haut qu'un immeuble, il était si large qu'il bouchait l'horizon. Sa proue acérée fendait les vagues, flanquée de deux lourdes ancres qui ressemblaient aux cornes d'un monstre. Devant cette vision de cauchemar, Isabel se mit à trembler encore plus fort.

– Attention ! hurla Lito. Nous avons dérivé dans les couloirs de navigation !

17. Dans la Bible, monstre marin à plusieurs têtes.

Le grondement des énormes moteurs du pétrolier avait réveillé Mami et Mme Castillo. Tous commencèrent à s'agiter dans l'embarcation, qui tangua dangereusement.

– Il se dirige droit sur nous ! cria Amara.

Dans la confusion, Isabel bouscula Ivan et tomba lourdement au fond du bateau.

– Ne bougez pas ! ordonna M. Castillo.

Mais personne ne l'écouta.

Papi tira frénétiquement sur la poignée du lanceur. À peine le moteur avait-il toussé avant de caler de nouveau qu'il recommença.

– Il faut redémarrer !

Luis tenta de lui arracher la poignée des mains.

– Arrête ! Tu vas le noyer et il ne démarrera plus !

– Où sont les allumettes ? demanda Lito. Il faut faire un feu ! Ils ne peuvent pas nous voir dans le noir !

Ivan prit une boîte d'allumettes dans la caisse en polystyrène qui contenait les provisions de secours.

– Tiens !

– Non ! hurla Papi en se jetant sur Ivan.

Ils tombèrent tous deux sur le côté du bateau, entraînant dans leur chute la mère d'Isabel qui glissa dans l'eau accumulée au fond et heurta la coque avec un bruit sourd. Isabel se précipita vers elle.

– Qu'est-ce que tu fais ? cria Lito en saisissant Papi par le col.

Ce dernier leva aussitôt le bras pour tenir la boîte d'allumettes hors de sa portée.

– Vieil imbécile ! Tu ne comprends donc pas qu'on ne veut pas être vus ! hurla-t-il pour couvrir le grondement du pétrolier. S'ils nous repèrent, ils seront obligés de nous secourir ! C'est le code de la marine ! Et s'ils nous secourent, ils nous renverront à Cuba !

– Tu préfères qu'ils nous envoient au fond de l'océan ?

Tandis qu'elle aidait sa mère à se redresser, Isabel ne put s'empêcher de lever les yeux.

– Il approche ! cria-t-elle.

Le pétrolier se trouvait encore à plusieurs centaines de mètres, mais il était si gigantesque qu'on avait l'impression qu'il était déjà sur eux. Jamais ils ne parviendraient à s'écarter de son chemin. Le cœur d'Isabel battait tant qu'elle crut qu'il allait jaillir de sa poitrine.

– Si nous ne voulons pas qu'ils nous remarquent, il ne faut pas démarrer le moteur ! cria Amara.

– Ils n'entendront rien, quoi que nous fassions, affirma M. Castillo.

Le pétrolier était si bruyant, désormais, qu'on aurait dit un avion.

M. Castillo et Luis actionnèrent une manette pour tenter une nouvelle fois de relancer le moteur, qui laissa échapper une bouffée de fumée grise, mais ne démarra pas.

Le pétrolier était de plus en plus menaçant, de plus en plus grand, de plus en plus proche. Isabel se figea. Il allait les percuter !

Luis tira sur la poignée. Un toussotement. Un crépitement. Plus rien.

Un toussotement. Un crépitement. Plus rien.

Un toussotement. Un crépitement. Plus rien.

La mer s'écartait devant le géant des mers, repoussant leur fragile embarcation toujours plus haut, toujours plus loin.

L'espace d'un instant, Isabel espéra qu'ils réussiraient à lui échapper. Mais de nouveau, le reflux les projeta vers la coque. Leur bateau pencha dangereusement, puis piqua vers la proue de l'immense bâtiment.

Ils allaient être coupés en deux !

Isabel lut dans le regard d'Ivan une terreur pareille à la sienne, et tous deux tombèrent dans un même cri. Soudain, un étrange vrombissement se fit entendre.

Luis avait réussi à démarrer le moteur !

Le bateau se mit à glisser sur l'eau, loin du pétrolier. Mais une vague de sillage les rattrapa, souleva la poupe et les submergea.

Isabel avala une grande gorgée d'eau salée et roula au fond du bateau. Comme elle heurtait quelque chose de dur, une violente douleur lui vrilla l'épaule. Elle se redressa en crachant. Elle avait de l'eau jusqu'aux hanches et le moteur s'était encore arrêté, mais maintenant, tout ça n'avait plus d'importance.

Le père d'Ivan était passé par-dessus bord.

Isabel vit sa tête blanche émerger des flots. M. Castillo chercha de l'air, puis disparut sous une vague immense.

– Monsieur Castillo !

– Où est-il ? Tu le vois ? cria Ivan. Papa !

Isabel et Ivan scrutaient les eaux noires dans l'espoir de voir M. Castillo refaire surface. Ils avaient échappé de justesse à la gigantesque proue du pétrolier, mais les vagues de sillage étaient tout aussi dangereuses, faisant basculer leur embarcation à chaque fois qu'elles heurtaient la coque.

À peine s'étaient-ils relevés qu'ils furent de nouveau projetés au fond du bateau. Ivan roula sur le côté, tandis qu'Isabel parvint à rester debout. Là ! La tête de M. Castillo émergea l'espace d'une seconde – trop vite pour qu'il puisse aspirer une goulée d'air.

Comme un flash, l'image de sa grand-mère engloutie par les vagues, deux ans plus tôt, surgit à la mémoire d'Isabel. Sans réfléchir, elle plongea au secours de M. Castillo.

MAHMOUD

IZMIR, TURQUIE, 2015

11e jour de voyage

Mahmoud se mit à crier.

Ses parents ne prirent même pas la peine de le faire taire. Des lumières s'allumèrent dans les maisons voisines. Alarmés par le bruit, les gens écartaient leurs rideaux pour regarder dans la rue. La mère de Mahmoud éclata en sanglots tandis que son père lâchait les gilets de sauvetage.

Le passeur venait de leur annoncer que leur bateau ne partirait pas ce soir.

Une fois de plus.

– Pas de bateau aujourd'hui. Demain. Demain, répétait-il.

C'est exactement ce qu'il avait dit la veille. Et la veille encore. Et chaque jour de la semaine précédente. Chaque fois, ils avaient reçu un texto leur demandant de se rendre à la plage au plus vite – au plus vite ! Chaque fois, ils avaient rassemblé à la hâte le peu qu'ils possédaient, attrapé les gilets de sauvetage et couru dans les rues d'Izmir jusqu'à ce parking.

Et chaque fois, ils avaient été déçus : aucun bateau ne les attendait.

D'abord, ç'avait été à cause du mauvais temps, avait dit le passeur. Puis la faute d'une famille qui devait partir avec eux mais avait pris du retard. Ensuite, il y avait eu les patrouilles des gardes-côtes turcs. Plus tard, un problème mécanique. On aurait dit qu'un destin cruel leur jouait des tours.

Ils étaient à bout de patience. Ces revirements permanents épuisaient tout le monde, sauf Walid. Walid qui, même sous les bombes, demeurait imperturbable.

– Je veux retourner en Syrie ! Tant pis si on meurt ! cria Mahmoud. Je veux juste partir d'ici !

Comme il prononçait ces mots, il perçut le ton de sa voix, celle d'un gamin pleurnichard. À sa grande honte – il était trop vieux pour ça, trop mûr aussi, presque un homme –, il avait de plus en plus de mal à se retenir de taper des pieds et de piquer une crise.

La petite Hana se mit à pleurer à son tour, et sa mère les prit tous les deux dans ses bras pour tenter de les calmer.

– Vois le bon côté des choses, dit le père de Mahmoud. Maintenant, nous aurons plus de temps pour améliorer notre turc.

Sa blague ne fit rire personne.

– Retournons au centre commercial avant de nous faire voler notre place, suggéra sa mère d'un ton las.

Mahmoud prit les gilets de sauvetage pour que son père puisse porter Walid, qui s'endormit presque aussitôt sur son épaule, tandis que sa mère prenait Hana dans ses bras. Rebrousser chemin était un terrible échec, mais au moins, ils ne dormiraient pas dehors, cette nuit.

Hélas, une mauvaise surprise les attendait à l'entrée du centre commercial. Deux hommes étaient postés là, deux Turcs en survêtements bleus identiques. L'un d'eux était musclé, avec des cheveux noirs bouclés, une fine barbe et une grosse chaîne en or autour du cou. L'autre, obèse, portait des lunettes à verres miroir alors qu'il faisait nuit.

Mahmoud aperçut un pistolet glissé dans la ceinture de son pantalon.

– Si vous voulez entrer, il faut payer votre loyer, leur dit le gros costaud.

– Depuis quand ? demanda son père.

– Depuis maintenant. Ce bâtiment nous appartient, et nous en avons assez de voir les Syriens le squatter.

Des brutes, songea Mahmoud en sentant ses jambes se dérober. *Exactement comme en Syrie*. Tout à coup, l'idée de devoir repartir pour chercher un endroit où dormir lui était insupportable.

– Combien ? demanda son père d'un ton las.

– 5 000 livres la nuit.

Papa soupira et fit mine de poser Walid pour payer l'homme.

– Par personne…

– Par personne ? Et par nuit ? répéta son père.

Mahmoud savait qu'il était en train de faire les comptes, dans sa tête. Ils étaient cinq et cela faisait déjà une semaine qu'ils étaient là. Combien de temps pourraient-ils se permettre de payer 25 000 livres par jour tout en gardant assez d'argent pour le bateau et pour la suite ?

– Non, dit son père.

Maman commença à protester, mais il secoua la tête.

– Non, nous avons déjà toutes nos affaires. Nous allons chercher un autre endroit. Ce n'est que pour une nuit.

Le gros homme ricana.

– C'est ça ! Une nuit…

Dans les rues d'Izmir, Mahmoud suivait ses parents en traînant les pieds. Ils portaient Walid et Hana. Lui était trop vieux pour ça, et, pour la première fois, il le regretta.

Ils finirent par dénicher, un peu en retrait de la rue, l'entrée d'une agence de voyage. La place était libre. Ils s'installaient quand une voiture de police passa. Mahmoud se cacha dans un coin, mais bientôt, les phares se braquèrent sur lui et il entendit la sirène.

– Vous ne pouvez pas dormir ici, dit une voix dans un haut-parleur.

Ils se remirent en route. Mahmoud était si fatigué qu'il commença à pleurer, en silence pour que ses parents ne l'entendent pas. Il n'avait plus pleuré comme ça depuis la nuit où Alep avait été bombardée pour la première fois.

Une autre voiture passa, et il crut d'abord qu'il s'agissait d'une nouvelle patrouille. Quand il vit que c'était une berline BMW, il s'élança en agitant les gilets de sauvetage qu'il tenait à la main.

– Non, Mahmoud ! cria sa mère.

La BMW ralentit, les phares braqués sur son visage. Le chauffeur klaxonna, et Mahmoud se rua vers lui.

– Pouvez-vous nous aider, s'il vous plaît ? supplia-t-il. Ma petite sœur…

Déjà, la voiture redémarrait. Une autre arrivait derrière, et le frôla.

– Mahmoud ! Reviens ! cria son père. Tu vas te faire tuer !

Mahmoud s'en moquait. Il fallait que quelqu'un leur vienne en aide. Il continuait d'agiter les gilets de sauvetage lorsque, miraculeusement, un véhicule s'arrêta. C'était une vieille Skoda marron et le chauffeur, un homme âgé et ridé à la courte barbe blanche coiffé d'un keffieh, baissa la vitre à l'aide d'une manivelle.

– S'il vous plaît, pouvez-vous nous aider ? Ma famille et moi n'avons nulle part où aller ! Ma petite sœur est encore un bébé.

Son père accourut et tenta de l'attirer à lui.

– Nous sommes vraiment désolés, dit-il à l'homme. Nous ne voulons pas vous déranger. Nous allons partir d'ici.

Mahmoud était furieux. Alors qu'il avait enfin réussi à arrêter quelqu'un, voilà que son père tentait de le décourager !

– Ma maison est trop petite pour vous tous, dit l'homme, mais je possède une concession automobile. Vous pourrez dormir dans le bureau.

Incroyable ! L'homme parlait couramment l'arabe !

– Non, non, nous ne pouvons vraiment pas…

Mahmoud interrompit son père.

– Oh oui, merci !

Puis il fit signe à sa mère.

– Il parle arabe et il dit qu'il va nous aider !

Son père tenta une fois encore de s'excuser et de refuser l'offre de l'homme mais déjà, Mahmoud grimpait sur la banquette arrière avec tous leurs gilets de sauvetage. Sa mère prit place près de lui avec Hana et son père s'assit à contrecœur à l'avant, Walid sur les genoux.

– Mahmoud…

Son père était contrarié, mais il s'en moquait. Ils étaient au sec, bien installés, et en route vers un endroit où dormir.

La boîte de vitesses de la petite Skoda grinça quand l'homme redémarra.

– Je m'appelle Sami Nasseer…

Son père se présenta, puis présenta sa famille.

– Vous êtes syriens, n'est-ce pas ? Réfugiés ? Je sais ce que c'est. Je suis un réfugié, moi aussi. De Palestine.

Mahmoud était perplexe. Ce réfugié possédait une voiture et un commerce ?

– Cela fait combien de temps que vous vivez en Turquie ? demanda-t-il.

M. Nasseer lui sourit dans le rétroviseur.

– Soixante-sept ans ! J'ai été contraint de quitter mon pays en 1948, pendant la première guerre israélo-arabe. Aujourd'hui encore, on se bat dans la région. Mais un jour, quand l'État palestinien sera proclamé, je retournerai dans mon pays natal !

Le téléphone de son père bipa, surprenant tout le monde. Walid s'agita dans ses bras pendant qu'il lisait son texto.

Même s'il avait appris à ne pas se réjouir trop vite, Mahmoud ne put s'empêcher d'éprouver un petit sursaut d'espoir.

– Vous prenez un bateau pour la Grèce ? Ce soir ? demanda M. Nasseer.

– Peut-être, répondit son père. S'il est là…

– Je vais vous y conduire, et si le bateau n'est pas arrivé, vous viendrez dormir chez moi.

– C'est très aimable à vous, dit sa mère.

Puis elle serra Mahmoud contre elle et l'embrassa, sans qu'il comprenne pourquoi.

Très vite, ils atteignirent la plage et quand la voiture s'arrêta, tous se figèrent, muets d'étonnement.

Enfin, un bateau les attendait.

JOSEF

QUELQUE PART DANS L'OCÉAN ATLANTIQUE, 1939

14e jour de voyage

À une journée de navigation de Cuba, on donna une fête sur le *Saint Louis*. Banderoles et ballons décoraient les plafonds et les balcons de la salle de réception des premières classes. On avait poussé tables et chaises pour faire de la place aux danseurs. Les passagers semblaient soulagés, comme si danser leur permettait d'évacuer le stress du départ. Les stewards souriaient, eux aussi. On aurait dit qu'ils comprenaient. Mais ils ne pouvaient pas vraiment comprendre, songea Josef. Ce n'étaient pas *leurs* vitrines qu'on avait cassées, ni leurs commerces qu'on avait fermés. Dans les journaux et à la radio, on ne les avait pas présentés comme des *sous-hommes*, des *monstres*. Des hommes en noir n'avaient pas fait irruption chez eux pour tout casser et emmener ceux qu'ils aimaient.

On ne leur avait pas donné l'ordre de quitter leur pays natal pour ne plus jamais y revenir.

Malgré tout, Josef profita de la fête. Il dansa avec sa mère tandis que Ruthie et les sœurs Aber couraient entre les jambes des adultes. Au début, Josef appréhendait ce voyage à Cuba, par peur de l'inconnu. Désormais, il avait hâte de débarquer pour commencer une nouvelle vie à La Havane – surtout si c'était comme à bord du *Saint Louis*.

Son père passa toute la soirée dans sa cabine, persuadé que cette fête était encore un piège tendu par les nazis.

Le lendemain, au petit déjeuner, ils furent interrompus par un puissant bruit de chaînes : on jetait l'ancre. Josef se précipita au hublot. Le jour s'était levé et il aperçut le Malecón, la célèbre promenade maritime de La Havane. Les stewards leur avaient tout dit sur ses théâtres, ses casinos et ses restaurants, ainsi que sur l'hôtel Miramar, où tous les serveurs étaient en smoking. Mais le *Saint Louis* était encore bien loin du Malecón. Bizarrement, le paquebot avait jeté l'ancre à plusieurs milles du port.

– Nous sommes mis en quarantaine, expliqua un médecin de Francfort au petit groupe qui s'était rassemblé avec Josef autour du hublot. Je les ai vus hisser le drapeau jaune, tôt ce matin. Il faut attendre le feu vert des autorités médicales du port. C'est la procédure normale.

Josef attendit l'arrivée de la vedette du port. L'homme qui grimpa l'échelle du pont C avait la peau très mate et portait un costume blanc léger. Il fut accueilli par le médecin du bord, accompagné du capitaine Schröder, qui déclara sous serment qu'aucun des passagers n'était fou, criminel ou atteint d'une maladie contagieuse. Apparemment, cela ne suffisait pas, car le médecin cubain insista pour examiner chaque passager. À cet instant, Josef vit une expression de colère passer sur le visage du capitaine Schröder, mais celui-ci se garda bien de protester. Serrant les poings, il prit une profonde inspiration et ordonna sèchement au médecin du bord de rassembler les passagers dans la salle de réception, avant de tourner les talons.

Josef regagna à la hâte sa cabine, où sa mère était en train de boucler leurs bagages avec l'aide de Ruthie. Son père était couché.

– Un médecin va examiner tous les passagers, dit-il, hors d'haleine. Ils rassemblent tout le monde dans la salle de réception.

Au regard affolé de sa mère, il vit qu'elle avait compris. Son père n'allait pas bien, et le médecin cubain pouvait le déclarer trop instable pour être autorisé à débarquer. Où iraient-ils si Cuba leur refusait l'asile ? Que deviendraient-ils ?

– Rassembler tout le monde ? lança soudain son père, qui avait l'air encore plus inquiet que sa femme. Et… ils vont faire l'appel ?

Il se leva et alla se blottir contre le mur.

– Non, poursuivit-il. Pas l'appel ! Les pendaisons. Les coups. La torture, les matraques…

En le voyant enserrer son corps de ses bras, Josef comprit qu'il parlait de Dachau. Immobiles, sa mère et lui n'osaient pas ouvrir la bouche de crainte d'interrompre le flot des souvenirs.

– Une fois, ils ont abattu un homme avec un fusil, murmura son père. Il était juste à côté de moi. Oui, juste à côté, et si j'avais fait un seul geste, dit un seul mot, j'aurais été le suivant.

– Ce ne sera pas comme ça ici, mon cœur, le rassura Mme Landau.

Doucement, elle tendit la main vers lui. Il ne broncha pas.

– Tu t'es montré très fort, là-bas. Si tu te montres fort une fois de plus, nous irons tous à Cuba, et nous serons en sécurité pour toujours. Tous les quatre.

Lorsqu'ils entrèrent dans la salle de réception, le père de Josef était toujours perdu dans ses souvenirs. Il semblait terrorisé. À cran.

Les Landau rejoignirent les autres passagers qui, alignés en rang, attendaient que le médecin les examine. Lorsque celui-ci s'approcha, le père de Josef commença à gémir doucement, comme un chien blessé. Josef sentit un filet de sueur lui couler dans le dos, et Ruthie se mit à pleurer en silence.

Sa mère se pencha légèrement vers son époux et murmura :

– Sois fort, mon amour. Sois fort, comme avant.

– Je n'ai pas été fort, balbutia le père de Josef. Tu te trompes. J'ai eu de la chance, c'est tout. Ça aurait pu être moi. Ça aurait *dû* être moi.

Le médecin cubain était tout près, désormais. Il fallait faire quelque chose. Mais quoi ? Son père était inconsolable et

Josef ne pouvait même pas imaginer les choses qu'il disait avoir vues. Il n'avait dû sa survie qu'à son silence. En attirant l'attention, il allait les faire refouler.

Tout à coup, Josef eut une idée. Se tournant vers son père, il le gifla. Violemment.

Celui-ci chancela sous le choc. Aussi stupéfait que lui, Josef n'arrivait pas à croire qu'il venait de faire un tel geste. Six mois plus tôt, il n'aurait pas même osé imaginer frapper un adulte, encore moins son père, qui l'aurait puni pour lui avoir manqué de respect. Mais les rôles s'étaient inversés pendant les six derniers mois. Désormais, c'était son père qui se conduisait comme un enfant et lui comme un adulte.

Mama et Ruthie le regardaient, sidérées. Il les ignora et remit son père dans le rang.

– Tu veux que les nazis t'attrapent ? Qu'ils te renvoient là-bas ? lui souffla-t-il à l'oreille.

– N… non, répondit son père, encore abasourdi.

– Cet homme, là-bas, murmura Josef en désignant le médecin, est un nazi déguisé. Il a le pouvoir de vie et de mort sur nous tous et il peut décider de te renvoyer à Dachau. Si tu as de la chance, il choisira quelqu'un d'autre. Mais si tu parles, si tu bouges, si tu émets le moindre son, il te fera sortir du rang. Tu comprends ?

Le père de Josef hocha vigoureusement la tête. Près de lui, Mme Landau porta la main à sa bouche pour étouffer ses sanglots.

– Maintenant, arrange-toi un peu, ordonna Josef. Vite !

Lâchant la main de sa femme, Aaron Landau s'essuya le visage d'un revers de la manche de son manteau trop grand et se redressa, les yeux braqués devant lui.

Le médecin remontait leur rang, examinant chaque passager. Josef retint son souffle lorsqu'il s'arrêta devant son père. Il le détailla de la tête aux pieds, puis continua. Josef se détendit, soulagé. Ils avaient réussi !

Il cligna des paupières pour chasser les larmes qui lui montaient aux yeux. Il s'en voulait d'avoir ainsi terrorisé son père, exacerbant ses peurs au lieu de les apaiser. D'avoir pris sa place à la tête de la famille. Depuis toujours, il admirait son père. C'était son idole, et il ne se résignait pas à ne plus voir en lui qu'un vieil homme brisé.

Mais tout ça allait changer. Dès qu'ils auraient posé le pied sur le sol cubain, tout redeviendrait comme avant et ils trouveraient le moyen de guérir son père.

Le médecin cubain avait terminé son inspection. D'un signe de tête, il autorisa son confrère à débarquer tous les passagers. En voyant sa mère embrasser son mari, Josef sentit son espoir renaître, pour la première fois depuis le début de cet après-midi.

– Quelle mascarade ! lança un homme près de lui.

– Que voulez-vous dire ?

– Ce n'était pas un examen médical, mais un piètre simulacre. Une perte de temps.

Si cet homme avait raison, alors à quoi tout cela rimait-il ?

Josef comprit quand il rejoignit avec sa famille la file qui s'était formée près de l'échelle du pont C. Le médecin cubain était parti, remplacé par des policiers bloquant l'unique sortie du paquebot.

– Nous avons passé l'examen médical et nous avons tous des papiers en règle, expliqua calmement une femme. Quand pourrons-nous débarquer ?

– *Mañana*, répondit le policier. *Mañana.*

Josef ne parlait pas l'espagnol. Il ne savait pas ce que *mañana* signifiait.

Un passager traduisit :

– Demain. Pas aujourd'hui. Demain.

ISABEL

DÉTROIT DE FLORIDE, QUELQUE PART AU NORD DE CUBA, 1994

1er jour de voyage

Isabel plongea dans les eaux tièdes du Gulf Stream. Tout était noir autour d'elle, et l'océan était vivant. Non pas peuplé d'êtres vivants, comme les poissons. Non, l'océan était lui-même une créature vivante. Il grondait, roulait, écumait. Il la frappait aussi, puis l'attirait et la rejetait comme un chat jouant avec la souris qu'il s'apprête à dévorer.

Elle lutta pour remonter à la surface, prendre une goulée d'air.

– Isabel ! cria sa mère d'une voix stridente, les bras tendus vers elle.

Mais elle n'avait aucune chance de l'attraper. Le bateau était déjà si loin ! Isabel sentit la panique l'envahir. Comment avait-il pu s'éloigner aussi vite ?

Elle entendit la voix de Luis.

– Il faut virer de bord ! Si nous ne prenons pas les vagues de front, nous allons chavirer !

– Papa ! hurlait Ivan.

Isabel luttait contre la houle quand une vague déferla, l'entraînant vers le fond. Une nouvelle fois, elle sentit sa bouche et son nez se remplir d'eau salée mais elle refit surface, pas très loin de l'endroit où elle avait vu M. Castillo disparaître.

Sa main rencontra quelque chose dans l'eau noire ; elle eut un mouvement de recul avant de comprendre qu'il s'agissait de lui. Ballotté par les flots, il ne se débattait pas pour garder la tête hors de l'eau. Après avoir pris une profonde inspiration, Isabel plongea et saisit M. Castillo à bras-le-corps, puis poussa très fort sur ses jambes pour remonter. L'océan tenta de l'en empêcher en l'attirant vers le fond, mais Isabel poussa et poussa encore, jusqu'à ce que ses poumons soient sur le point d'exploser. Elle finit par émerger, à bout de souffle.

– Ils sont là ! cria Ivan.

Isabel ne chercha même pas à voir le bateau. Elle était bien trop occupée à lutter pour maintenir hors de l'eau la tête toute molle de M. Castillo, en prenant de rapides inspirations entre chaque vague.

La houle avait diminué, toujours mortelle, mais moins violente et moins rapide. Isabel épousait peu à peu le rythme de la mer qui la berçait. Elle avait envie de fermer les yeux, de cesser de pousser, de lutter. Elle était fatiguée. Si fatiguée…

Soudain, Ivan la saisit par la taille, comme autrefois, quand ils jouaient dans les vagues, sur la plage du village.

– Par ici ! Ils sont là !

Au passage d'une vague, Isabel heurta de la tête la coque du bateau qui venait de surgir tout près d'elle. Des mains s'emparèrent de M. Castillo, puis à son tour, elle fut hissée à bord et tomba en arrière, dans l'eau accumulée au fond du bateau. Enfin, elle était à l'abri des vagues incessantes. Elle se jeta dans les bras de sa mère, tandis que Mme Castillo agrippait la main de son mari.

– Rudi ! Rudi ! Oh, mon Dieu ! gémit-elle.

M. Castillo avait perdu connaissance. Luis et Papi l'avaient allongé sur l'un des bancs, et Lito lui appuyait frénétiquement sur le ventre. Soudain, il se redressa, toussant et crachant de l'eau. Lito et Luis le retournèrent et il rendit toute l'eau qu'il avait avalée.

En larmes, Mme Castillo le serra dans ses bras.

– Rudi ! Rudi !

Le calme revint tout à coup. On n'entendait plus que le battement de la mer sur la coque du bateau et le clapotis de l'eau accumulée au fond. Le pétrolier s'était éloigné.

Debout à la proue, Amara barrait, affrontant les vagues. Une nouvelle fois, le moteur avait calé, noyé comme tout le reste.

Mme Castillo prit la main d'Isabel.

– Merci.

Grelottante, Isabel hocha la tête en guise de réponse. Elle était trempée et frigorifiée mais au moins, elle avait retrouvé sa mère, qui la tenait serrée contre elle.

– Il faut écoper, dit Papi.

C'était étrange de l'entendre dire quelque chose d'aussi normal, d'aussi banal, alors que M. Castillo avait failli se noyer et que le bateau avait échappé de peu au naufrage. Mais il avait raison.

– Et remettre le moteur en route… ajouta Ivan.

– Commençons par écoper, décida Lito.

Ensemble, ils rassemblèrent bouteilles et bidons et s'attelèrent à la tâche fastidieuse qui consistait à les remplir, puis à rejeter leur contenu à la mer. Blottie dans les bras de sa mère, Isabel reprenait des forces, et personne ne lui demanda de se lever pour aider.

– Où est la boîte à pharmacie ? demanda Luis.

Le bateau était si petit qu'il n'y avait pas beaucoup d'endroits où chercher. Dans l'agitation du moment, la boîte avait dû passer par-dessus bord. Les allumettes avaient disparu aussi, tout comme les aspirines et les pansements. Or M. Castillo était encore groggy et très faible.

Cela n'était pas idéal, mais s'ils arrivaient à vider le bateau, à redémarrer le moteur et à repartir dès le lever du jour sans croiser d'autre pétrolier, ils n'auraient besoin ni de médicaments ni d'allumettes pour gagner les États-Unis.

Cela faisait beaucoup de « si ».

Ils passèrent la soirée à écoper, se relayant dans l'espace exigu de la petite embarcation.

Isabel ne se rendit compte qu'elle s'était endormie que lorsqu'elle se réveilla en sursaut d'un cauchemar où un monstre géant surgissait de la mer pour l'engloutir. Elle se tourna de tous côtés : à perte de vue, il n'y avait rien d'autre que l'eau d'un bleu profond et le ciel gris teinté de rouge du soleil couchant. Fermant les yeux, elle prit de profondes inspirations pour tenter de retrouver son calme.

Le bateau recommençait à tanguer, et Amara luttait pour maintenir le cap. Elle avait remplacé M. Castillo à la barre, mais ils n'avaient toujours pas réussi à remettre le moteur en marche. Si, dans l'immédiat, le Gulf Stream suffisait à les entraîner vers le nord, vers la Floride, ils en auraient besoin plus tard pour atteindre la côte.

Penchée par-dessus bord, la mère d'Isabel vomissait. Quand elle se laissa de nouveau glisser contre la coque, elle était blême. La houle était si forte, désormais, qu'Isabel devait se cramponner au banc pour ne pas basculer. Les vagues montaient toujours plus haut.

– Que se passe-t-il ? demanda Ivan d'une voix ensommeillée. Un autre pétrolier ?

Lito leva les yeux vers les nuages rougeoyants.

– Non. *Ciel rouge le matin alerte le marin*, dit-il. Une tempête arrive.

MAHMOUD

IZMIR, TURQUIE, 2015

11e jour de voyage

– Mon Dieu… c'est avec ça que vous voulez nous faire traverser ? lança le père de Mahmoud.

Le bateau n'était pas un bateau. C'était un radeau. Un canot en caoutchouc noir gonflable d'une douzaine de places équipé d'un moteur hors-bord.

Trente réfugiés attendaient pour embarquer.

Équipés de gilets de sauvetage de différentes couleurs, ils avaient tous l'air fatigués – comme lui, songea Mahmoud. Il y avait surtout des hommes jeunes, mais également des familles. Des femmes avec ou sans hijab. Des enfants aussi, à peu près de son âge. Un garçon en maillot de football aux couleurs de Barcelone avec une chambre à air gonflée en guise de gilet de sauvetage, quelques réfugiés portant des sacs à dos ou des cabas en plastique remplis de vêtements... Mais pour la plupart, tout ce qu'ils possédaient tenait dans leurs poches – comme la famille de Mahmoud.

L'un des passeurs se tourna vers son père.

– Allons-y ! 250 000 livres syriennes ou 1 000 euros par personne ! Même tarif pour les enfants, y compris les bébés.

Un peu à l'écart, deux Turcs en survêtement – qui ressemblaient à ceux qui les avaient chassés du centre commercial – regardaient les réfugiés comme s'ils étaient des déchets rejetés par la mer. Leur rictus donna de nouveau à Mahmoud l'envie de disparaître.

Son père leur tendit leurs gilets de sauvetage, qu'ils enfilèrent.

Le regard fixé sur le canot qui ondulait sur les eaux grisâtres de la Méditerranée, sa mère prit le bras de son père.

– Qu'est-ce qu'on fait, Youssef ? Tu es sûr d'avoir pris la bonne décision ?

– Il faut aller en Europe. Nous n'avons pas le choix. Dieu nous guidera.

Mahmoud le vit glisser leurs économies dans la main de l'un des passeurs, qui les fit embarquer tous les quatre. Walid et sa mère prirent place à l'arrière du bateau avec Hana, tandis qu'il s'asseyait avec son père sur l'un des boudins gonflés.

Le crachin d'Izmir l'avait rafraîchi, et la brise marine le fit frissonner.

Un grand homme barbu qui portait un épais gilet de sauvetage bleu sur sa chemise à carreaux s'installa tout près de lui, le poussant presque hors du bateau. Quand Mahmoud se serra contre son père, l'homme occupa tout l'espace laissé libre.

– Combien de temps dure la traversée, Papa ?

– Quelques heures, je pense. On ne m'a pas dit grand-chose, au téléphone.

Mahmoud acquiesça. Les téléphones et les chargeurs étaient soigneusement rangés dans des sacs en plastique, dans les poches de ses parents. C'est lui qui avait été chargé de fouiller dans les poubelles pour récupérer des sacs étanches.

– Nous ne sommes pas obligés d'aller jusqu'au continent, expliqua son père. L'île grecque de Lesbos n'est qu'à une centaine de kilomètres. Là, nous serons officiellement en Europe et nous pourrons ensuite prendre un ferry pour Athènes.

Une fois le canot rempli, les passeurs le poussèrent vers le large. Aucun d'eux ne monta à bord. Si les réfugiés voulaient aller à Lesbos, ils allaient devoir se débrouiller seuls.

– Quelqu'un sait-il à quelle heure le dîner est servi ? demanda le père de Mahmoud.

Seuls quelques rires nerveux lui répondirent.

Le moteur démarra sous les cris et les applaudissements des passagers. Youssef serra Mahmoud dans ses bras, puis embrassa sa femme, Walid et Hana. Enfin, ils avaient réussi. Enfin, ils quittaient la Turquie pour l'Europe ! Mahmoud jetait des regards ébahis autour de lui. Rien de tout cela ne lui semblait réel. Il avait fini par croire qu'ils ne partiraient jamais.

Il était si fatigué qu'il avait du mal à garder les yeux ouverts, mais le grondement du moteur et le claquement des vagues faisaient courir l'adrénaline dans ses veines. Même s'il l'avait voulu, il n'aurait pas pu dormir.

Bientôt, les lumières d'Izmir ne furent plus que des points vacillants derrière eux ; ils se retrouvèrent au milieu des eaux noires et agitées de la Méditerranée. Des écrans de téléphones brillaient dans l'obscurité – des passagers essayaient de se repérer.

Le bruit du moteur et les embruns rendant toute conversation impossible, Mahmoud observa les autres passagers. La plupart gardaient la tête baissée et les yeux fermés – soit pour murmurer des prières, soit pour chasser la nausée, ou les deux. Le canot se mit à tanguer, non plus d'avant en arrière, mais d'un côté et de l'autre, et ce roulis lui donna des haut-le-cœur. En face de lui, un homme se pencha par-dessus bord pour vomir.

– Attention aux garde-côtes ! cria son voisin. Les Turcs nous renverront en Turquie, mais les Grecs nous conduiront à Lesbos !

Mahmoud se demanda comment on pouvait voir quoi que ce soit dans la nuit, mais regarder vers le large soulageait sa nausée. Cela amplifiait aussi sa peur : les vagues grises, de plus en plus fortes, se rapprochaient à chaque seconde. Il avait l'impression de voguer sur les toits pointus des tentes du camp de Kilis. Le mal de mer gagnait peu à peu les passagers ; Mahmoud sentit son estomac se retourner.

C'est alors qu'il se mit à pleuvoir. Une pluie froide et violente lui plaqua les cheveux contre le visage et en un instant, il fut trempé. L'eau montait rapidement dans le fond du canot. Bientôt, sa mère et les autres eurent les pieds immergés. À force de grelotter sans pouvoir bouger, Mahmoud avait les muscles endoloris et ne songeait plus qu'à une chose : quitter ce bateau.

– Si on faisait demi-tour ? cria quelqu'un.

– Impossible ! hurla son père. On ne peut pas se permettre une nouvelle tentative !

En chœur, des voix s'élevèrent pour l'approuver.

Ils continuèrent à braver les flots sous une pluie battante pendant ce qui parut à Mahmoud une éternité. Dix heures ? Dix minutes ? Il l'ignorait. Tout ce qu'il savait, c'était qu'il voulait que ça s'arrête, tout de suite. C'était pire qu'à Alep. Pire que les bombes, les tirs des soldats et le bourdonnement des drones au-dessus de leurs têtes. Au moins, à Alep, il pouvait s'enfuir. Courir se mettre à l'abri. Ici, il était à la merci des éléments, invisible point dans un invisible canot en caoutchouc noir au milieu d'une immense mer, noire elle aussi. Si elle l'avait voulu, elle aurait pu s'ouvrir pour l'avaler tout entier, personne dans le vaste monde n'en aurait jamais rien su.

C'est exactement ce qu'il se produisit.

– Des rochers ! cria quelqu'un à l'avant du canot.

On entendit un grand « BOUM ! » comme une bombe qui explose, et Mahmoud sombra.

JOSEF

À L'ENTRÉE DU PORT DE LA HAVANE, 1939

17e jour de voyage

Josef sentit une main grande et forte lui saisir le bras. En se retournant, il vit l'un des pompiers du bord, et comprit que les ennuis commençaient. Ces marins étaient des brutes épaisses engagées pour éteindre les incendies, mais depuis que les Cubains avaient mis le paquebot en quarantaine, ils arpentaient les ponts, harcelant les passagers juifs.

Cela faisait trois jours que le *Saint Louis* avait jeté l'ancre à plusieurs milles du port. Trois jours que des officiels cubains se relayaient à bord, tandis que les policiers cubains chargés de surveiller l'accès au bateau interdisaient aux passagers de débarquer.

« *Mañana*, répétaient-ils. *Mañana.* »

Demain…

Deux jours plus tôt, l'*Orduna*, un paquebot anglais plus petit que le *Saint Louis*, avait jeté l'ancre dans les environs. Josef avait compris qu'il s'agissait d'un des deux bateaux censés arriver à Cuba en même temps qu'eux. Avec les autres passagers, il avait regardé les vedettes s'approcher et s'éloigner du bâtiment où l'on avait hissé, puis baissé le drapeau jaune de la quarantaine. Ensuite, l'*Orduna* avait levé l'ancre et accosté au port. Pourquoi ses passagers avaient-ils été autorisés à débarquer et pas eux ? Ils étaient pourtant arrivés les premiers !

Le capitaine Schröder demeurait invisible. Quant aux officiers et aux stewards, ils n'avaient pas de réponse.

Le même scénario venait de se produire avec le *Flandre*, un bateau français. Dès son arrivée, il avait jeté l'ancre. Une fois la quarantaine levée, il avait débarqué ses passagers au port de La Havane, et s'apprêtait désormais à reprendre la mer.

Les passagers du *Saint Louis* étaient de plus en plus nerveux, interpellant des marins sur le pont, fustigeant les stewards à l'heure du dîner. Josef avait senti la tension monter à bord, la colère qui menaçait d'exploser au moindre contact entre l'équipage et les passagers. L'ambiance était aussi suffocante que les 37 °C affichés par le thermomètre.

Cette tension n'avait apparemment pas échappé à Schiendick ni à ses amis nazis, car ils avaient donné l'ordre aux pompiers de patrouiller. Ce n'était pas officiel et le capitaine n'avait fait aucune annonce. De leur propre initiative, certains membres de l'équipage, se croyant déjà de retour en Allemagne, avaient pris le contrôle du bateau.

« C'est pour la sécurité des Juifs », avait expliqué Schiendick.

C'est également pour leur « sécurité » que la Gestapo plaçait les Juifs en détention de protection, songea Josef.

Un autre pompier se planta devant lui, tandis qu'Otto Schiendick en personne l'interpellait.

– Justement, nous te cherchions. Suis-nous.

Josef leva les yeux vers les deux costauds.

– Moi ? Mais pourquoi ? demanda-t-il.

Il se sentait coupable et s'en voulut aussitôt. Pourquoi aurait-il dû se sentir coupable ? Il n'avait rien fait de mal. Il se rappelait avoir déjà ressenti ça à Berlin, à chaque fois qu'il croisait un nazi dans la rue.

En Allemagne, le simple fait d'être juif était un crime. Ici aussi, visiblement.

– Nous devons fouiller la cabine de tes parents, reprit Schiendick. As-tu la clé ?

Josef acquiesça, bien malgré lui. Ces hommes étaient des adultes, et des nazis. Il avait appris à respecter les premiers et à craindre les seconds.

Sans lâcher son bras, le pompier le poussa vers l'ascenseur. Comment Josef avait-il pu se laisser prendre ainsi ? Il avait mis Ruthie en garde contre les pompiers, qui adoraient intimider les enfants, et elle avait réussi à leur échapper. Mais ces deux-là avaient profité du moment où il regardait le *Flandre* quitter le port de La Havane pour l'attraper.

Schiendick et ses hommes le pressaient ; Josef sentit son cœur battre à tout rompre quand ils lui ordonnèrent d'ouvrir la porte de sa cabine. D'une main tremblante, il inséra la clé dans la serrure. Il aurait voulu fuir, éloigner ces hommes de ses parents.

La porte s'ouvrit. Le père de Josef était allongé sur son lit, en sous-vêtements pour ne pas trop souffrir de cette chaleur étouffante. Près de lui, sa mère lisait, assise sur une chaise. Ruthie, par chance, était encore à la piscine.

Rachel Landau se leva dès qu'elle vit les visiteurs. Comme son père se redressait sur son lit, Josef lut la panique dans son regard.

– Que se passe-t-il ? demanda Mme Landau. Josef ?

Josef ouvrit grand les yeux pour l'avertir du danger.

– Ils m'ont… demandé de les conduire jusqu'ici, dit-il.

– Il est là ! lança Schiendick en se tournant vers son père.

Il entra, suivi des deux pompiers, puis il verrouilla la porte derrière eux.

– Pour votre sécurité, nous devons fouiller cette cabine.

– Qui vous en a donné l'ordre ? demanda la mère de Josef. Le capitaine est-il au courant ?

– C'est moi qui en ai donné l'ordre, répondit Schiendick. Le capitaine a d'autres chats à fouetter.

Un hochement de tête, et les deux pompiers mirent la cabine à sac. Ils balayèrent les flacons de maquillage et de parfum de Mama, brisèrent le miroir de la coiffeuse, renversèrent les lampes posées sur les tables de chevet et cassèrent le lavabo. Puis ils ouvrirent les valises soigneusement préparées pour le débarquement et firent valser leur contenu. Ils arrachèrent la tête du lapin en peluche de Ruthie, puis prirent le livre des mains de Mme Landau et déchirèrent les pages, qui se mirent à voltiger telles les cendres d'un feu de joie.

La mère de Josef cria, mais pas assez fort pour qu'on puisse l'entendre. La tête dans les mains, son père se roula en boule en gémissant. Josef, lui, resta plaqué contre la porte, maudissant son impuissance mais craignant d'être puni plus sévèrement encore s'il se jetait dans la bataille.

Quand il ne resta plus rien à casser ni à détruire, les pompiers revinrent près de la porte, derrière Schiendick, qui cracha par terre avant de lâcher :

– Voilà ce que je pense de vous et de votre race !

Soudain, Josef comprit : il avait voulu se venger des mots que lui avait lancés son père, pendant les funérailles.

Avec un reniflement de mépris, Schiendick regarda l'homme recroquevillé sur son lit.

– Il est temps de vous raser de nouveau la tête, dit-il avant de sortir, les deux pompiers sur les talons, en laissant la porte grande ouverte.

La mère de Josef s'effondra, tandis que son père sanglotait sur son lit. Tremblant, Josef enfouit son visage dans ses mains pour tenter de cacher ses larmes. Il avait une envie folle de se jeter dans les bras de sa mère, mais il avait l'impression qu'elle était loin, très loin de lui. Tout comme son père. Ils étaient trois îles désertes, séparées par un océan de malheur.

De tout ce que Schiendick et ses pompiers avaient brisé, la famille Landau était la seule chose qu'il n'était pas sûr de pouvoir réparer.

– Tu as dit que si je restais tranquille, bien tranquille, ils ne viendraient pas me chercher, dit son père.

Josef ne comprit pas tout de suite qu'il s'adressait à lui. Il retint son souffle. Son père parlait de l'examen médical, du moment où il l'avait giflé pour l'aider à se ressaisir. Il leva vers lui ses yeux rougis de larmes.

– Tu as dit qu'ils ne viendraient pas me chercher. Qu'ils ne me renverraient pas là-bas. Tu as promis, et ils sont venus quand même !

Son père ne l'avait pas touché, mais ce fut comme s'il l'avait giflé à son tour. Se redressant d'un bond, Josef bouscula la petite coiffeuse de sa mère ; l'un des flacons que Schiendick n'avait pas cassés roula et vint s'écraser au sol, près de lui. Il avait menti à son père. Il l'avait trahi en lui faisant croire qu'il était de retour dans cet horrible endroit, en réveillant sa terreur. Hélas, ce n'était pas le pire.

Le pire, c'était qu'il avait fait à son père une promesse qu'il n'avait pas pu tenir.

ISABEL

QUELQUE PART DANS LE DÉTROIT DE FLORIDE, 1994

2e jour de voyage

Sous la pluie battante, Isabel se mit à écoper le fond du bateau, qui se remplissait plus vite qu'il ne se vidait. Elle, sa mère, son père, son grand-père, Luis, Ivan, Mme Castillo, tous s'affairaient sans dire un mot – de toute façon, la tempête était si forte qu'ils n'auraient pas pu s'entendre. Les seuls à ne pas écoper étaient M. Castillo, pâle comme un linge, et Amara, qui avait les jointures des mains blanches à force de serrer la barre pour résister à l'assaut des vagues. Le moteur était en panne depuis qu'ils avaient évité le pétrolier.

Des nuages d'orage obscurcissaient le ciel, et Isabel était trempée jusqu'aux os. Elle grelottait dans le vent froid, les pieds engourdis à force de patauger dans l'eau accumulée au fond du bateau. Les embruns lui piquaient les yeux ; entre deux écopages, elle essuyait d'un revers de manche ses larmes salées par la mer.

Comme elle regardait déferler les vagues, elle se rappela sa dernière image de sa grand-mère, son *abuelita*. Elle revit sa main tendue hors de l'eau, tandis que le reflux l'emportait. Isabel avait neuf ans. Ses parents l'avaient envoyée chez Lito et Lita, qui possédaient une petite cabane au bord de la mer. Ils n'avaient rien expliqué, mais elle était assez grande pour comprendre qu'ils s'étaient encore disputés et avaient besoin d'être seuls pour tenter de se réconcilier. Elle avait passé le printemps à patauger sans joie dans l'océan.

C'est alors que la tempête était arrivée. Plus violent encore qu'un ouragan, un gigantesque cyclone parti du Canada avait traversé les États-Unis et balayé Cuba avant de se diriger vers l'Amérique centrale. Plus tard, on l'avait baptisé « la Tempête du siècle », mais pour Isabel, cela restait « la Tempête ». Le vent hurlait, arrachant les toits des maisons et déterrant les palmiers. La pluie tombait en biais. Incessant tir de mitraillette, la grêle faisait voler les fenêtres en éclats. Et l'océan se soulevait telle la main d'un géant, s'approchant des terres et menaçant la petite cabane de Lito et Lita avant de l'enserrer dans sa poigne de fer et d'en avaler les débris.

Si Lito et Lita avaient su qu'une tempête arrivait, ils se seraient réfugiés à l'intérieur des terres. En altitude. Castro avait promis de protéger les Cubains, mais il n'avait rien fait. Pas cette fois-ci. Pas pour la grand-mère d'Isabel. Lito avait réussi à sauver sa petite-fille, mais sa femme avait été emportée. Elle avait glissé sous les vagues, les bras toujours tendus vers lui. Vers Isabel. C'était la dernière image qu'ils gardaient d'elle.

Tout à coup, Isabel sentit le bras de Lito autour de ses épaules.

– Je sais à quoi tu penses, lui murmura-t-il à l'oreille, entre deux vagues. J'y pense, moi aussi.

– Elle me manque.

– À moi aussi. Tous les jours.

Isabel avait les larmes aux yeux, et Lito la serra plus fort contre lui.

– C'était la fin de sa chanson, mais la nôtre n'est pas terminée. Allez, continue d'écoper, sinon tu auras bientôt de l'eau jusqu'au cou.

Isabel reprit son travail. Et si sa vie était vraiment une chanson ? Non, pas une chanson. Une vie, c'était une symphonie, avec plusieurs mouvements et des harmonies complexes. Une chanson est plus brève, comme une tranche de vie.

Oui, ce voyage était une chanson, un *son cubano*, avec ses différents couplets. D'abord une explosion de cuivres, un roulement de caisse claire : les émeutes. Puis, le pré-chœur avec le piano qui rythme le son : l'échange de sa trompette contre de l'essence ; et ensuite, le chœur : le départ…

Ils en étaient là, loin du but encore. Le chœur se répéterait, sans cesse, tant qu'ils seraient en mer.

Et le refrain ? Combien faudrait-il de couplets avant d'arriver à ce moment fort de la chanson, juste avant la coda[18], les notes finales du *son cubano* ?

18. En musique, fin d'un mouvement.

Inutile de penser à cela maintenant. Il fallait écoper. Écoper et prier pour qu'ils ne se noient pas dans ce solo infernal de congas qui tambourinaient contre la coque de leur petit bateau de fer.

MAHMOUD

QUELQUE PART EN MÉDITERRANÉE, 2015

11e jour de voyage

Saisi par l'eau glacée, Mahmoud ouvrit la bouche pour respirer et avala une grande gorgée d'eau noire. Il bascula en arrière. Comme il agitait les bras et les jambes pour tenter de remonter à la surface, quelque chose – quelqu'un – tomba sur lui, l'enfonçant plus profondément encore sous l'eau. Il but la tasse, toussa… Tout autour de lui, des gens roulaient dans les vagues. Son genou heurta quelque chose de dur et de pointu – un rocher – et il sentit un bref éclair de douleur, aussitôt chassé par une terreur aveugle, insensée.

Il était en train de se noyer. Le canot pneumatique avait éclaté contre les rochers, et il allait mourir.

Il agita les jambes. Les bras. Se débattit. Il parvint à sortir sa tête de l'eau et à aspirer une goulée d'air, mais une nouvelle vague le submergea et il plongea de nouveau. Une fois remonté à la surface, il lutta pour garder la tête hors de l'eau.

– Maman ! Papa !

Ses cris se mêlaient à ceux des autres passagers qui avaient réussi à émerger. Tout autour de lui, les naufragés luttaient contre la mer en furie. Il ne restait plus rien du canot, qui avait coulé avec le moteur.

Mahmoud distingua un point lumineux sur l'eau. Un téléphone ! Il flottait grâce à l'air emprisonné dans le sac hermétique où on l'avait rangé. Il plongea dans une vague et tendit le bras pour l'attraper.

L'écran indiquait 2 h 32 du matin.

– Au secours ! Au secours !

Perdue dans ce chaos, sa mère sanglotait. Il tourna la tête de tous côtés pour tenter de la repérer et se dirigea vers une silhouette vaguement familière. Alors qu'il saisissait son foulard rose tourbillonnant sur les flots, il la vit. Elle luttait pour garder ses bras levés hors de l'eau.

Hana !

Mahmoud se mit à nager de toutes ses forces. Hana pleurait – elle était vivante ! – mais sa mère était à bout de forces. L'une d'elles allait se noyer.

Mahmoud saisit sa mère à bras-le-corps et tenta de pousser sur ses jambes pour les ramener toutes deux à la surface. Mais il avait l'impression de les entraîner vers le fond.

– Fatima ! Mahmoud !

Il se retourna et aperçut son père, Walid dans les bras.

– Les gilets de sauvetage ne fonctionnent pas ! hurla-t-il, sa tête apparaissant et disparaissant au gré des vagues. Ce sont des faux !

Des *faux* ? Mahmoud sentit une bouffée de colère l'envahir, qu'il s'empressa de chasser pour consacrer toute son énergie à battre des pieds, à nager. S'il s'arrêtait, ils se noieraient tous les trois.

Autour d'eux, des gens criaient, se cherchaient, luttaient pour leur survie, mais tout l'univers de Mahmoud tenait dans un cercle de quelques mètres de diamètre. Que faire, maintenant ? Comment gagner la terre ferme ? Ils étaient perdus en pleine Méditerranée, en pleine tempête, en pleine nuit. Leur canot avait sombré, et bien qu'il ait heurté des rochers, aucune plage n'était en vue.

Ils allaient mourir ici. Tous les cinq.

Une nouvelle fois, Mahmoud but la tasse. Ballotté par les vagues, le visage battu par la pluie et les embruns, il n'arrivait pas à respirer. Pourtant, en entendant crier sa petite sœur, il eut un regain d'énergie. Il ne pouvait pas la perdre. Pas plus qu'il ne pouvait perdre son père, sa mère ou son frère.

Bientôt, ils rejoignirent son père, et tous s'entraidèrent pour ne pas sombrer et entraîner avec eux Walid et Hana. Comme eux, d'autres naufragés luttaient pour leur survie mais, sans aucun repère pour se diriger, certains petits groupes se séparaient. On ne pouvait que se laisser porter par les vagues, encore et encore.

– Enlevez vos chaussures, dit le père de Mahmoud. Allégez-vous au maximum.

Le temps passa. La pluie cessa. La lune croissante pointa même derrière un nuage et disparut presque aussitôt, laissant place à l'obscurité, au vent glacial, aux embruns salés et à la houle. Les jambes engourdies par le froid et la fatigue, Mahmoud se battait pour ne pas couler. Sa mère sanglotait doucement depuis ce qui lui semblait une éternité. Elle ne maintenait plus Hana au-dessus de l'eau, mais juste à la surface. On aurait dit qu'elle poussait une minuscule barque. Son père faisait de même avec Walid afin d'économiser ses forces. Son frère et sa sœur ne disaient pas un mot, et Mahmoud se demanda s'ils étaient toujours vivants. Il ne pouvait pas poser la question, ne voulait pas la poser. S'il ne demandait pas, il ne saurait pas vraiment, et tant qu'il ne savait pas vraiment, il y avait une chance…

De nouveau, il fut submergé, et mit plus longtemps à remonter que la dernière fois. Il avait de plus en plus de mal à ne pas replonger. Il souffla par le nez, mais il était fatigué. Très, très fatigué. Il aurait voulu s'arrêter de nager, juste un instant, ne plus bouger ni les bras ni les jambes. Fermer les yeux et dormir…

Malgré l'eau qui lui bouchait les oreilles, Mahmoud crut avoir entendu un drone par-dessus le hurlement du vent. Scrutant l'obscurité, il se mit à nager plus vite encore. Là, émergeant de l'ombre, un canot pneumatique bondé fonçait droit sur eux ! Avec son père et sa mère, ils agitèrent les bras pour qu'on leur vienne en aide. Enfin, les passagers les remarquèrent, mais le canot ne ralentit pas.

Ils allaient les abandonner !

Mahmoud réussit à attraper la poignée, sur le côté du canot, et à saisir la main de sa mère qui s'accrocha à son tour au bateau avant qu'il ne les emporte, manquant noyer Hana dans son sillage.

Derrière eux, son père tenta lui aussi de s'agripper au canot qui tanguait dans la houle. En vain. Il disparut dans l'obscurité, avec Walid.

– Papa ! Papa ! cria Mahmoud, toujours cramponné au canot.

– Lâche ça ! lui dit une femme à bord. Tu nous ralentis !

– Laissez-nous monter, s'il vous plaît ! supplia Mahmoud, tandis que sa mère s'accrochait elle aussi, Hana serrée contre elle.

– Impossible ! Il n'y a pas de place ! hurla un homme.

– Je vous en supplie ! Nous allons nous noyer.

– Je vais appeler les gardes-côtes ! J'ai enregistré leur numéro dans mon portable !

Un autre homme se pencha vers Mahmoud pour tenter de lui faire lâcher prise.

– Tu vas nous faire chavirer !

– Je vous en supplie !

Mahmoud sanglotait, sans cesser de résister à l'homme qui voulait le repousser.

– Laissez-nous monter, je vous en prie !

– Non ! Pas de place !

– Prenez au moins ma petite sœur ! implora Mahmoud. C'est un bébé ! Elle ne prend pas de place !

À bord, tout le monde se mit à crier.

Une nouvelle fois, un homme tenta d'éloigner Mahmoud du canot, mais celui-ci tint bon.

– Je vous en supplie…

Enfin, une femme se pencha vers la mère de Mahmoud, qui lui tendit le bébé, enroulé dans une couverture mouillée.

– Elle s'appelle Hana, cria-t-elle pour couvrir le grondement du moteur et le fracas des vagues.

Quelqu'un finit par décrocher les doigts de Mahmoud, qui fut emporté dans le sillage du canot. Quand il émergea, il vit que sa mère avait lâché prise, elle aussi. Elle hurlait de douleur et arrachait ses vêtements. Quand il l'eut rejointe, Mahmoud lui saisit les poignets pour la calmer tandis qu'elle sanglotait, la tête posée sur son épaule.

La sœur de Mahmoud avait disparu, tout comme son père et son frère.

JOSEF

ENTRÉE DU PORT DE LA HAVANE, 1939

18e jour de voyage

Josef se cramponna à la chaise, mais son père avait encore assez de force pour la lui arracher des mains. Il la jeta sur les meubles empilés contre la porte.

– Il ne faut pas les laisser entrer ! hurla-t-il. Ils vont revenir nous chercher !

Il avait fallu à Josef et à sa mère une nuit et un jour pour remettre leur cabine en ordre après les ravages qu'avaient causés Otto Schiendick et ses hommes. En l'espace d'un quart d'heure, son père venait de réduire leurs efforts à néant.

Recroquevillée dans un coin, Ruthie pleurait, Bitsy serré contre son cœur. Le premier souci de sa mère avait été de recoudre le lapin en peluche afin que sa fille ne le voie pas décapité.

– Aaron ! Aaron ! dit-elle. Il faut te calmer ! Tu fais peur à ta fille !

Josef avait peur, lui aussi. Ce squelette, ce fantôme, ce n'était pas son père. Les nazis l'avaient pris et l'avaient remplacé par un fou.

– Tu ne comprends pas, insista Aaron Landau. Tu ne peux pas savoir ce qu'ils font aux gens. Ce qu'ils vont nous faire !

Il jeta une valise ouverte contre la porte, envoyant valser son contenu à travers la cabine. Une fois qu'il eut empilé tout ce qu'il pouvait, il alla se recroqueviller sous le bureau, comme un enfant qui joue à cache-cache.

Effarée, Mama ne savait pas quoi faire.

– Ruthie, dit-elle enfin, mets ton maillot de bain et va à la piscine.

– Je n'ai pas envie de nager, répondit Ruthie, sans cesser de pleurer.

Mama insista :

– Fais ce que je te dis.

Ruthie se leva et chercha son maillot parmi les vêtements qui jonchaient le sol.

Puis Mama reprit, tout bas pour que seul Josef puisse l'entendre :

– J'ai besoin que tu restes ici pour surveiller ton père. Je vais accompagner Ruthie à la piscine et aller voir le médecin du bord pour lui demander des somnifères. Quelque chose qui pourrait le calmer.

Toujours roulé en boule sous le bureau, son père se balançait en prononçant des paroles inintelligibles. Josef n'était pas rassuré à la perspective de se retrouver seul avec lui.

– Mais si le médecin sait qu'il va mal, on risque de ne pas nous laisser entrer à Cuba, murmura Josef, cherchant un prétexte pour retenir sa mère.

– Je vais lui raconter que je suis nerveuse et que je n'arrive pas à dormir, confia Mama. Je lui dirai que le remède est pour moi.

Après avoir aidé Ruthie à se changer, sa mère réussit à entrouvrir la porte et à se glisser à l'extérieur. Perdu dans ses pensées, son père ne s'en rendit même pas compte.

Il était toujours assis sous le bureau. En espérant qu'il se soit endormi, Josef entreprit de remettre la cabine en ordre. Il fut soulagé de voir revenir sa mère quelques instants plus tard – jusqu'à ce qu'il croise son regard affolé. Elle titubait, comme si elle ne savait plus marcher, et Josef s'empressa de la faire asseoir.

– Mama, que se passe-t-il ?

– J'ai dit au docteur que les somnifères étaient pour moi, expliqua-t-elle d'une voix pâteuse, et il me les a donnés tout de suite.

– Tu les as avalés devant lui ?

Sa mère battit faiblement des paupières.

– Je n'ai pas eu le choix… Je ne pouvais pas lui dire que c'était Aaron qui…

Ses yeux se fermèrent.

Josef sentit la panique s'emparer de lui. Il ne fallait pas qu'elle s'endorme. Pas maintenant ! Comment allait-il faire, avec son père ? Il ne pouvait pas s'occuper de lui tout seul !

– Mama ! Ne t'endors pas !

Elle ouvrit de nouveau les yeux, mais son regard était vague.

– Ta sœur… N'oublie pas ta sœur, balbutia-t-elle. À la piscine…

De nouveau, elle bascula sur le lit.

– Non, non, non, non !

Josef lui tapota la joue pour la réveiller, mais elle avait sombré dans le sommeil…

Josef se leva et arpenta la cabine en tentant de réfléchir. Maintenant que sa mère dormait, il ne pouvait plus lâcher son père des yeux. Il devrait aussi aller chercher Ruthie, la faire manger et la coucher.

Tout à coup, bien malgré lui, il était devenu l'homme – et le seul adulte – de la famille.

– As-tu déjà vu un homme se noyer ?

Son père avait parlé tout bas, mais Josef sursauta. Il ignorait si son père s'adressait vraiment à lui et il avait peur, s'il lui répondait, de briser le paisible sortilège qui semblait s'être abattu sur lui.

Son père poursuivit :

– Après l'appel du soir, ils choisissaient quelqu'un à noyer. Tous les soirs. Ils lui liaient les chevilles et lui attachaient les mains derrière le dos avant de le bâillonner et de le suspendre par les pieds, la tête dans un baril. Comme un poisson, un gros poisson attaché par la queue sur le marché. Puis ils remplissaient le baril d'eau. Lentement. Pour bien voir la terreur monter en lui. Et pour en rire. Quand l'eau atteignait son nez, il se mettait à respirer comme un poisson, parce qu'il ne pouvait rien faire d'autre. Mais il n'était pas un poisson. Il était un homme. Alors il s'agitait et avalait de l'eau jusqu'à ce qu'il se noie. La tête en bas.

Josef retenait son souffle. Il se surprit à serrer contre lui le lapin en peluche de Ruthie.

– Chaque soir ils recommençaient, et ils nous forçaient à regarder, murmura son père. Alors nous regardions, sans dire un mot, ni bouger, sous peine de subir le même sort.

Des larmes coulaient sur les joues de Josef. Il repensa à la visite du médecin cubain. Il avait fait croire à son père qu'il était de retour dans cet endroit où il avait vu tant d'horreurs.

– Je ne peux pas y retourner, reprit son père. Non, je ne peux pas.

Il ferma les yeux et posa la tête sur ses genoux. Très vite, il s'endormit. Josef resta là, à regarder dormir ses parents, jusqu'à ce que la nuit commence à tomber. Il était grand temps d'aller chercher Ruthie !

Il trouva sa sœur dans la piscine, en train de patauger avec d'autres enfants. Il prévint un steward qu'ils dîneraient dans leur cabine et, en ramenant Ruthie, il se félicita d'avoir survécu à sa première journée d'adulte.

Quand il ouvrit la porte, son père avait disparu.

Lâchant la main de Ruthie, il s'agenouilla pour regarder sous les lits. Personne. Son père avait quitté la cabine.

– Non, non !

Il secoua sa mère, la suppliant de se réveiller, mais le somnifère était trop puissant. Que faire ?

Josef attrapa Bitsy et le tendit à Ruthie.

– Ne bouge pas. Reste avec Mama, et ne sors pas d'ici, compris ? il faut que j'aille chercher Papa.

Josef se précipita dans le couloir. Où chercher ? Où son père était-il allé ? Alors qu'il n'avait pas quitté la cabine de tout le voyage, voilà qu'il avait décidé de sortir…

Josef perçut de l'agitation sur le pont A et s'élança dans l'escalier. Devant lui, un homme aidait sa femme à se relever, et tous deux jetaient des regards furibonds derrière eux. C'est par là que son père avait dû s'enfuir…

Soudain, Josef se rappela que celui-ci avait déjà quitté la cabine. Pour assister aux funérailles du Pr Weiler.

En entendant une femme crier, il se mit à courir. Il avait l'impression d'être sorti de son corps et de se regarder se pencher par-dessus le bastingage.

– Un homme à la mer !

La sirène retentit. Son père s'était jeté à l'eau.

ISABEL

QUELQUE PART DANS LA MER DES CARAÏBES, 1994

3e jour de voyage

Quand Isabel se réveilla, l'horizon était teinté d'orange et la mer argentée brillait comme un miroir, comme si la tempête n'avait été qu'un cauchemar enfiévré. M. Castillo émergeait également du sommeil, aussi assoiffé qu'après une traversée du désert. En une longue gorgée, il but presque la moitié d'un des rares bidons d'eau qu'il leur restait, puis s'allongea sur le côté du bateau.

Isabel s'inquiétait pour sa mère. Pour elle, le cauchemar ne faisait que commencer. La nausée qui la torturait depuis que l'orage avait éclaté avait empiré pendant la nuit et sa fièvre avait grimpé. Lito trempa un morceau de tissu dans l'eau fraîche de la mer et tamponna le front de sa fille pour la rafraîchir, mais sans l'aspirine qui se trouvait dans la boîte à pharmacie disparue pendant la tempête, impossible de faire baisser sa température.

– Le bébé, murmura Mami en se tenant le ventre.

– Le bébé ira bien, affirma Lito. Ce sera un bon garçon, robuste et en pleine santé.

Lito et Mme Castillo s'occupaient de la mère d'Isabel, tandis que Papi et Luis démarraient le moteur en l'arrosant d'eau pour éviter qu'il chauffe. À la barre, Amara s'orienta grâce au soleil et mit le cap vers le nord.

Isabel s'avança avec précaution jusqu'à Ivan, assis à la proue du bateau. Elle se laissa tomber près de lui avec un soupir.

– Je me sens inutile…

– Je sais. Moi aussi.

Ils gardèrent le silence quelques instants, puis Ivan demanda :

– Tu crois qu'on fera de l'algèbre dans notre nouvelle école, en Amérique ?

Isabel laissa échapper un rire.

– Oui.

– Il y aura des réunions politiques tous les jours, aussi ? Et on devra aller travailler dans les champs tous les après-midi ?

Il posa sur elle un regard interrogateur.

– Tu crois qu'on devra porter des armes pour se protéger des fusillades ?

– Je ne sais pas, répondit Isabel.

Leurs professeurs leur parlaient sans cesse des sans-abris qui mouraient de faim dans les rues d'Amérique, des malades qui succombaient parce qu'ils n'avaient pas les moyens de se soigner, et des milliers de gens tués par balle chaque année.

Même si elle était heureuse d'aller à *el Norte*, Isabel commençait à se demander si cela serait aussi merveilleux que tout le monde à bord semblait le croire.

– Quoi qu'il arrive, je suis content que tu sois venue avec nous, dit Ivan. Comme ça, nous serons voisins pour toujours.

Isabel baissa les yeux en rougissant. Oui, cela lui plaisait, à elle aussi.

Le visage de Castro était presque entièrement immergé, ce qui signifiait que le bateau prenait l'eau. Le pétrolier et la tempête avaient mis à rude épreuve la petite embarcation déjà fragile. M. Castillo pensait naviguer pendant une journée, deux tout au plus. Combien de temps leur faudrait-il encore pour arriver en Floride ?

Et où étaient-ils exactement ?

– Hé ! C'est la terre, là-bas ? demanda Ivan en désignant un point, au loin.

Isabel et les autres se précipitèrent, si vite que le bateau tangua dangereusement.

Oui ! Oui, c'était bien ça : une longue et mince ligne verte sur l'horizon bleu. La terre !

– C'est la Floride ?

Luis se tourna vers le soleil.

– Ce n'est pas du bon côté du bateau pour être les États-Unis, dit-il. À moins que nous n'ayons dérivé dans le golfe du Mexique pendant la nuit.

– Floride ou pas, j'y vais ! lança Amara en tournant la barre.

Tout le monde gardait le silence, les yeux rivés sur la ligne verte où l'on distinguait peu à peu des collines et des forêts, tandis que la mer devenait plus claire et plus calme. Isabel retenait son souffle. Elle n'avait jamais été aussi impatiente de toute sa vie. Étaient-ce vraiment les États-Unis ? Avaient-ils réussi ? Amara s'approcha encore, longeant la terre ferme en direction du sud. Isabel chercha des yeux un endroit où accoster. Là ! Elle pointa du doigt des parasols rouges et jaunes sur la plage et, en dessous, des gens allongés sur des transats. Ils avaient la peau très claire.

Une femme en maillot de bain souleva ses lunettes de soleil et fit un geste dans leur direction, tandis que son compagnon se redressait à son tour. Lorsque le bateau passa devant la plage, Isabel vit que d'autres baigneurs les observaient.

– Nous avons réussi ! Nous avons réussi ! s'écria-t-elle en secouant le bras d'Ivan.

Ivan se mit à sauter dans tous les sens, si fort que le bateau se mit à grincer. Il hurla :

– C'est la Floride !

Sur la plage, un homme noir en costume blanc courait vers eux en agitant les bras au-dessus de sa tête pour attirer leur attention. Il leur cria quelque chose en anglais en leur faisant signe de continuer vers le sud.

Amara continua de longer la côte. Bientôt, ils quittèrent l'immense océan pour entrer dans une paisible crique bordée d'une longue jetée de bois. Il y avait un petit café, avec des tables et des chaises. De jolis voiliers étaient amarrés sur la plage, près d'un terrain de volley-ball entouré de parasols et de transats. Isabel sentit son cœur battre à toute vitesse – les États-Unis étaient encore plus paradisiaques qu'elle ne l'avait imaginé !

Luis actionna une manette, et le moteur se tut. Quand ils virent les clients du café se lever pour venir les aider à accoster, Isabel et ses compagnons tendirent les bras vers eux. Leurs doigts se touchaient presque quand des hommes noirs en uniformes blancs à manches courtes fendirent la foule des vacanciers rassemblés sur le quai.

L'un d'eux se mit à parler dans une langue qu'Isabel ne comprenait pas.

– Je crois qu'il nous demande si nous venons d'Haïti, expliqua Lito à ses compagnons.

Il se tourna vers l'homme en uniforme et dit lentement en espagnol :

– Nous venons de Cuba.

– De Cuba ? répéta l'homme.

– Oui, oui, c'est ça !

– Où sommes-nous ? demanda Papi.

– Aux Bahamas.

Les Bahamas ? Isabel se remémora la carte des Caraïbes accrochée au mur de son école. Les Bahamas étaient un archipel situé au nord-est de La Havane, juste au-dessus du centre de l'île de Cuba. C'est-à-dire loin à l'est de Miami. La tempête les avait-elle vraiment fait dériver jusque-là ?

– Je regrette, poursuivit l'officier, mais vous n'êtes pas autorisés à débarquer. La loi interdit aux étrangers en situation irrégulière d'entrer aux Bahamas. Si vous posez le pied sur notre sol, vous serez arrêtés et renvoyés dans votre pays.

Derrière les officiers, l'un des touristes traduisait. Certains avaient l'air furieux et commençaient à discuter avec les policiers.

– Mais nous avons une femme enceinte à bord, et elle a besoin de soins, argua Lito en s'écartant pour que les officiers voient la mère d'Isabel.

Des protestations s'élevèrent parmi les touristes.

Tandis que les policiers se concertaient, Isabel retint son souffle. Enfin, un officier s'adressa à eux en espagnol.

– Le commandant dit que la femme enceinte est autorisée à débarquer pour raison de santé et qu'elle sera soignée.

Pleins d'espoir, Isabel et Ivan se serrèrent l'un contre l'autre.

– Elle ne pourra pas accoucher ici, ajouta l'officier. Dès qu'elle ira mieux, elle sera renvoyée à Cuba.

Isabel et Ivan se figèrent et un silence de mort tomba sur le bateau. Isabel était désemparée. Elle voulait que sa mère aille mieux, mais pas qu'on la renvoie à Cuba. Pourquoi ne pouvaient-ils pas rester aux Bahamas ? Une famille cubaine de plus, qu'est-ce que ça changerait ? Elle se tourna vers la jetée et le joli petit café. Ce n'était pas la place qui manquait, ici !

Sur la plage, les touristes attendaient, tandis qu'on leur expliquait la situation.

– Très bien, dit Lito. Ma fille est malade. Elle a besoin de soins.

– Non ! lança Papi. Tu as entendu ce qu'il a dit : si nous sortons de ce bateau, ils nous renverront à Cuba. Je ne veux pas y retourner.

– Dans ce cas, je reste avec elle, déclara Lito. Pour moi, la vie de Teresa est plus importante qu'*el Norte*.

Des larmes coulaient sur les joues d'Isabel. Non. Non ! Ce n'était pas ainsi qu'elle s'était imaginé les choses ! Sa famille était censée rester ensemble. C'est pourquoi elle avait insisté pour qu'ils partent tous. Si sa mère allait à Cuba et son père aux États-Unis, lequel devrait-elle suivre ?

Quand Lito voulut aider Mami à se lever, celle-ci le repoussa.

– Non !

– Mais, Teresa…

– Non ! Je ne veux pas que mon enfant naisse à Cuba.

– Mais tu es malade ! Tu ne peux pas reprendre la mer maintenant, protesta Lito.

– Je ne retourne pas à Cuba, dit Mami en tendant une main à son mari et l'autre à sa fille. Je reste avec ma famille.

Soulagée, Isabel se jeta dans les bras de sa mère. Elle fut surprise de voir son père s'agenouiller et les serrer toutes les deux contre lui.

– On repart, alors ! lança Luis.

Avant que le moteur ne redémarre, un touriste fit passer une bouteille d'eau à Mme Castillo.

Bientôt, d'autres l'imitèrent. Certains coururent jusqu'au café pour aller leur acheter des boissons et quelques paquets de chips.

– De l'aspirine ? Quelqu'un a-t-il de l'aspirine, pour ma mère ? supplia Isabel.

Sur la jetée, une vieille dame tendit à Isabel un flacon de plastique plein de cachets.

– Merci ! Merci ! cria Isabel, éperdue de reconnaissance.

Ces simples gestes de gentillesse leur sauvaient la vie, à elle et aux autres passagers de ce petit rafiot.

Lorsque, enfin, ils réussirent à relancer le moteur et qu'Amara fit demi-tour, ils avaient plus de provisions qu'à leur départ de Cuba. Mais ils n'avaient jamais été aussi loin de la Floride et de la liberté.

MAHMOUD

QUELQUE PART EN MÉDITERRANÉE, 2015

11e jour de voyage

– Mon bébé, gémit la mère de Mahmoud. Ma petite Hana est partie !

La Méditerranée continuait de les attaquer sans relâche, tentant de les noyer vague après vague. Sentant sa mère sur le point d'abandonner le combat, Mahmoud faisait tout son possible pour lui maintenir la tête hors de l'eau.

– Je suis là, moi, lui dit-il, et j'ai besoin de toi.

Mais sa mère était inconsolable. Allongée sur l'eau, le visage tourné vers le ciel, elle sanglotait.

– J'ai confié mon bébé à une étrangère. Je ne connais même pas son nom !

En voyant passer le canot, Mahmoud s'était senti réconforté, mais très vite, son espoir avait disparu, cédant la place à l'épuisement et au froid qui engourdissait ses bras et ses jambes. Une nouvelle fois, il plongea sous une vague. Une nouvelle fois, il but la tasse. Il ne pourrait pas continuer longtemps ainsi.

Ils allaient mourir ici.

Hana, au moins, était saine et sauve. Oui, c'était lui qui avait convaincu une inconnue de prendre sa petite sœur avec elle, et oui, sa mère ne se pardonnerait peut-être jamais d'avoir laissé partir son bébé. Seule consolation, ni l'un ni l'autre n'aurait à vivre longtemps avec ses regrets.

La pluie recommença à tomber, cinglante et mortelle. Mahmoud songea qu'Allah pleurait pour eux. Avec eux. Ils se noyaient dans ses larmes. Soudain, il crut percevoir un crépitement, comme le bruit de la pluie sur un toit. Il scrutait les vagues qui déferlaient quand il aperçut un gilet de sauvetage encore accroché à un homme qui flottait sur le ventre, le visage dans l'eau.

Mahmoud crut d'abord qu'il s'agissait de son père, et sentit son cœur battre follement contre son gilet de sauvetage de pacotille. Tenant toujours sa mère contre lui, il nagea tant bien que mal en direction du corps.

Non ! Le gilet de sauvetage était bleu, alors que celui de son père était orange, comme le sien. De plus, celui-ci fonctionnait correctement. Mahmoud lâcha sa mère, juste le temps de retourner le noyé. C'était le gros homme qui était assis près de lui, dans le canot. Il avait les yeux et la bouche ouverts.

Ce n'était pas le premier cadavre que voyait Mahmoud. Pas après quatre ans de guerre civile dans sa ville natale, située au cœur des combats. Dans la voiture, un homme était mort à côté de lui, se rappela-t-il tout à coup. Combien de temps cela faisait-il ? Des jours ? Des semaines ? Cela semblait si loin !

Peu importait le nombre de fois qu'il avait vu la mort en face. Elle était toujours terrifiante et Mahmoud eut un mouvement de recul avant de songer que, puisque cet homme était mort, il n'avait plus besoin de son gilet de sauvetage. Surmontant sa peur, il entreprit de le lui retirer. C'était difficile, car ses mains étaient comme des blocs de glace et ses doigts totalement insensibles. Il réussit néanmoins à défaire une attache, puis une autre… Quand le corps commença à glisser, il comprit qu'il condamnait cet homme à reposer pour l'éternité dans les profondeurs de la mer. Il n'aurait pas droit à une toilette mortuaire, ne serait pas inhumé dans le traditionnel kafan[19], ni pleuré par ceux qui l'aimaient. Ses proches ne prieraient jamais pour lui et il ne serait pas enterré face à La Mecque.

Mahmoud était le dernier à voir ce défunt. Il avait des devoirs envers lui. Dans sa courte vie, il avait entendu trop de prières funèbres, la dernière ayant été pour son cousin Sayid, mort dans l'explosion d'une bombe-baril. À voix basse, il se mit à réciter :

19. Ou caftan, tenue ample et longue portée au Maghreb et en Asie centrale.

– Seigneur Allah ! Absous-le et donne-lui Ta miséricorde. Donne-lui le salut et Ton pardon. Installe-le dans une demeure généreuse. Élargis sa tombe et lave-le avec l'eau, la neige et la grêle. Nettoie-le de ses péchés comme tu as nettoyé le vêtement blanc de sa saleté. Donne-lui en remplacement de sa maison une maison meilleure qu'elle et donne-lui une famille meilleure que la sienne et une épouse meilleure que la sienne. Introduis-le au paradis et préserve-le des tourments de la tombe et des tourments de l'enfer.

Mahmoud défit la dernière attache ; le corps de l'homme sombra dans les profondeurs obscures de la Méditerranée.

– Tiens, Maman, enfile ça, dit-il en lui tendant le gilet.

Enfin, sa mère parvint, avec son aide, à mettre le gilet, et il s'accrocha à elle. Elle flottait, désormais, et Mahmoud n'avait plus besoin de lutter pour la maintenir à la surface. Il devait encore bouger les jambes pour éviter de couler en l'entraînant avec lui, mais cela ne lui demandait pas autant d'efforts. Allongée sur le dos, les yeux fermés, sa mère répétait sans cesse le nom d'Hana.

Dans quelle direction aller ? Mahmoud n'en avait pas la moindre idée. Quand le jour se lèverait, ils apercevraient peut-être la terre, et pourraient nager jusqu'au rivage.

En attendant, il fallait survivre à cette nuit.

JOSEF

ENTRÉE DU PORT DE LA HAVANE, 1939

18e jour de voyage

Josef se mit à crier :

– Au secours ! Mon père a sauté par-dessus bord ! Au secours !

Loin au-dessous de lui, à quelques centaines de mètres du bateau déjà, se père luttait contre les flots. Il poussait des cris incohérents, mais n'appelait pas à l'aide.

Sur les ponts inférieurs, les passagers se penchaient par-dessus le bastingage ; la sirène hurlait toujours et les marins accouraient, mais personne ne faisait rien. Impuissant, Josef arpentait le pont-promenade. Que faire ? Sauter à son tour ? C'était si haut, et il ne savait pas nager…

Plus bas, sur le pont C, l'un des policiers cubains retira sa casquette et son ceinturon, puis ses chaussures, et plongea la tête la première dans l'eau verte. On entendit un grand « plouf ! » et Josef retint son souffle durant de longues secondes, comme si c'était lui qui avait sauté. Ses poumons étaient sur le point d'exploser quand l'homme refit surface, quelques mètres plus loin. Il secoua la tête pour chasser les cheveux humides de son visage, puis se mit à nager en direction du père de Josef.

Le cœur battant la chamade, Josef dévala l'escalier, fendit la foule et se rua vers le bastingage. Mais le policier n'avait pas encore rejoint son père quand une femme poussa un cri. Josef vit émerger deux ailerons de requin, près du policier. Il se figea, terrorisé.

De nouveaux cris retentirent quand son père disparut sous les vagues. Josef dut s'agripper au bastingage pour ne pas s'effondrer.

Un canot de sauvetage avait été jeté à l'eau et la sirène avait alerté d'autres bateaux venus du port, mais aucun d'eux n'arriverait à temps. Le seul à pouvoir sauver son père était le policier cubain. Malgré les requins, il prit une profonde inspiration et plongea dans les vagues.

Josef compta de longues secondes avant de le voir remonter à la surface, son père dans les bras.

Sur le paquebot, les passagers applaudirent. C'est alors que Josef comprit que son père ne voulait pas être secouru. Il se débattait dans les bras du policier et le frappait en criant.

Mais le policier était plus fort que lui. Comme l'une des vedettes du port arrivait à leur hauteur, il aida les marins à hisser M. Landau à bord.

– Laissez-moi mourir ! Laissez-moi mourir ! hurlait son père.

Ces mots firent à Josef l'impression d'une gifle en plein visage, et ses yeux se remplirent de larmes.

Son père préférait mourir que de rester avec son fils. Sa fille. Sa femme.

Le claquement d'un coup de feu fit sursauter Josef. Sur la vedette, l'un des hommes tirait dans l'eau, près du policier. Pak ! Pak ! Encore deux coups de feu, et l'un des requins s'éloigna pour attaquer son congénère blessé.

Les hommes allongèrent son père dans le fond du bateau et recueillirent le courageux policier. Sur le *Saint Louis*, on poussa des soupirs de soulagement et on murmura des prières. Mais Josef sentit son cœur sombrer quand il vit son père repousser l'homme qui tentait de l'aider, puis courir jusqu'au bastingage pour tenter une nouvelle fois de se jeter à l'eau.

– Laissez-moi mourir !

Aidé de deux matelots, le policier l'attrapa et le ramena sur le pont, tandis que la vedette faisait demi-tour en direction du port.

La sirène du *Saint Louis* se tut et, soudain, ce fut terminé.

Des passagers pleuraient autour de Josef, mais lui était plus étonné que triste. Son père était parti. D'une certaine manière, il n'était jamais vraiment revenu du camp de concentration. En tout cas, le père qu'il connaissait et dont il gardait le souvenir, le père qu'il aimait, n'était pas revenu. S'il était là physiquement, son esprit était resté à Dachau.

Son père parti, sa mère inconsciente, sa petite sœur livrée à elle-même… Après ce geste de folie, ils ne pourraient pas entrer à Cuba. On allait les renvoyer en Allemagne. Les livrer aux nazis.

Le monde de Josef s'effondrait, et il ne voyait aucun moyen de le reconstruire.

ISABEL

QUELQUE PART ENTRE LES BAHAMAS ET LA FLORIDE, 1994

4e jour de voyage

Le petit bateau tombait en miettes. Les soudures étaient fissurées. Le moteur vibrait, desserrant sans relâche les boulons qui le maintenaient en place. Même les bancs commençaient à se détacher. Seul Castro était intact et fixait Isabel avec plus de fermeté et d'assurance que jamais, comme pour lui intimer de lutter contre l'impossible et de vaincre.

Mais comment se battre contre l'inéluctable ? L'eau lui arrivait presque aux genoux. Tous les passagers avaient beau écoper, l'eau remontait aussitôt. Sous le brûlant soleil des Caraïbes, le bateau était en train de couler. Ils avaient attaché toutes les bouteilles et les bidons vides sous les bancs pour se maintenir à flot mais s'ils n'arrivaient pas bientôt en Floride, ils se noieraient tous.

Lutter contre l'impossible et vaincre, se répétait Isabel.

– Quand est-ce qu'on arrive ? gémit Ivan.

– *Mañana*, répondit Lito d'un air las. *Mañana.*

Tout à coup, le grand-père d'Isabel cessa d'écoper. Il se redressa comme pour regarder au loin, puis répéta :

– *Mañana.*

Isabel l'appela.

– Lito ?

Son grand-père cligna des yeux, puis se tourna vers elle. Pleurait-il, ou étaient-ce juste la sueur et l'eau de mer ?

– Ce n'est rien, Chabela. Juste… un souvenir auquel je n'ai pas pensé depuis longtemps.

Comme son grand-père laissait son regard errer sur le rafiot, Isabel eut l'impression d'y lire une soudaine tristesse. Elle aurait voulu le rejoindre et le serrer dans ses bras, mais pour cela, il aurait fallu qu'elle bouscule trois personnes.

– N'arrêtez pas d'écoper, dit M. Castillo depuis le fond du bateau, où il s'était allongé.

– Tu pourrais peut-être nous aider, dit Papi.

– Je suis en convalescence ! protesta M. Castillo. Je peux à peine bouger avec cette chaleur ! Je ne te vois pas beaucoup travailler, toi non plus.

– Je veille sur ma femme, rétorqua Papi. Elle est vraiment malade, elle !

Depuis qu'ils avaient quitté les Bahamas, son père avait changé de comportement. Soucieux du bien-être de sa femme, il faisait davantage attention à elle. Personne ne l'avait remarqué sauf Isabel. Elle l'avait vu lui tenir la main, écarter doucement une mèche de son visage, lui dire qu'il l'aimait, qu'il avait besoin d'elle.

Des choses qu'elle ne l'avait jamais vu faire auparavant.

– Es-tu en train de dire que mon père fait semblant d'être malade ? lança Luis.

– Tout ce que je dis, c'est que pendant que tout le monde essaye de maintenir son bateau-cercueil à flot, lui, il se repose ! rétorqua Papi.

– Si je ne l'avais pas construit, ce bateau-cercueil, tu ne serais même pas là !

– Je ne suis pas sûre que « construire » soit le bon mot, dit Mme Castillo qui tentait de recoller deux morceaux de coque ensemble. Je dirais plutôt « bricoler ».

Ivan et M. Castillo explosèrent en même temps.

– Nous avons fait au mieux ! s'écria Ivan.

M. Castillo prit sa femme à partie.

– C'est maintenant que tu nous expliques comment faire les choses ? Où étais-tu pendant que Luis et moi passions nos nuits à travailler sur ce bateau, hein ? Tu étais dans ton cabinet d'avocats, occupée à Dieu sait quoi !

Isabel se recroquevilla sur son banc et se boucha les oreilles. Elle détestait quand ses parents se disputaient et voilà qu'à bord, tout le monde réglait ses comptes.

– J'aidais des gens, expliqua Mme Castillo à son mari. Tu n'as jamais aimé mon métier, de toute…

– Et qu'est-ce que j'aurais dû faire ? coupa Luis. Dire à mon supérieur que je voulais rester chez moi pour construire un bateau et fuir le pays ?

– Taisez-vous ! cria Amara depuis l'arrière du bateau. Vous vous comportez comme des gamins.

Tout le monde se tut, l'air penaud.

– Je crois que nous devrions boire un peu, déclara Amara. Isabel, tu peux faire passer les bouteilles ?

C'était un peu tôt pour faire une pause et entamer leur ration d'eau, mais personne ne s'en plaignit. L'eau claire apaisa tout le monde, comme le lait maternel calme un bébé agité. C'était la chose la plus délicieuse qu'Isabel ait jamais goûtée.

Amara prit la parole :

– Nous avons tous chaud, nous sommes tous fatigués et, oui, nous sommes en train de couler. Mais perdre notre sang-froid nous fera mourir plus vite, c'est tout. Nous pouvons éviter ça.

– Elle a raison, approuva le père d'Isabel. Je suis désolé.

M. Castillo hocha la tête.

– Moi aussi. Je devrais vous aider.

– Seulement si tu t'en sens capable, souligna Papi.

Il avait l'air sincère.

– Le bateau se disloque, dit Ivan. Il prend l'eau.

– Nous sommes trop lourds, remarqua Mme Castillo.

Elle avait raison, mais que pouvaient-ils abandonner ? Il n'y avait plus que le moteur, l'essence, la nourriture et l'eau, et eux neuf.

– Si on quittait le bateau, deux par deux ? proposa Papi. On pourrait se tenir à la coque et se laisser glisser sur l'eau pour l'alléger.

– Ça nous ralentirait, fit remarquer Luis.

M. Castillo insista :

– Cela nous permettrait de nous maintenir plus longtemps à flot.

– Je crois qu'on devrait essayer. Ce sera chacun son tour. Ça nous rafraîchira, en même temps.

Et dans l'immédiat, songea Isabel, garder la tête froide était sans doute le plus important.

MAHMOUD

QUELQUE PART EN MÉDITERRANÉE, 2015

11e jour de voyage

Mahmoud dormait en pointillé, se réveillant dès qu'une vague le soulevait. Les minutes – les heures ? – passaient. Il rêvait qu'un bateau venait les secourir. Il entendait son moteur par-dessus le roulement des vagues.

Il sursauta. Comme il passait sa main froide et trempée sur son visage, il entendit de nouveau le son d'un moteur. Il ne rêvait pas ! Où était-il donc ? La pluie avait cessé, mais il faisait encore nuit.

– Par ici ! cria-t-il. Par ici !

Le bruit du moteur restait désespérément lointain. Si seulement les passagers du bateau pouvaient le voir ! songea Mahmoud. Toute sa vie, il s'était entraîné à se cacher. À ne pas se faire remarquer. Et maintenant, alors qu'il n'avait jamais eu autant besoin d'être vu, il était *réellement* invisible…

Mahmoud se mit à pleurer. D'épuisement et de désespoir. Il aurait voulu tout recommencer. Retourner à Alep pour défendre le petit garçon que l'on battait pour lui prendre son pain. Crier, hurler et réveiller les habitants d'Izmir afin qu'ils les voient, lui et tous les autres qui dormaient sous les porches et dans les parcs. Dire à Bachar el-Assad et à son armée d'aller au diable. Cesser d'être invisible pour s'engager dans le combat. Hélas, il était trop tard. Il n'avait plus le temps…

Le téléphone ! Mahmoud sortit le portable de sa poche et appuya sur le bouton à travers le plastique. L'écran s'alluma, telle une balise dans l'obscurité, et Mahmoud l'agita au-dessus de sa tête en appelant à l'aide.

Le bruit du moteur se rapprocha.

Mahmoud pleura de joie quand le bateau émergea de l'obscurité – un vrai bateau, cette fois, pas un canot. Une vedette avec des lumières, des antennes, et des rayures bleues et blanches sur la coque – les couleurs du drapeau grec.

Les gardes-côtes venaient à son secours.

À l'avant du bateau, agenouillé et les mains croisées en signe de gratitude, Mahmoud vit son père.

Walid était là lui aussi, enveloppé dans une couverture de survie. Une fois Mahmoud et sa mère hors de l'eau, on les y enroula aussi afin de garder le peu de chaleur qui leur restait. Sa mère étant incapable de parler, Mahmoud raconta à son père qu'ils avaient préféré confier Hana à une étrangère plutôt que de la voir se noyer avec eux. Son père pleura en serrant Mahmoud dans ses bras.

– Hana n'est pas avec nous, mais elle est vivante. Je le sais, dit-il. Et c'est grâce à toi, mon fils.

Toute la nuit, les garde-côtes grecs sillonnèrent les eaux agitées de la Méditerranée pour secourir d'autres naufragés. Puis ils déposèrent les rescapés, dont Mahmoud et sa famille, sur l'île de Lesbos. Il était presque 6 heures du matin ; le jour se levait. Mahmoud et sa mère avaient dû passer plus de deux heures dans l'eau.

Lorsqu'ils descendirent du bateau, son père s'agenouilla et baisa le sol en remerciant Allah. Comme c'était l'heure de la prière du matin, Mahmoud se joignit à lui. Lorsqu'ils eurent terminé, il marcha en trébuchant sur la plage de galets gris, le regard rivé sur les collines environnantes. Tout à coup, il comprit : ce n'étaient pas des collines.

C'étaient des montagnes. Des montagnes de gilets de sauvetage empilés le long de la côte, aussi loin que portait le regard. Alep avait ses tas de décombres ; Lesbos, ses tas de gilets de sauvetage, abandonnés par les centaines de milliers de réfugiés passés ici avant lui.

Il y avait des corps aussi, sur la plage. Des gens qui, faute d'avoir été secourus à temps, n'avaient pas survécu à leur nuit en mer. Des hommes, surtout, quelques femmes. Et un enfant.

La mère de Mahmoud se précipita vers le petit corps en criant le nom d'Hana. Horrifié, Mahmoud se hâta de la rejoindre. Ce n'était pas Hana. C'était l'enfant de quelqu'un d'autre, et ses poumons étaient emplis d'eau de mer. La mère de Mahmoud sanglota sur son épaule jusqu'à ce qu'un homme grec en uniforme les éloigne tous deux du corps et sorte un carnet pour noter le nombre de morts du jour. Mahmoud tourna les talons, aussi engourdi que lorsqu'il nageait dans l'eau gelée.

Sa mère aborda tous les autres réfugiés arrivés pendant la nuit pour leur demander s'ils avaient vu sa petite Hana. Mais personne ne l'avait vue. Le bateau qui l'avait recueillie n'était plus là – soit il avait déjà accosté et ses passagers avaient poursuivi leur route, soit il s'était brisé sur les rochers, comme tant d'autres.

Anéanti, Mahmoud vit sa mère tomber à genoux sur les galets et sangloter, tandis que son mari la serrait dans ses bras. Tout était sa faute. S'il n'avait pas demandé à cette femme de la prendre avec elle sur le bateau, Hana serait toujours avec eux. Ou elle n'aurait pas survécu aux deux heures qu'ils avaient passé dans l'eau…

Dans les deux cas, elle était perdue.

– Mahmoud, dit doucement son père par-dessus l'épaule de sa mère, essaye de trouver sur les autres corps des chaussures à notre taille.

JOSEF

ENTRÉE DU PORT DE LA HAVANE, 1939

19 jours après le départ

Josef aurait voulu être invisible.

Dès qu'ils eurent appris qui avait sauté par-dessus bord, les passagers vinrent lui dire à quel point ils étaient désolés pour lui, en lui assurant que tout allait s'arranger.

Mais comment ? Comment les choses pourraient-elles jamais s'arranger ?

Penché par-dessus le bastingage, là où son père avait sauté, Josef regardait la mer. Elle s'était remplie de petits bateaux à moteur et de canots. Certains transportaient des journalistes qui, les yeux levés vers le paquebot, criaient des questions et tentaient de prendre des photos ; d'autres, des marchands proposant des régimes de bananes et des sacs de noix de coco ou d'oranges. Sur le pont C, des passagers faisaient passer de l'argent par l'échelle d'abordage gardée par les policiers cubains, qui leur livraient ensuite leur commande. On voyait aussi, sur de petites embarcations, des proches des passagers du *Saint Louis*, des hommes pour la plupart, venus les premiers à Cuba pour trouver un travail et un logement pour leur famille.

L'un d'eux venait chaque jour avec un petit chien pour saluer sa femme coincée à bord. Les bateaux étaient assez proches pour que les familles puissent se parler, mais impossible de s'approcher davantage. Grâce au père de Josef, quelques vedettes de la police cubaine surveillaient désormais le *Saint Louis* au cas où l'un des passagers tenterait de sauter pour être libre. Ou pour mourir.

La nuit, les policiers braquaient des projecteurs sur la coque du paquebot tandis que des membres de l'équipage, sur ordre du capitaine, patrouillaient sur les ponts afin d'éviter les suicides.

– Evelyne, regarde ! C'est Papa ! s'écria Renata.

Appuyée au bastingage, à quelques pas de Josef, elle montrait l'un des petits canots à sa sœur.

– Où ça ? Je ne le vois pas ! gémit Evelyne.

Josef, lui, s'intéressait à la petite vedette de police qui se dirigeait vers le *Saint Louis*. Les passagers étaient au courant de toutes les allées et venues. Bientôt, la rumeur courut sur le paquebot que le policier cubain qui avait sauvé le père de Josef se trouvait à bord.

Josef courut chercher sa mère et sa sœur ; ils se hâtèrent vers la salle de réception où passagers et membres de l'équipage s'étaient rassemblés pour accueillir le héros du jour. Ils s'écartaient sur son passage, l'applaudissant, lui tapant dans le dos et lui serrant la main. C'était la première fois qu'il remontait à bord depuis qu'il avait sauté à la mer pour secourir le père de Josef. Les Landau tendirent le cou pour mieux le voir. Sa mère étouffa un cri tandis que Josef se sentait pris d'un élan d'affection pour cet homme qui avait sauvé la vie de son père.

Le policier semblait flatté et surpris par toutes ces attentions. C'était un petit homme trapu à la peau hâlée, avec un visage large et une épaisse moustache. Il portait un pantalon bleu, une chemisette grise à épaulettes avec un béret assorti. Autour de sa taille, Josef vit un ceinturon en cuir avec une matraque et son étui.

On leur avait dit qu'il s'appelait Mariano Padron.

Quand le capitaine Schröder s'avança pour le remercier au nom des passagers et de l'équipage, Josef sentit la tension grimper dans la pièce. Le capitaine s'était fait plus rare au fil des chaudes journées passées à attendre à l'entrée du port, et Josef n'était pas le seul à l'avoir remarqué. Mais les passagers étaient là pour rendre hommage à l'agent Padron, pas pour harceler le capitaine et lui demander pourquoi ils s'éternisaient à bord. L'ambiance se réchauffa lorsqu'on offrit au policier une récompense de 150 reichsmarks collectée auprès des réfugiés reconnaissants. Padron était surpris, tout comme Josef – 150 reichsmarks, c'était une somme importante, surtout pour des gens qui en auraient besoin pour payer leurs visas et s'installer à Cuba. Il tenta de refuser, mais il ne fut pas entendu.

– Je n'ai fait que mon travail, expliqua-t-il avec l'aide d'un interprète. Mais je n'oublierai jamais ça. Je ne vous oublierai jamais. Merci.

De nouveau, les passagers applaudirent. Alors que beaucoup d'entre eux se tournaient vers le capitaine pour lui demander de faire le point sur leur situation, Josef rejoignit l'agent Padron, suivi de sa mère et de Ruthie.

Le visage de ce dernier s'éclaira dès qu'il aperçut Mme Landau. Il dit quelque chose en espagnol, traduit par l'interprète :

– Ah, *Señora* ! Votre père était un voleur, n'est-ce pas ?

La mère de Josef fronça les sourcils.

– Mon père ? Un voleur ? Non, je… je ne comprends pas.

– Oui, votre père devait être un voleur, répéta l'agent Padron, parce qu'il a volé toutes les étoiles du ciel pour les mettre dans vos yeux.

Enfin, Josef comprit – il complimentait sa mère pour sa beauté. Celle-ci sourit poliment, puis reprit d'un ton impatient :

– Et mon mari ? Comment va-t-il ? On ne m'autorise pas à débarquer pour aller le voir.

L'agent Padron retira sa casquette et se tourna vers l'interprète, qui rapporta ses propos.

– Je suis désolé, Mme Landau. Votre mari est vivant. Il est à l'hôpital. On l'a…

Il ajouta quelque chose que son compagnon ne savait pas traduire. L'agent Padron se mit alors à mimer ce qu'il voulait dire en tournant les paumes de ses mains vers le haut, en fermant les yeux et en penchant sa tête en arrière comme s'il dormait.

– … sédaté, acheva Mama.

Il y avait de la douleur dans sa voix, et Josef comprit qu'elle s'en voulait. Son mari était parti parce qu'elle-même sous sédatifs, elle n'avait pas pu l'arrêter.

L'agent Padron acquiesça.

– Ce n'est pas bon, ajouta-t-il, mais il va s'en sortir.

La mère de Josef prit les deux mains du policier dans les siennes pour les embrasser.

– Merci, agent Padron.

Elle parlait en allemand, mais le policier parut la comprendre, car il rougit et hocha la tête.

Puis, apercevant Ruthie cachée dans les jupes de sa mère, il s'accroupit devant elle. Il lui mit sa casquette de policier sur la tête.

– C'est toi la policière, maintenant, dit l'interprète, et lui le voleur. Attrape-le !

L'agent Padron laissa Ruthie l'attraper, puis cueillit sa casquette sur sa tête pour la mettre sur celle de Josef.

– Maintenant, à ton tour, dit l'interprète.

– Non ! répondit Josef en levant la main pour bien faire comprendre au policier qu'il n'était pas d'humeur à plaisanter. Et puis, il était trop vieux pour ça.

Du dos de la main, l'agent Padron lui frappa la poitrine pour l'inciter à jouer.

– Il dit qu'il est le passager, expliqua l'interprète.

Faisant semblant d'être furieux, l'agent Padron bomba le torse.

– Toi ! *Señor* policier ! Quand pourrons-nous débarquer ? reprit l'interprète.

Tout à coup, l'ambiance se rafraîchit, et tout le monde se tut. L'agent Padron n'avait fait que répéter une question qu'on lui posait sans cesse et qui tourmentait Josef. Comprenant aussitôt son erreur, il hocha la tête en signe de sympathie, confus. Puis, Josef et lui prononcèrent en chœur la sempiternelle réponse de tous les policiers cubains :

– *Mañana*…

ISABEL

QUELQUE PART ENTRE LES BAHAMAS ET LA FLORIDE, 1994

5e jour de voyage

Après avoir enjambé le plat-bord du bateau, Isabel se laissa glisser dans l'eau. Elle était chaude, mais il y faisait beaucoup plus frais que dans le bateau, où la température devait atteindre les 37 °C. Le soleil se couchait à peine à l'horizon et l'on se serait cru dans une photo sépia. Isabel aurait bien prié pour qu'il pleuve afin de chasser cette moiteur, si cela n'avait risqué d'inonder leur bateau, les noyant tous pour de bon.

Son père avait déchiré sa chemise pour faire un parasol de fortune afin de protéger sa mère, qui semblait aller mieux. L'aspirine avait fait baisser sa fièvre. Malgré l'épuisement, l'accouchement imminent et la chaleur, elle semblait apaisée.

Quant aux autres, ils devraient attendre leur tour pour se rafraîchir dans l'eau.

De nouveau, Isabel compara ce voyage à une chanson. Si les émeutes et l'échange de la trompette en constituaient le premier couplet, et le pétrolier et la tempête le deuxième, la partie qu'ils étaient en train de vivre – cette longue, brûlante et interminable journée depuis leur départ des Bahamas –, était une sorte d'interlude. Un troisième couplet, mais différent des autres. Un mortel adagio[20]. Une pause précédant l'apothéose de la *coda* finale.

Ils ne pouvaient rien faire d'autre qu'attendre.

Les derniers rayons de soleil disparurent sous les vagues. Luis coupa le moteur. Seul le clapotis des vagues et les grincements de leur bateau-cercueil troublaient le silence de la nuit.

– Maintenant que le soleil est couché, nous allons avoir plus de mal à garder le cap, dit Luis.

– On ne peut pas s'orienter grâce aux étoiles ? demanda Isabel, qui se souvenait d'avoir lu que les marins naviguaient ainsi depuis des siècles.

– Quelles étoiles ? demanda Luis.

Personne ne lui répondit.

Amara souleva l'un des bidons d'essence et le secoua pour montrer qu'il n'en restait qu'un fond.

---

20. En musique, mouvement qui se joue lentement.

– Cela nous ferait économiser du carburant, en tout cas. Ce bateau est très gourmand, et nous devrons nous estimer heureux s'il nous en reste assez pour aller jusqu'au rivage.

– Quand est-ce qu'on arrive ? demanda Ivan.

Agrippé à la coque du bateau, il glissait sur l'eau, juste devant Isabel.

– Demain, j'espère, murmura M. Castillo, occupé à écoper avec sa femme. *Mañana*…

Il répétait sans cesse ce mot depuis la veille, et il avait l'air bouleversé. Isabel ignorait pourquoi.

– Demain, nous verrons les lumières de Miami et nous nous dirigerons droit vers elles, affirma Mami en réprimant une grimace de douleur.

– Que se passe-t-il ? Tu vas bien ? demanda Papi.

Mami posa la main sur son ventre.

– Je crois que ça a commencé.

– Qu'est-ce qui a commencé ? demanda Papi.

Les yeux écarquillés, il reprit :

– Tu veux dire… que le bébé arrive ? Ici ? Maintenant ?

Tout le monde leva la tête, tandis qu'Isabel et Ivan se hissaient sur le rebord du bateau pour jeter un œil à l'intérieur.

Isabel était en proie à des sentiments mêlés. Elle était impatiente de voir enfin arriver son petit frère mais elle avait peur, tout à coup, que sa mère accouche ici, sur cette coquille de noix perdue au beau milieu de l'océan. Et pour la première fois aussi elle était inquiète, car ce bébé allait bouleverser le fragile équilibre familial.

– Oui, je crois que le travail a commencé, dit calmement sa mère. Je ne suis pas encore près d'accoucher. Ce sont les premières contractions. Tu te souviens que, pour Isabel, ça a duré plus de dix heures ?

Isabel n'avait jamais entendu sa mère parler de sa naissance auparavant. Elle était à la fois curieuse et un peu gênée.

– Comment allez-vous l'appeler ? demanda Ivan.

Mami et Papi se regardèrent, puis Mami dit :

– Nous n'avons pas encore décidé.

– Moi, j'ai des idées, si vous voulez, proposa Ivan.

– Nous n'allons pas lui donner le nom d'un joueur des Industriales ! prévint Isabel.

Ivan lui tira la langue.

Le silence s'installa dans le bateau, et Isabel regarda l'horizon doré passer de l'orange au pourpre, puis au bleu nuit. Son petit frère naîtrait-il en mer ou aux États-Unis ? Leur chanson se terminerait-elle vraiment par une nouvelle vie à Miami ? Ou par une tragédie tandis qu'ils dériveraient, à court de carburant et mourant de soif, dans le grand désert salé de l'Atlantique ?

– Hé ! Nous n'avons pas baptisé notre bateau ! lança Ivan.

Tous laissèrent échapper un soupir qui se transforma en éclat de rire.

– Quoi ? insista Ivan. Tout bateau digne de ce nom doit être baptisé.

– Ce n'est pas un bateau digne de ce nom, je crois que nous sommes tous d'accord là-dessus, rétorqua M. Castillo.

– Mais il va nous conduire jusqu'aux États-Unis ! Jusqu'à la liberté ! protesta Ivan. Il mérite un nom.

– Que dites-vous de *Fidel* ? plaisanta Luis en éclaboussant d'un coup de pied le visage de Castro, au fond du bateau.

– Non, non, répliqua Papi. Je propose *El Ataúd Flotante ! Le Cercueil Flottant !*

Isabel grimaça. Ce n'était pas drôle. Pas avec sa mère à bord, sur le point d'accoucher.

– Bien vu, bien vu, acquiesça M. Castillo. Ou alors *Me Piro* – « Je m'en vais » en argot de Cuba.

– *¡ Chao pescao !* rétorqua Mami.

Tout le monde rit. Littéralement, cela signifiait « Salut, poisson ! » mais c'est ainsi qu'on se disait au revoir, à Cuba.

– Le *Saint Louis*, dit doucement le grand-père d'Isabel.

Personne ne comprit la plaisanterie.

– Et pourquoi pas *El Camello* ? proposa Luis.

« Les chameaux » – c'est leur forme qui avait valu ce surnom aux transports en commun de La Havane, sortes de bus tirés par un semi-remorque.

– Non, j'ai trouvé ! s'écria Amara. *El Botero* !

C'était parfait, parce que ce mot qui désignait familièrement les taxis de La Havane signifiait aussi « le marin ».

Les adultes rirent et applaudirent.

Ivan était un peu déçu.

– Non, il faut lui trouver un nom plus cool, comme…

Il s'agita un peu dans l'eau et ouvrit grand les yeux.

– Comme quoi ? demanda Isabel, avant de s'agiter à son tour en sentant quelque chose de dur frôler sa jambe.

– Requin ! hurla son grand-père de l'autre côté du bateau. Il y a un requin !

Autour d'Ivan, un nuage rouge sombre apparut. Isabel se mit à hurler. Un nouveau choc sur sa jambe, et elle lutta pour grimper à bord, tremblante, la panique au ventre. Son père l'attrapa par la taille et tous deux retombèrent lourdement dans le fond du bateau. Près d'eux, Amara et Mami hissèrent Mme Castillo par-dessus bord tandis que Lito la poussait hors de l'eau. Isabel se mit à genoux pour remonter son grand-père avec l'aide de son père.

De l'autre côté du bateau, Luis et M. Castillo criaient le nom d'Ivan en soulevant son corps mutilé. Ensanglantée, sa jambe droite était constellée de morsures, comme s'il avait été attaqué par un banc de requins. De gros morceaux de chair avaient été arrachés, et une plaie à vif laissait voir les muscles et l'os.

Horrifiée, Isabel se laissa tomber en arrière, prise d'une violente nausée. Elle n'avait jamais rien vu d'aussi effrayant.

Mme Castillo éclata en sanglots. Les yeux vitreux, la bouche grande ouverte, Ivan, sous le choc, ne pouvait ni pleurer, ni parler. L'une de ses blessures, près de la cuisse, saignait abondamment. Muette de terreur, Isabel vit le visage de son ami pâlir.

– Un garrot ! cria Lito. Il faut stopper l'hémorragie !

Le père d'Isabel arracha sa ceinture et Lito la serra comme il put autour de la jambe d'Ivan, mais le sang continuait de couler, colorant l'eau accumulée au fond du bateau d'un rouge affreux, écœurant.

– Non ! Non ! hurla M. Castillo en voyant s'éteindre le regard d'Ivan.

Isabel aurait voulu crier, elle aussi, mais, pétrifiée, elle ne pouvait rien faire. Personne ne pouvait rien faire.

Ivan était mort.

Luis poussa un cri de rage et sortit son arme de son étui. BANG ! BANG ! BANG ! Il tira un, deux, trois coups de feu sur les ailerons qui entouraient le bateau.

– Non ! dit Lito en attrapant la main de Luis avant qu'il ne puisse faire feu de nouveau. Le sang va en attirer d'autres !

Trop tard. Un autre requin apparut, puis un autre, et, bientôt, le petit bateau sans nom fut encerclé.

Ils étaient pris au piège, et ce piège prenait l'eau.

MAHMOUD

ENTRE L'ÎLE DE LESBOS ET ATHÈNES, GRÈCE, 2015

12e jour de voyage

Une nouvelle fois, Mahmoud se retrouva dans un village de toile. Le parking pavé du port de Lesbos était couvert de tentes familiales au toit rond de toutes les couleurs, comme celles qu'on trouve dans les magasins de sport. Des travailleurs humanitaires grecs les proposaient aux réfugiés qui n'avaient nulle part où loger en attendant le ferry pour Athènes. Des vêtements séchaient sur des porte-vélos ou des panneaux de signalisation et les gens se rassemblaient autour de feux de camp et de réchauds de camping.

Cet endroit aurait dû être animé, résonner de chansons et de rires, comme le camp de Kilis. Au lieu de cela, le triste murmure des conversations enveloppait tel un brouillard ce village de fortune. Mahmoud ne fut pas surpris ; sa famille ressentait exactement la même chose que toutes les autres familles réunies ici. Ils auraient dû se réjouir d'être enfin arrivés en Grèce, de pouvoir acheter de vrais billets de ferry pour rejoindre le continent européen, mais ils étaient trop nombreux à avoir perdu un être cher pendant la traversée pour cela.

Mahmoud avait aidé sa mère à faire le tour du camp pour retrouver Hana. Après tout, c'était sa faute si sa petite sœur n'était plus avec eux. Mais personne sur le port ne l'avait recueillie, et ils ne trouvèrent aucun passager du canot à bord duquel elle avait voyagé.

Les réfugiés allaient et venaient ; les tentes restaient, et la mère de Mahmoud insista pour laisser passer le ferry suivant afin de demander aux nouveaux arrivants des nouvelles de sa fille. Mais nul ne savait rien.

Mahmoud avait du mal à croiser le regard de sa mère. Elle devait lui en vouloir d'avoir laissé partir Hana. Lui, en tout cas, se reprochait son geste. Il n'arrivait pas à dormir la nuit, obsédé par l'image d'un canot s'écrasant sur les rochers avec sa petite sœur à bord, sans personne pour lui porter secours.

Sa mère refusait de partir sans savoir ce qui était arrivé à Hana, mais son père l'obligea à continuer. L'armateur du ferry pouvait très bien décider de ne plus vendre de billets aux réfugiés, ou la Grèce de les renvoyer tous chez eux. S'ils s'arrêtaient, ils mourraient. Hana se trouvait sans doute à bord du ferry qu'ils avaient manqué, le matin même. Sinon…

Personne ne voulait penser à ce que cela signifiait.

Un nouveau ferry arriva, aussi gigantesque que le précédent. Long comme un terrain de football, il comptait au moins cinq étages. Sur la coque peinte en bleu, on pouvait lire « BLUE STAR FERRIES » imprimé en grosses lettres.

Un radar tournait près du pont hérissé d'antennes et de satellites comme sur les photos de bateaux de croisière que Mahmoud avait vues dans des magazines. Les canots de sauvetage étaient plus gros que celui qui les avait amenés jusqu'ici. C'était la première fois qu'ils allaient embarquer sur un bâtiment aussi imposant. Mahmoud tenta d'éveiller la curiosité de Walid, mais son petit frère s'en moquait. On aurait dit qu'il se moquait de tout.

Une grande rampe descendit sur le quai et les réfugiés s'engouffrèrent dans le ferry. Mahmoud vit sa mère pleurer en montant à bord. Elle regardait sans cesse par-dessus son épaule, dans l'espoir d'apercevoir Hana dans les bras de quelqu'un. En vain, hélas.

L'intérieur du bateau ressemblait au hall d'un hôtel chic. À chaque étage étaient disposées des tables de verre entourées de fauteuils blancs capitonnés. De petits stands proposaient chips, friandises et sodas ; la télévision grecque diffusait un match de football. Les réfugiés qui n'avaient pas tout perdu empilèrent leurs sacs à dos et leurs sacs poubelle sous les tables ou au-dessus de leurs têtes. Mahmoud s'installa avec sa famille dans un compartiment, et son père chercha une prise pour recharger son téléphone.

– Mahmoud, emmène donc ton frère explorer le bateau, suggéra-t-il.

Trop content de fuir la vision du visage ravagé de sa mère, Mahmoud prit son frère par la main pour le conduire dehors, sur la promenade.

Ils regardèrent en silence le ferry s'éloigner du quai, ses immenses moteurs grondant sous leurs pieds. L'horrible mer qui avait tenté de les avaler était désormais très calme et d'un beau bleu saphir. Vue du large, l'île de Lesbos était magnifique. De petites maisons blanches aux toits de terre cuite se dressaient sur des collines boisées dominées par un vieux château gris. Pas étonnant que les vacanciers soient nombreux, ici, songea Mahmoud.

Il y avait d'ailleurs beaucoup de touristes à bord. On les distinguait des réfugiés grâce à leurs vêtements propres et à leurs téléphones, qu'ils utilisaient pour faire des photos et non pour étudier les itinéraires entre Athènes et la Macédoine.

Sur le pont, un réfugié priait sur un tapis étendu par terre. Dans l'agitation du départ, Mahmoud avait oublié l'heure, et il fit signe à son frère de s'agenouiller auprès de l'homme. Mais, alors qu'il aurait dû se concentrer sur sa prière, il ne put s'empêcher de remarquer les regards contrariés que leur lançaient les touristes, comme s'ils faisaient quelque chose de mal.

Les vacanciers baissèrent la voix. Même s'il ne comprenait pas ce qu'ils disaient, Mahmoud perçut leur mépris. Ils n'avaient pas payé pour voir ça. Ils étaient censés être en vacances, visiter des ruines antiques et admirer les magnifiques plages grecques, non côtoyer des réfugiés crasseux qui faisaient leur prière.

Soudain, une pensée frappa Mahmoud comme la foudre : quand les réfugiés restaient à leur place – dans les ruines d'Alep ou derrière les barrières d'un camp de réfugiés – les gens les oubliaient. Mais quand ils faisaient quelque chose qui les dérangeait – tenter de passer la frontière de leur pays, dormir devant leurs magasins, stopper leurs voitures ou prier sur les ponts de leurs ferries – là, ils ne pouvaient plus les ignorer.

La première réaction de Mahmoud fut de disparaître sous le pont inférieur. De se rendre invisible. En Syrie, c'est comme ça qu'il avait survécu. À présent, il commençait à se demander si, en Europe, être invisible ne pourrait pas à l'inverse causer leur mort, à lui et à sa famille. Si personne ne les voyait, personne ne les aiderait. Et le monde avait peut-être besoin de savoir ce qui se passait vraiment.

Difficile de ne pas voir les réfugiés syriens à Athènes. Ils étaient partout dans les rues et les hôtels, sur les marchés. La plupart d'entre eux, comme Mahmoud et sa famille, prévoyaient de repartir au plus vite. Son père croyait avoir les papiers nécessaires pour circuler librement en Grèce, mais au bureau de l'immigration, on lui dit qu'il devait d'abord se rendre au poste de police le plus proche pour faire établir un document officiel – ce qui prendrait environ une semaine.

Ils ne pouvaient pas attendre une semaine. Ils trouvèrent un hôtel à 10 euros la nuit par personne, et les Athéniens se montrèrent très accueillants. Mahmoud savait les ressources de ses parents limitées car ils devaient encore traverser quatre pays avant d'arriver en Allemagne. Sa mère aurait bien voulu rester pour continuer de demander à chaque personne qu'elle croisait si elle avait vu une fillette nommée Hana. Mais c'était décidé : dès le lendemain, ils prendraient un train jusqu'à la frontière macédonienne pour tenter de passer durant la nuit.

JOSEF

ENTRÉE DU PORT DE LA HAVANE, 1939

21e jour de voyage

Depuis le pont, Josef vit un petit bateau traverser la flottille de canots qui encerclaient le *Saint Louis*, transportant des journalistes, des vendeurs et des policiers cubains. Le passager lui parut vaguement familier, et il réalisa soudain qu'il s'agissait du Dr Aber, le père de Renata et d'Evelyne, déjà installé à Cuba. Il courut chercher les deux sœurs, qu'il trouva dans la salle de cinéma, occupées à regarder des feuilletons.

– Votre père est là !

Renata et Evelyne lui emboîtèrent le pas. Près de l'échelle du pont C, une surprise encore plus grande les attendait – le

Dr Aber était monté à bord ! L'agent Padron, entouré de quelques curieux, examinait des papiers qu'il avait apportés.

Renata et Evelyne coururent vers leur père, qui leur ouvrit les bras.

– Mes chéries ! dit-il en les embrassant. J'ai cru ne jamais vous revoir !

L'agent Padron s'adressa en espagnol au Dr Aber, mais celui-ci souriait à ses filles.

– Venez ! Il est temps de nous retrouver, maintenant.

– Mais… et nos affaires ? Nos vêtements ? demanda Renata.

– Aucune importance. Je vous en achèterai de nouveaux, promit le Dr Aber.

Comme il fixait les policiers, Josef comprit qu'il avait obtenu la faveur de venir chercher ses filles mais ne voulait pas s'attarder de crainte que les policiers changent d'avis. Il porta jusqu'à l'échelle Evelyne et Renata. Cette dernière eut à peine le temps de crier un « au revoir » à Josef en agitant la main que déjà, elle avait disparu.

Alors que Josef restait sans voix, des passagers furieux encerclèrent l'agent Padron et ses collègues pour demander des explications.

– Pourquoi ont-ils le droit de débarquer et pas nous ?

– Pouvez-vous nous aider ?

– Comment ont-ils fait ?

– Laissez-nous quitter ce paquebot !

– Mon mari est à Cuba !

– Ils ont des papiers ! En règle ! tenta d'expliquer l'agent Padron dans un allemand approximatif.

Il ne réussit qu'à énerver davantage encore les passagers.

– Nous aussi, nous avons des papiers ! Nous avons payé pour ça !

Josef avait peur pour l'agent Padron, mais il partageait la frustration de ses compagnons de voyage. Pourquoi le Dr Aber avait-il été autorisé à récupérer Renata et Evelyne alors qu'eux étaient bloqués à bord ? Ce n'était pas juste ! Les poings serrés, Josef se mit à trembler, jusqu'à ce qu'il réalise que ce n'était pas lui qui tremblait. C'était le paquebot.

Les moteurs redémarraient pour la première fois depuis qu'ils avaient jeté l'ancre. Ce qui ne pouvait signifier qu'une chose : Le *Saint Louis* repartait en Allemagne, et tous ses passagers avec lui.

Sans un mot, tous se ruèrent en direction de l'échelle d'abordage.

En voyant l'agent Padron saisir son pistolet, Josef retint son souffle.

– *Paren !* cria le policier. Halte !

Il agitait son arme, et ses collègues dégainèrent à leur tour. Les passagers en colère s'immobilisèrent. Josef sentit son cœur battre à cent à l'heure. D'une seconde à l'autre, la foule allait se jeter sur les policiers, c'était certain. Ils préféraient mourir que d'être renvoyés en Allemagne. À Hitler.

Le second et le commissaire du bord accoururent pour s'interposer entre les policiers et les passagers. Ils lancèrent un appel au calme, en vain. Comme les grondements des moteurs se faisaient plus insistants, de nouveaux passagers s'approchèrent de l'échelle en exigeant de débarquer. Si un affrontement éclatait, Josef n'aurait pas d'autre choix que de suivre le mouvement.

Outre la chaleur – au moins 37 °C – parmi les passagers, l'atmosphère s'échauffait. Josef était en nage, et la foule pressée autour de lui n'arrangeait pas les choses. La situation était sur le point de dégénérer quand un petit homme en costume gris apparut en haut de l'échelle, derrière les policiers. Le capitaine Schröder ! Pourquoi ne portait-il pas son uniforme ? Et pourquoi avait-il quitté le bateau ?

Stupéfaits, les passagers s'immobilisèrent. Surpris lui aussi, le capitaine Schröder perdit son sang-froid dès qu'il vit les revolvers braqués sur la foule en colère. Il hurla aux policiers de baisser leurs armes sous peine d'être débarqués. Ces derniers lui obéirent.

– Pourquoi avez-vous démarré les moteurs ? cria un passager.

– Dites-nous ce qu'il se passe !

D'un geste, le capitaine Schröder réclama le silence, puis il retira son chapeau et s'essuya le front avec son mouchoir.

– J'ai demandé à rencontrer le président Brú pour le prier personnellement de nous autoriser à débarquer, expliqua-t-il. Il n'a pas voulu me recevoir.

Un murmure sourd parcourut la foule. Que se passait-il ? Pourquoi, alors que les Cubains avaient promis de les accueillir, refusaient-ils maintenant de tenir parole ?

– Pire encore, ajouta le capitaine Schröder, le gouvernement cubain nous a donné l'ordre de lever l'ancre dès demain matin.

Dès demain matin ? songea Josef. Et pour aller où ? Et son père ? Partirait-il avec eux ?

Des cris de colère s'élevèrent parmi les passagers, et Josef y joignit sa voix. Le second, qui s'était brièvement absenté, revint avec du renfort.

Josef songea à aller chercher sa mère, puis il se dit qu'elle était dans leur cabine, sans doute en train de pleurer sur son lit. Se sentant coupable de la tentative de suicide de son mari, elle n'avait pas vraiment joué son rôle de mère ces deux derniers jours.

Non, Josef devait faire face à cette situation seul. Pour sa mère et pour Ruthie.

Une nouvelle fois, le capitaine Schröder exhorta les passagers au calme.

– Nous ne rentrons pas en Allemagne. Nous allons longer les côtes américaines et faire appel au président Roosevelt. Je supplie ceux d'entre vous qui ont des amis ou de la famille aux États-Unis d'user de toute leur influence pour nous aider. Quoi qu'il arrive, je vous promets de faire tout ce qui est en mon pouvoir pour débarquer ailleurs qu'en Allemagne. Il faut garder espoir. Maintenant, je vous demande de regagner vos cabines. Je dois retourner sur le pont pour préparer le paquebot au départ.

Le capitaine fut un peu bousculé lorsqu'il tenta de quitter le pont C. Josef, lui, se fraya un chemin jusqu'au passager qui avait servi d'interprète à l'agent Padron et lui demanda son aide.

– Qu'allez-vous faire de mon père ? demanda-t-il à l'agent Padron.

– Je l'ai vu à l'hôpital, répondit le policier. Il n'est pas encore en état de remonter à bord.

– Dans ce cas, est-il possible de lui rendre visite ?

– Désolé, jeune homme, répondit le policier. Vous ne pouvez pas quitter le bateau.

– Mais le bateau s'en va ! répliqua Josef qui sentait les moteurs vrombir sous ses pieds. Nous ne pouvons pas laisser mon père ici.

– J'espère de tout cœur que vous débarquerez bientôt, jeune homme, répéta l'agent Padron. Je regrette, je ne fais que mon travail.

Josef fouilla le regard de l'agent Padron, cherchant une lueur de sympathie, de compassion. Celui-ci détourna les yeux.

Josef était toujours là, sous le brûlant soleil de Cuba, quand les policiers quittèrent le paquebot à bord d'une vedette. L'agent Padron ne lui accorda pas un regard. Une fois que le petit bateau se fut éloigné, la sirène du *Saint Louis* retentit et quitta le port de La Havane pour une destination inconnue.

Lorsqu'il se joignit aux autres passagers qui faisaient des adieux mouillés de larmes au seul pays qui leur ait jamais promis asile, Josef rendit un dernier hommage à son père. Prenant le col de sa chemise à deux mains, il le déchira sur toute la couture, comme il l'avait vu faire aux funérailles marines du Pr Weiler.

Certes, son père était encore vivant, mais cela ne faisait rien. Pour sa famille, il était mort, tout comme leur rêve de le rejoindre à Cuba.

ISABEL

QUELQUE PART ENTRE LES BAHAMAS ET LA FLORIDE, 1994

5e jour de voyage

La nuit était si claire qu'Isabel apercevait la Voie lactée.

Les yeux pleins de larmes, elle regardait les étoiles sans vraiment les voir. Près d'elle, Señora Castillo sanglotait dans les bras de son mari. Comme Isabel, elle n'avait pas cessé de pleurer depuis qu'Ivan était mort. Señor Castillo, lui, avait le regard dans le vague. Luis donna un coup de pied rageur au moteur silencieux, faisant cliqueter les boulons qui le maintenaient en place, puis plongea la tête dans ses mains, tandis qu'Amara tentait de le réconforter.

Ivan était mort. Isabel n'arrivait pas à y croire. Un instant, il était vivant, parlant et riant avec eux. L'instant d'après, il était mort. Sans vie. Comme un Cubain sur deux qui avait tenté de rejoindre *el Norte* par la mer. Mais Ivan n'était pas un anonyme, une personne sans visage. Il était Ivan. Son Ivan. Il était son ami.

Et il était parti.

Isabel baissa les yeux vers l'endroit où reposait le corps d'Ivan sans vraiment le regarder. Même si Papi avait couvert son visage avec la chemise dont il s'était servi pour protéger Mami du soleil, Isabel ne l'aurait pas supporté.

Elle connaissait le visage d'Ivan. Son sourire. C'est cette image qu'elle voulait conserver.

Lito entonna une chanson lente et triste, et Isabel se réfugia dans les bras de ses parents. Tous les trois restèrent ainsi enlacés, comme si le sort d'Ivan pouvait les frapper à leur tour s'ils s'approchaient trop de son corps. Mais la réelle menace, c'était ce bateau qui coulait, encerclé de requins avides de sang. Le sang d'Ivan qui recouvrait le visage de Castro.

Isabel se rappela la veillée mortuaire de sa grand-mère, calme et sinistre. Il n'y avait même pas eu de corps à enterrer. Les visiteurs avaient passé leur temps à réconforter Lito, Mami et Isabel, les serrant dans leurs bras pour partager leur chagrin. Isabel savait qu'elle aurait dû faire la même chose avec les Castillo, pourtant elle n'y arrivait pas. Comment aurait-elle pu les consoler alors qu'elle-même avait besoin de réconfort ? Ivan était leur fils, leur frère, mais il était aussi son meilleur ami. D'une certaine manière, elle le connaissait mieux que sa propre famille. Ensemble, ils avaient joué au football dans la rue, nagé dans la mer. Elle avait été sa voisine en classe. Elle avait dîné chez lui, et lui chez elle, tant de fois qu'ils auraient pu être frère et sœur. Isabel et Ivan avaient grandi ensemble. Elle n'imaginait pas le monde sans lui.

Hélas, Ivan ne viendrait plus chez elle.

Ivan était mort.

Elle avait si mal qu'elle avait l'impression qu'on l'avait amputée d'une part d'elle-même, qu'on lui avait arraché le cœur, laissant dans sa poitrine un trou béant, immense. Elle trembla de nouveau, secouée de sanglots, et Mami la serra plus fort encore contre elle.

Au bout d'un long moment, le grand-père d'Isabel prit la parole.

– Il faut faire quelque chose du corps, dit-il.

Señora Castillo gémit, mais son mari acquiesça d'un signe de tête.

Isabel regarda autour d'elle. Que faire du corps d'Ivan sur ce petit bateau ? C'est alors qu'elle comprit qu'il n'y avait qu'une seule solution : le jeter à la mer. Pétrifiée, elle s'écria :

– Non ! Non, nous ne pouvons pas le laisser ici ! Il sera tout seul. Ivan n'a jamais aimé la solitude.

Lito fit signe au père d'Isabel, et tous deux se levèrent pour hisser le corps hors du bateau.

Isabel voulut se libérer de l'étreinte de sa mère, mais celle-ci la retint fermement.

– Attendez…

Les yeux baignés de larmes, Señora Castillo s'arracha aux bras de son mari et murmura :

– Il faut dire quelque chose. Une prière. Quelque chose. Je veux que Dieu sache qu'Ivan arrive.

Isabel n'était jamais allée à l'église. Quand Castro et les communistes avaient pris le pouvoir, ils avaient découragé la pratique de la religion. Mais les catholiques espagnols avaient conquis l'île bien avant lui, et Isabel savait que leur foi était toujours là, profondément enfouie en eux.

Lito était le plus âgé. C'est lui qui avait assisté au plus grand nombre de funérailles. Alors il s'avança, bénit le corps d'Ivan d'un signe de croix en prononçant les paroles sacrées :

– Accorde-lui le repos éternel, Seigneur. Qu'il repose en paix pour l'éternité, et que ta lumière l'éclaire à jamais. Amen.

Lito et le père d'Isabel attendirent que Señora Castillo, d'un hochement de tête, les autorise à soulever le corps de son fils.

– Non, non !

Isabel s'élança vers eux, mais suspendit son geste et croisa les mains sur sa poitrine. Elle savait qu'ils ne pouvaient pas garder Ivan sur le bateau et qu'il fallait agir. Pourtant, en regardant Lito et Papi soulever le corps de son ami, elle sentit le vide en elle grandir, puis grandir encore, jusqu'à l'engloutir presque entièrement. Elle aurait voulu mourir, elle aussi, et être jetée au fond de l'océan pour pouvoir tenir compagnie à Ivan.

Señora Castillo prit une dernière fois la main de son fils dans la sienne, tandis que Luis se levait pour le toucher. Isabel aurait voulu faire quelque chose, dire quelque chose, mais elle était terrassée par le chagrin.

– Attendez, dit Luis en tirant son pistolet de son étui, une expression de rage sur le visage.

Il visa un requin dont la nageoire dépassait de la surface de l'eau. Isabel avait beau s'y attendre, cette fois, les coups de feu la firent sursauter. BANG ! BANG ! BANG !

Le requin se débattit brièvement dans son sang avant que ses congénères, qui encerclaient le bateau, se ruent sur lui pour le dévorer. Luis fit signe à Lito et au père d'Isabel, et Mme Castillo détourna le regard tandis qu'ils faisaient glisser Ivan par-dessus bord.

Il s'enfonça dans les eaux sombres et Isabel laissa couler ses larmes. Le vide en elle menaçait une nouvelle fois de l'engloutir. Ivan les avait quittés pour toujours.

Soudain, elle se rappela sa casquette des Industriales. Où était-elle passée ? Isabel voulait à tout prix la retrouver, la garder en souvenir de lui. S'arrachant aux bras de sa mère, elle se mit à fouiller le petit bateau. Elle devait bien être quelque part… Oui !

Elle était là, flottant à l'envers dans l'eau rougie de sang. Elle l'attrapa et la serra contre sa poitrine. C'était tout ce qu'il lui restait d'Ivan.

– Je voulais ouvrir un restaurant, dit M. Castillo.

Il se tenait tout près d'Isabel et elle sursauta au son de sa voix, presque un murmure.

– Quand nous avons discuté, le premier soir, poursuivit M. Castillo, tout le monde a dit ce qu'il voulait faire une fois arrivé aux États-Unis, sauf moi. Je voulais ouvrir un restaurant avec mes fils.

Quelque chose brilla à l'horizon. Isabel crut qu'il s'agissait d'une des étoiles de la Voie lactée qui se reflétait dans ses yeux mouillés de larmes. Mais bientôt, d'autres points orangés apparurent, formant une ligne qui séparait les eaux noires du ciel.

Miami, enfin. Ivan avait manqué de peu Miami.

MAHMOUD

ENTRE LA MACÉDOINE ET LA SERBIE, 2015

Entre le 14e et le 15e jour de voyage

Mahmoud avait l'impression d'être de retour en Syrie. Des policiers armés gardaient la frontière qui séparait la Grèce de la Macédoine et, de nouveau, il se sentit sale. Rejeté. Illégal.

Même sans papiers, Mahmoud et sa famille avaient pu échanger leurs livres syriennes contre des euros et acheter des billets de train pour Thessalonique, d'où ils avaient rejoint une petite ville près de la frontière macédonienne. Ils faisaient désormais route vers Gevgelija, où ils espéraient prendre un train à destination du nord de la Serbie, avant de gagner la Hongrie. Mais il fallait d'abord trouver un moyen de passer la frontière.

Mahmoud désigna un groupe de tentes entourées de fils à linge, légèrement à l'écart du chemin caillouteux. Son père décida d'aller y réfléchir à la suite de leur voyage. C'était un petit village de réfugiés semblable à tous ceux qu'ils avaient vus sur leur route. Cachés derrière une poubelle, Mahmoud et son père observèrent le poste-frontière. La police macédonienne ne les refoulerait pas, mais elle pouvait les contrôler, or ils n'avaient pas de passeport.

Le père de Mahmoud sortit son portable de sa poche pour consulter la carte.

– Tout autour, ce sont des champs, dit-il. Très plats. Trop dangereux.

Il fit défiler l'image vers la gauche et Mahmoud se pencha pour mieux voir.

– On dirait qu'il y a une forêt, là, à l'ouest, ajouta Papa. Ils ne peuvent pas garder chaque mètre de frontière. Nous passerons cette nuit. Une fois en Macédoine, nous serons en sécurité. Où est ta mère ?

Mahmoud leva les yeux. Comme d'habitude, sa mère allait d'une tente à l'autre sur son chemin, cherchant Hana.

En vain. La fillette n'était pas là, pas plus que dans les autres hameaux de réfugiés qu'ils avaient traversés. Une fois à l'endroit repéré sur la carte, le père de Mahmoud quitta le chemin pour s'enfoncer dans la forêt. Il était minuit passé, et Mahmoud en avait assez de marcher. Il faudrait encore deux bonnes heures pour atteindre la frontière macédonienne.

Walid tendit les bras et son père le souleva, ce qui contraria Mahmoud. Son frère se comportait comme un bébé. Il était trop grand pour ça. Mahmoud était épuisé, lui aussi, et personne ne le portait.

Ils avançaient en silence, éclairés seulement par l'écran du portable que son père allumait de temps en temps pour vérifier leur position. Ils traversèrent une forêt de grands pins très dense dont le sol couvert d'aiguilles sèches dégageait une fragrance humide et fraîche. Quelque part, une chouette hulula, et Mahmoud entendit crier des petits animaux. Il sursautait au moindre bruissement ; chaque craquement lui donnait la chair de poule. C'était un citadin, habitué aux lumières et au vacarme de la circulation. Ici, dans le silence de l'obscurité, les sons qui claquaient comme des coups de feu le terrifiaient.

Enfin, les bois sombres débouchèrent sur la gare, petit bâtiment ocre de deux étages au toit rouge et pignons de pierre.

Elle était bondée.

Des centaines de gens dormaient dehors, des sacs à dos ou des sacs poubelle en guise d'oreillers. Ils occupaient les trottoirs et les quais ; certains s'étaient même installés entre les rails. Le sol était jonché de bouteilles en plastique et de papiers gras.

Mahmoud sentit le découragement le gagner en voyant son père courber le dos. Très vite, celui-ci se redressa et Walid parut plus grand sur ses épaules.

Se tournant vers Mahmoud, il lui dit en souriant :

– Eh bien, au moins, nous savons que nous sommes sur la bonne voie. La bonne voie ferrée. Tu comprends ?

Mahmoud comprenait, mais il ne trouvait pas ça drôle.

– Tu manques un peu d'en*train*, je trouve.

Mahmoud ne riait toujours pas. Il était trop fatigué pour cela.

Déjà, sa mère s'était éloignée pour chercher Hana, passant sur la pointe des pieds parmi les dormeurs, tel un fantôme.

– Les guichets sont fermés, remarqua son père. Il faut trouver un endroit où dormir. Nous reviendrons demain matin pour essayer d'acheter des billets.

Ils trouvèrent un hôtel tout proche et se mirent en route. Mahmoud avait hâte de s'allonger dans un vrai lit. Il aurait pu dormir plusieurs jours d'affilée.

Quand une voiture passa près d'eux, il n'eut pas besoin de se précipiter pour que le chauffeur ralentisse et s'arrête.

– Vous avez besoin d'un taxi ? demanda un homme dans un mauvais arabe.

– Non, répondit son père. Nous allons à l'hôtel.

– Hôtel très cher, répondit l'homme. Vous voulez aller en Serbie ? Je vous emmène. 25 euros par personne.

Mahmoud fit un rapide calcul. 100 euros, c'était une somme – presque 24 000 livres syriennes, probablement plus que le prix des billets de train, mais l'offre était tentante. Mahmoud écouta ses parents discuter. Comme sa mère hésitait à accepter l'aide de cet homme étrange, dans ce pays qu'ils ne connaissaient pas, son père souligna que le prochain train ne passerait au plus tôt que le lendemain et qu'une foule nombreuse attendait déjà à la gare.

Mahmoud intervint :

– Nous sommes tous fatigués, et ce taxi nous rapprochera de l'Allemagne, contrairement à une nuit passée à dormir par terre.

– Alors c'est décidé ! lança son père. On y va.

C'était la bonne décision. Deux heures et 100 euros plus tard, ils atteignirent la frontière serbe. Là où le chauffeur les déposa, il n'y avait ni route ni douanier. Il faisait encore nuit. Mahmoud avait un peu dormi dans la voiture, mais il marchait comme un zombie le long de la voie ferrée qui longeait la frontière macédonienne. Comme ils étaient en voyage, ils pouvaient sauter les premières prières du matin.

Le soleil se levait à peine lorsqu'ils arrivèrent en Serbie. Mahmoud songea que s'il ne s'allongeait pas pour dormir, ses jambes se déroberaient sous lui et il s'écraserait, le visage contre terre. Mais la gare était encore plus bondée qu'en Macédoine, et il n'y avait ni tentes ni chambres d'hôtel. Les gens dormaient sur les quais ou dans les champs environnants. Pas non plus de toilettes, ni de marchés ou de restaurants. Les Serbes cédaient le peu qu'ils avaient contre une fortune. Un homme vendait même des bouteilles d'eau 5 euros pièce.

Rassemblés autour d'une multiprise électrique comme autour d'un feu de camp, des hommes branchaient leurs téléphones. Cette scène, Mahmoud l'avait souvent vue depuis Athènes. Avec sa famille, ils s'arrêtaient juste le temps de recharger leurs batteries, puis repartaient. Son père trouva un bus pour Belgrade et Mahmoud bénit ces quelques heures de sommeil inconfortable.

Il faisait presque nuit à leur arrivée dans la capitale serbe, mais pas question de faire une halte : la police patrouillait dans les hôtels à la recherche de réfugiés en situation irrégulière.

Son père trouva un autre chauffeur de taxi qui proposa de les conduire à la frontière hongroise, à deux heures de route de là. Les taxis coûtaient cher, mais pas plus que de passer la nuit dans une ville qui ne voulait pas de vous.

Au volant de la Volkswagen quatre portes argentée se trouvait un Serbe d'âge mûr à la peau hâlée et à la barbe noire soigneusement taillée. Moyennant 30 euros par personne – plus que ce qu'ils avaient payé pour traverser la Macédoine –, il promit de les emmener jusqu'en Hongrie en évitant les contrôles de police.

Ils étaient à l'étroit dans la voiture, entassés sur la banquette arrière – lui, sa mère et son père qui tenait Walid sur ses genoux. Le chauffeur semblait rouler dans tous les nids-de-poule qui criblaient la route et ils se heurtaient sans cesse les uns aux autres, mais Mahmoud s'en fichait. À peine avait-il fermé les yeux qu'il s'endormit et ne se réveilla que lorsque la voiture s'arrêta. Roulaient-ils depuis deux heures déjà ? Il avait l'impression qu'il venait tout juste de s'endormir.

Mahmoud cligna des paupières et regarda par la fenêtre, s'attendant à découvrir les lumières de la ville frontalière. Mais ils se trouvaient au beau milieu d'une route déserte entourée de champs.

Penché par-dessus son siège, le chauffeur de taxi braquait un pistolet sur eux.

JOSEF

AU LARGE DES CÔTES AMÉRICAINES, 1939

21e jour de voyage

MIAMI ! À peine un jour après avoir quitté La Havane, le *Saint Louis* atteignit la ville américaine. Elle était si proche qu'on pouvait la voir depuis le pont, sans jumelles. Comme les autres passagers, Josef et Ruthie pointaient du doigt hôtels, immeubles et parcs. Josef aperçut des tours et des immeubles de bureaux blancs et carrés – des gratte-ciel ! – et, dans le port, des centaines de petits bateaux. Pourquoi ne pas approcher de Miami et accoster, tout simplement ? Pourquoi ne les laissait-on pas entrer aux États-Unis ? Il y avait tant de terrains vides, des kilomètres et des kilomètres de palmiers et de marais... Josef aurait bien voulu rester. Vivre ici, ou n'importe où pourvu que ce soit loin des nazis.

Un avion survola le paquebot, bourdonnant comme un frelon. « Des photographes de presse ! » lança l'un des passagers. Josef savait maintenant que le *Saint Louis* faisait l'actualité dans le monde entier. Des équipes de télévision embarquées sur des canots le suivaient depuis La Havane, hurlant les questions que tous les passagers se posaient : où accosteraient-ils ? Qui accueillerait les réfugiés juifs ? Finiraient-ils par retourner en Allemagne ?

Cet après-midi-là, un navire des gardes-côtes américains suivait le *Saint Louis* avec à son bord des officiers qui les observaient à la jumelle. L'un des enfants prétendit que c'était pour les protéger et secourir quiconque sauterait par-dessus bord mais Josef, lui, était persuadé que c'était pour les empêcher de mettre le cap sur Miami.

Quelques enfants, dont Ruthie, jouaient et nageaient dans la piscine, tandis que les adolescents suivaient un match des New York Yankees à la radio – on était assez proche des côtes pour capter les chaînes américaines. Mais la plupart des adultes erraient, la mine défaite, leur bonne humeur totalement envolée. Les gens parlaient peu, se réunissaient moins. Ils avaient déserté le cinéma et personne n'allait non plus dans la salle de bal.

Sauf la mère de Josef. Pendant des jours entiers, elle avait pleuré l'absence de son mari, s'enfermant comme lui dans sa cabine. Mais lorsqu'elle avait appris que le *Saint Louis* allait quitter Cuba – sans son mari –, un déclic s'était produit en elle. Elle s'était lavée. Maquillée. Coiffée. Jetant le contenu de sa valise sur son lit, elle avait mis sa plus belle robe de soirée avant de filer dans la salle de bal.

Elle n'en avait plus bougé depuis.

Alors qu'il venait la chercher, Josef la trouva seule, en train de danser. Une lune et des étoiles de papier pendaient toujours au plafond, vestiges de la fête organisée pour célébrer leur arrivée à Cuba. Dès qu'elle le vit, elle se précipita vers lui et l'attira sur la piste.

– Viens danser, Josef, dit-elle en lui prenant la main et en l'entraînant dans une valse. Qu'au moins toutes ces leçons de danse servent à quelque chose !

Cela faisait une éternité qu'ils n'avaient pas pris de leçon de danse. C'était avant Hitler. Quand les parents de Josef pensaient encore que leur fils passerait sa jeunesse au bal, et non à fuir les nazis.

– Non, répondit Josef.

Il était trop vieux pour danser avec sa mère, trop timide aussi. Et il y avait plus important, pour l'heure.

– Que se passe-t-il, Mama ? Pourquoi fais-tu cela ? On dirait que tu es contente que Papa soit parti.

Elle tournoya dans ses bras.

– Je t'ai déjà raconté pourquoi nous t'avions appelé Josef ? demanda-t-elle.

– Euh… non.

– C'était le nom de mon frère aîné.

– Je ne savais pas que tu avais un frère.

– Il est mort pendant la Grande Guerre. Pendant la bataille de la Somme, en France.

Josef ne savait pas quoi dire. C'était la première fois que sa mère évoquait l'existence de son frère. Son oncle, en réalité, qu'il n'avait jamais connu.

– On peut vivre comme un fantôme en attendant la mort, ou on peut danser, lui dit-elle. Tu comprends ?

– Non.

Le morceau se termina, et sa mère prit son visage dans ses mains.

– Tu lui ressembles comme deux gouttes d'eau, murmura-t-elle.

Josef resta muet.

– Désolé de vous interrompre, dit le chef d'orchestre, on vient de me dire qu'une annonce doit être faite dans la salle de réception du pont A.

Mme Landau parut contrariée que la musique s'arrête, mais Josef savait que c'était plus grave que cela. Sans pouvoir dire pourquoi, il était sûr, au plus profond de lui, qu'il ne pouvait s'agir que d'une mauvaise nouvelle.

La pire.

Sa mère prit sa main et la serra très fort.

– Viens, dit-elle en souriant.

La salle était déjà pleine lorsqu'ils y entrèrent. Au fond, sous le portrait géant d'Adolf Hitler, se tenaient les représentants du comité de passagers chargé d'étudier avec le capitaine une solution à leur problème. À voir leurs mines, ils n'en avaient pas trouvé. Quand le chef du groupe prit la parole, Josef vit ses pires craintes se confirmer.

– Les États-Unis ne veulent pas de nous. Nous rentrons en Europe.

La révolte fut immédiate. Cris, soupirs, pleurs… Josef laissa échapper un juron – c'était la première fois qu'il jurait devant sa mère. Celle-ci n'eut aucune réaction, et il se sentit à la fois un peu honteux et un peu plus courageux.

– Vous voulez dire qu'on retourne en Allemagne ? hurla quelqu'un.

– Pas nécessairement, répondit un membre du comité. Mais il faut garder notre calme.

Son calme ? Cet homme était-il fou ?

– Garder notre calme ? répéta un homme en écho aux pensées de Josef. Comment voulez-vous qu'on fasse ?

Il s'appelait Pozner. Josef l'avait déjà vu.

– Nous sommes nombreux à avoir connu les camps de concentration, poursuivit-il d'un ton saccadé, le visage tordu par la colère. Nous n'avons été libérés qu'à la condition expresse de quitter l'Allemagne immédiatement. Pour nous, revenir ne peut signifier qu'une chose – retourner dans ces camps. C'est cela qui attend chaque homme, chaque femme, chaque enfant présent sur ce bateau !

– Nous ne voulons pas mourir ! scanda la foule. Nous ne reviendrons pas !

Josef aperçut Otto Schiendick, appuyé contre l'encadrement de la porte. Il souriait de voir la panique s'emparer des passagers, et Josef sentit son sang bouillir dans ses veines.

– Mesdames et messieurs, dit le chef du comité, c'est une mauvaise nouvelle, nous le savons tous. Mais l'Europe est encore loin. Cela nous donne, à nous et à tous nos amis, beaucoup de temps pour chercher d'autres solutions.

La mère de Josef le prit par le bras.

– Viens, Josef. Ils vont trouver quelque chose. Allons danser.

Josef ne comprenait pas pourquoi sa mère était aussi sereine, pourquoi, tout à coup, elle semblait se moquer de tout. Ils étaient sur le point d'être renvoyés en Allemagne. *Renvoyés vers la mort.*

Hors de la salle, Josef se libéra.

– Non, Mama, je ne peux pas.

Elle sourit tristement et dut faire un pas de côté pour ne pas heurter Otto Schiendick.

– Tu devrais écouter ta mère, mon garçon ! lança celui-ci. Ce sont tes derniers jours de liberté. Profites-en. Une fois que tu seras rentré à Hambourg, personne n'entendra plus parler de toi.

Josef rejoignit les passagers en furie, sa propre colère enflant à chaque pas. Il devait y avoir quelque chose à faire.

Pozner, qui venait de s'exprimer, l'interpella :

– Tu es Josef, le fils d'Aaron Landau, n'est-ce pas ? Je suis désolé pour ton père.

Josef en avait assez qu'on lui présente des condoléances.

– Oui, merci, répondit-il en faisant mine de s'éloigner.

L'homme lui saisit le bras.

– Tu faisais partie du groupe qui a visité la salle des machines et la passerelle, non ?

Josef fronça les sourcils. Où voulait-il en venir ?

– Tu es un homme, maintenant, poursuivit Pozner. Tu as fait ta bar-mitzvah à bord, le premier chabbat après le départ.

Josef carra les épaules, et Pozner lâcha son bras.

– Et alors ?

L'homme regarda autour de lui pour s'assurer que personne ne les entendait.

– Certains d'entre nous veulent attaquer la passerelle et prendre des otages pour forcer le capitaine à mettre le cap sur les côtes américaines, murmura-t-il.

Josef n'en croyait pas ses oreilles. Il secoua la tête.

– Ça ne marchera jamais, affirma-t-il.

Il avait vu de nombreux membres d'équipage sur les ponts inférieurs. Il savait ce que la plupart d'entre eux pensaient vraiment des Juifs. Ils ne se laisseraient pas faire sans combattre, et ils connaissaient ce paquebot mieux que quiconque.

Pozner haussa les épaules.

– Avons-nous vraiment le choix ? Nous ne pouvons pas retourner en Allemagne. Ton père le sait, lui. C'est pourquoi il a fait ce qu'il a fait. Si nous réussissons, nous serons libres. Si nous échouons, au moins le monde prendra conscience du désespoir qui est le nôtre.

Josef garda les yeux baissés. Après leur échec, le capitaine mettrait le cap sur l'Allemagne, et Pozner et ses complices seraient envoyés dans des camps de concentration.

– Pourquoi me racontez-vous cela ? demanda Josef.

– Parce que nous avons besoin de toi, dit Pozner. Il faut que tu nous conduises jusqu'à la passerelle.

ISABEL

AU LARGE DES CÔTES DE FLORIDE, 1994

5e jour de voyage

Miami.

C'était comme un rêve. Une vision scintillante du paradis dont Ivan leur aurait ouvert les portes. Tous contemplaient avec stupéfaction ce qu'ils avaient cru ne jamais voir. Quand les silhouettes des maisons, des rues et des arbres se précisèrent à l'horizon et qu'ils furent certains d'avoir atteint Miami, ils poussèrent des cris de joie en s'embrassant de nouveau.

De nouveau, Isabel pleura pour Ivan : si près du but, il n'avait pas pu aller au bout de ce voyage. Malgré son chagrin, elle était heureuse d'avoir réussi – un sentiment qui la fit se sentir coupable et pleurer de plus belle. Comment pouvait-elle être à la fois triste pour Ivan et heureuse pour elle-même ?

Crac. La coque se brisa sous les pieds de Papi et le bateau fit une embardée tandis que l'eau s'engouffrait par une nouvelle fissure. Aussitôt, ce fut la panique.

– Non ! hurla Papi.

Il plongea pour tenter de colmater la brèche, en vain. Le poids des passagers avait fini par faire céder la fragile embarcation. Ils se précipitèrent tous à l'avant du bateau, mais l'arrière continuait de sombrer sous le poids du moteur. L'eau avait presque atteint le plat-bord. Quand elle l'aurait dépassé, l'océan engloutirait leur rafiot et ils se noieraient tous.

Ou finiraient comme Ivan.

Isabel sentait la terreur monter en elle à mesure que l'embarcation se remplissait. Elle ne pouvait pas se noyer, disparaître dans les vagues comme Lita. Comme Ivan. Non. Non !

– Écopons ! cria son grand-père.

Mami était allongée à la proue, le plus loin possible des flots qui montaient ; son souffle devenait de plus en plus saccadé. Tous prirent leurs bidons et leurs seaux. Hélas, cela ne suffirait pas. Il y avait trop d'eau. Trop de poids.

Le moteur ! Tout à coup, Isabel se rappela que ses boulons se détachaient tout seuls. Elle tenta de les dévisser. Comme elle n'y parvenait pas, elle prit appui sur l'un des bancs et le frappa avec les pieds.

– Chabela ! Laisse tomber le moteur et aide-nous à écoper ! lui cria son père.

Isabel ne l'écouta pas. Si elle arrivait à détacher ce moteur…

Un autre pied apparut près du sien. Amara ! Ensemble, elles continuèrent de frapper sur le moteur quand, soudain,

Isabel sentit céder le bois détrempé qui maintenait les boulons. Le moteur tomba dans le fond du bateau, recouvrant le slogan de Fidel.

Lutter contre l'impossible et vaincre...

– Un, deux, trois ! cria Amara.

Ensemble, elles firent basculer le moteur sur le côté. Elles étaient sur le point de le hisser par-dessus bord quand Isabel glissa.

– Encore ! insista Amara. Un, deux, trois !

Elles posèrent le moteur sur le plat-bord, qui ploya sous son poids. L'eau s'engouffra dans le bateau qu'Isabel sentit couler sous ses pieds, l'entraînant dans les profondeurs sombres de l'océan, vers Ivan et les requins...

– Non, attendez ! cria M. Castillo.

Un dernier effort, et elles réussirent à faire basculer le moteur par-dessus bord. Il coula comme une pierre. Aussitôt la poupe du bateau, soulagée de ce poids, émergea de nouveau des flots.

– Qu'avez-vous fait ? s'écria M. Castillo. Nous n'arriverons jamais jusqu'à la côte, maintenant !

– On n'y serait pas arrivés non plus si on avait coulé ! rétorqua Isabel.

– Nous allons ramer, dit Lito. Lorsque nous serons suffisamment près des côtes, les vagues nous porteront jusqu'au rivage. Ou nous nagerons.

Nager ? Avec les requins ?

– Continuons d'écoper, sinon nous ne ferons rien du tout ! cria Luis. Écopez !

Biiiip ! Biiiip !

Une sirène électronique les fit tous sursauter. À une centaine de mètres sur leur gauche, un gyrophare rouge se mit en marche. Dans un mégaphone, quelqu'un dit en anglais quelque chose qu'Isabel ne comprit pas. Vu les visages perplexes de ses compagnons de voyage, elle n'était pas la seule. Puis la même voix répéta le message en espagnol.

– Halte ! Ici la garde côtière des États-Unis. Vous naviguez illégalement dans les eaux américaines. Restez où vous êtes, vous allez être arraisonnés[21].

21. Être arrêtés en mer pour un contrôle.

MAHMOUD

ENTRE LA SERBIE ET LA HONGRIE, 2015

Entre le 15e et le 16e jour de voyage

Mahmoud fixait l'arme braquée sur lui. Était-elle bien réelle, ou rêvait-il ?

Le chauffeur de taxi serbe agita son arme.

– Donnez-moi 300 euros ! ordonna-t-il.

Mahmoud ne rêvait pas. Encore groggy quelques secondes auparavant, il se sentait maintenant très bien réveillé, et son cœur battait follement dans sa poitrine. Sa chemise lui collait à la peau. Il cligna des paupières en se tournant vers ses parents réveillés, eux aussi. Son père serrait Walid encore endormi contre lui.

– Je vous en prie, ne tirez pas ! dit-il en tendant le bras devant Mahmoud et sa mère pour tenter de les protéger.

– 300 euros ! répéta le chauffeur de taxi.

300 euros ! C'était plus que le double du prix qu'ils avaient négocié pour cette course !

– Je vous en prie… supplia Papa.

– Si vous voulez rester en vie, payez ! hurla le chauffeur de taxi.

Entre les deux sièges avant, le pistolet tremblait dans sa main. La mère de Mahmoud ferma les yeux et se recroquevilla sur la banquette.

– Nous allons payer ! Nous allons payer !

Que faire d'autre ? On les menaçait d'une arme au milieu de nulle part, dans un pays étranger.

Mahmoud crut que son cœur allait exploser quand il vit son père passer Walid à sa mère et fouiller sous sa chemise, là où il cachait son argent. Il aurait voulu empêcher cet homme de menacer sa famille. Son impuissance décuplait sa colère.

D'une main tremblante, son père compta les 300 euros et les tendit au chauffeur de taxi. Pourquoi celui-ci ne demandait-il pas toute la liasse ?

– Sortez, maintenant. Dehors !

Ils ne se le firent pas dire deux fois. Les portières n'étaient même pas encore refermées que le chauffeur démarra en trombe, ses feux arrière disparaissant dans un virage.

Mahmoud tremblait de colère et de peur, tandis que sa mère sanglotait en silence. Son père les serra tous les deux dans ses bras.

– Ce chauffeur aura droit à un avis négatif de ma part sur TripAdvisor, c'est sûr !

Soudain, les jambes tremblantes de Mahmoud se dérobèrent sous lui et il s'effondra. Des larmes coulaient sur son visage, comme si la digue qui les retenait venait de se briser. *On avait braqué un pistolet sur son visage.* Aussi longtemps qu'il vivrait, il n'oublierait jamais ce sentiment de terreur, d'impuissance, qui l'avait paralysé.

Sa mère s'assit sur la route, près de lui, et le prit dans ses bras. Il pleura de plus belle, tandis que tous les malheurs passés lui revenaient en mémoire – le bombardement de leur immeuble, l'attaque de leur voiture, leur lutte pour survivre à Izmir, les longues heures en mer et, bien sûr, Hana. Surtout Hana.

– Je suis désolé, Maman, balbutia-t-il. Désolé de t'avoir forcée à abandonner Hana.

Sa mère lui caressa les cheveux.

– Non, mon chéri. Si ce bateau n'était pas passé à ce moment-là, si tu ne les avais pas convaincus de prendre Hana, elle se serait noyée. Je n'arrivais plus à nous maintenir hors de l'eau. Tu lui as sauvé la vie, j'en suis sûre. Elle est quelque part. Il faut la retrouver.

Mahmoud posa sa tête sur l'épaule de sa mère.

– Je vais la retrouver, Maman. Je te le promets.

Ils pleurèrent dans les bras l'un de l'autre jusqu'à ce que Mahmoud se rappelle qu'il fallait repartir, s'il voulait arriver en Allemagne et retrouver Hana. D'un revers de manche, il sécha ses larmes, et sa mère déposa un baiser sur son front.

Son père consulta l'écran de son portable.

– Ce voleur nous a déposés à mi-chemin de la Hongrie, au moins, dit-il. Nous sommes sur une route secondaire, à une heure de voiture de la frontière environ. Je crois que nous sommes proches d'un arrêt de car, mais nous allons devoir marcher encore un peu.

Mahmoud aida sa mère à se lever ; son père hissa Walid contre son épaule.

Son petit frère ne s'était pas réveillé. Mahmoud était inquiet pour lui. Les raids aériens, les fusillades, les attaques – rien ne semblait plus l'émouvoir. Gardait-il ses larmes et ses cris enfouis en lui, ou était-il tellement habitué à subir des horreurs qu'il n'y faisait même plus attention ? Reviendrait-il à la vie une fois qu'ils seraient arrivés en Allemagne ? S'ils arrivaient un jour…

Ils réussirent à prendre le dernier car pour Horgos, une ville serbe située à la frontière hongroise. Là, les réfugiés syriens étaient encore plus nombreux, mais personne ne passait, ni en voiture, ni en train, ni même à pied. Impossible de traverser le pays comme Mahmoud et sa famille avaient traversé la Macédoine et la Serbie.

Les Hongrois avaient construit une clôture, encore inachevée. Même de nuit, des soldats hongrois s'affairaient pour planter des poteaux métalliques de quatre mètres de haut le long de la ligne frontalière avant de les relier avec du grillage. Une fois le grillage tendu, un autre groupe posait trois rangs de barbelés à lames par-dessus pour empêcher les gens de l'escalader.

Les Hongrois fermaient leurs frontières.

– Nous ne voulons pas rester en Hongrie ! dit Mahmoud. Nous voulons juste la traverser pour gagner l'Autriche.

– Les Hongrois s'en moquent, j'ai l'impression, répondit son père. Ils ne veulent pas de nous chez eux, c'est tout.

Soudain, un groupe de réfugiés s'élança pour tenter de forcer une partie de la clôture.

– Nous ne sommes pas des terroristes ! cria quelqu'un. Nous sommes des réfugiés !

– Nous voulons juste aller en Allemagne ! Ils nous accueilleront, eux ! lança quelqu'un d'autre.

D'autres cris, d'autres protestations s'élevèrent. Très vite, Mahmoud et sa famille furent entraînés par la foule qui tentait de passer la frontière. Ballotté de tous côtés, Mahmoud se cramponnait à la chemise de son père. Malgré la peur que suscitait en lui cette bousculade, il était heureux – enfin, les réfugiés faisaient quelque chose, au lieu de rester cloîtrés dans leurs villages de toile. Ils se levaient et disaient : « Nous sommes là ! Regardez-nous ! Aidez-nous ! »

Hélas, les militaires hongrois n'avaient pas envie de les aider. Comme les réfugiés déferlaient sur la frontière, des soldats en uniforme bleu portant béret et brassard rouge chargèrent ; ils lancèrent des grenades lacrymogènes dans la foule. L'une d'elles explosa près de Mahmoud et les gens se mirent à crier quand un nuage gris-blanc les enveloppa.

Les yeux de Mahmoud le brûlaient comme si on les avait aspergés de jus de piment chaud, et son nez coulait abondamment. Il suffoquait. Il avait l'impression de se noyer sur la terre ferme. Il tomba à genoux, se tenant la poitrine et cherchant désespérément de l'air.

Je vais mourir, songea-t-il. *Je vais mourir. Je vais mourir. Je vais mourir.*

JOSEF

QUELQUE PART DANS L'OCÉAN ATLANTIQUE, 1939

22e jour de voyage

Sur le pont A, la sœur de Josef barbotait gaiement dans la piscine, tandis que d'autres enfants jouaient à chat ou au palet sur le pont-promenade. Malgré son désir de grandir, Josef aurait bien aimé se joindre à eux. Redevenir un enfant, joyeux et insouciant.

Mais il n'était plus un enfant. Il avait des responsabilités. Veiller à la sécurité de sa sœur et de sa mère, par exemple.

Son père lui avait raconté les camps de concentration : il devait à tout prix éviter cela à sa mère et à Ruthie.

– Es-tu prêt ?

C'était Pozner. Caché derrière une cheminée, il jetait des regards nerveux autour de lui.

Josef acquiesça d'un signe de la tête. Il avait accepté d'aider à prendre le contrôle du paquebot. Il fallait qu'il fasse quelque chose, et c'était la seule chose qu'il puisse faire.

– Où sont Schiendick et ses pompiers ? demanda-t-il à Pozner en lui emboîtant le pas.

– Nous les avons entraînés vers le pont D pour faire diversion, mais il faut faire vite.

Ils rejoignirent le reste du groupe près de la salle de réception. Ils étaient une dizaine, en comptant Josef, tous armés de chandeliers et de barres de fer. Certains, comme Pozner, avaient l'âge de son père ; d'autres, une vingtaine d'années. Josef était de loin le plus jeune.

Dix hommes. Un miniane.

Dix Juifs unis non pour célébrer un culte, mais pour conduire une mutinerie. Quand Pozner lui tendit une petite barre de fer, il réalisa soudain ce qu'il s'apprêtait à faire.

– Montre-nous le chemin, dit Pozner.

Josef prit une profonde inspiration. Il ne pouvait plus revenir en arrière, maintenant. Il guida les mutins dans le labyrinthe des couloirs réservés à l'équipage.

Dans la salle des cartes, ils tombèrent sur le lieutenant Ostermeyer. Avant qu'il ait pu esquisser le moindre geste, Pozner et l'un de ses hommes l'attrapèrent et le poussèrent à l'intérieur de la passerelle. Cette brutalité inquiéta Josef, mais il chassa bien vite ses craintes. Prendre les commandes du bateau ne serait pas facile – et ce n'était que le début.

Il y avait moins de monde dans la passerelle que lorsque Josef l'avait visitée – seul un officier et trois marins étaient présents.

L'homme qui était à la barre les vit le premier. Alors qu'il lâchait le gouvernail pour actionner l'alarme, l'un des mutins le plaqua au sol. Très vite, ses camarades encerclèrent les autres marins en les menaçant de leurs armes de fortune.

Ils avaient réussi. Tout simplement, ils avaient pris le contrôle du paquebot.

Et maintenant ? Devant eux s'étendait l'Atlantique, immensité bleu-vert ; au-delà, l'Allemagne et les nazis les attendaient. Sur la petite estrade, le gouvernail basculait d'avant en arrière, et Josef eut soudain la folle envie de le saisir et de faire demi-tour.

– Allez chercher le capitaine, ordonna Pozner.

Le lieutenant Ostermeyer s'avança prudemment vers le micro et appela le capitaine Schröder.

Dès qu'il mit le pied sur la passerelle, celui-ci tenta de s'éclipser, mais Josef et un second homme lui barrèrent le passage.

– Qui est votre chef ? demanda le capitaine Schröder. Et qu'est-ce que vous voulez ?

Pozner s'avança.

– Nous voulons sauver nos vies en prenant les commandes de ce paquebot, déclara-t-il, et aller n'importe où, sauf en Allemagne.

Les mains derrière le dos, sans quitter des yeux l'océan, le capitaine Schröder marcha jusqu'au centre de la passerelle.

– Les autres passagers ne vous soutiendront pas, et mon équipage va vous maîtriser, affirma-t-il avec assurance. Tout ce que vous gagnerez, ce sont des poursuites pour piratage.

Pozner et ses compagnons échangèrent des regards nerveux. Comment pouvaient-ils céder aussi facilement ?

– Nous vous prendrons en otage ! lança Josef.

Il lança ensuite à ses compagnons :

– Comme ça, ils seront obligés d'obéir à nos ordres !

Surpris par sa propre audace, il sentit que ses paroles avaient renforcé la détermination des mutins.

Le capitaine se tourna vers lui.

– L'équipage n'obéira qu'à moi, dit-il calmement. Et quoi que vous fassiez, je ne donnerai pas l'ordre de dérouter ce paquebot. Sans cet ordre, vous ne pourrez rien faire. À moins que vous ne décidiez de piloter vous-mêmes ?

Josef rougit et baissa les yeux, se rappelant l'envie folle qu'il avait eue de saisir le gouvernail.

Le capitaine Schröder aida son barreur à se relever, puis l'accompagna jusqu'à son poste. Encore tremblant, l'homme reprit la barre.

– Pour ma part, je pense que vous en avez déjà assez fait pour que j'engage de sérieuses poursuites contre vous, ajouta le capitaine, toujours aussi calme. Si je décide de le faire, je vous assure que vous serez renvoyés en Allemagne. Et vous savez ce que cela signifie.

Josef bouillait de rage. Lui le savait, mais le capitaine Schröder ? Combien d'Allemands comprenaient vraiment ce qu'il se passait dans les camps de concentration ? Josef, lui, savait parce que son père lui avait raconté, préférant mettre fin à ses jours plutôt que d'y retourner.

Josef refusait de voir sa mère et sa sœur partir dans l'un de ces camps.

– Vous nous feriez une chose pareille ? demanda l'un des hommes.

– Vous vous l'infligez à vous-mêmes, répliqua Schröder. Écoutez, je comprends votre désespoir.

– Pfff ! lâcha Pozner. Vous n'avez aucune idée ce que nous avons traversé !

Le capitaine Schröder acquiesça :

– Vous avez raison. Mais quoi qu'on vous ait fait subir, ceci est un acte criminel. La loi m'autorise à vous jeter tous en prison. Je suis toutefois prêt à passer l'éponge si vous quittez la passerelle immédiatement en me promettant de ne pas recommencer.

Sur les visages de ses compagnons, Josef ne vit que la peur. La panique. La capitulation.

– Non ! lança-t-il avant de se tourner vers le capitaine Schröder. Non ! Mon père m'a raconté ce qu'il avait subi dans ces camps. Je ne veux pas qu'il arrive la même chose à ma mère et à ma sœur. Nous ne pouvons pas retourner en Allemagne !

Le lieutenant profita de cet instant pour tenter de se libérer. Une bagarre éclata. Les marins s'élancèrent pour lui prêter main-forte tandis que les mutins reculaient d'un pas, prêts à se battre.

– Ostermeyer ! Non ! ordonna le capitaine Schröder. Arrêtez ! C'est un ordre !

Le lieutenant se figea, imité par Pozner, sa barre de fer en suspens dans sa main.

Personne ne bougeait.

Le capitaine leva les mains en un geste d'apaisement et dit d'un ton très calme :

– Je vous jure sur mon honneur de capitaine de marine de faire tout mon possible pour débarquer en Angleterre. J'y échouerai ce paquebot s'il le faut. Rendez-vous et promettez-moi de rester tranquilles.

Pozner baissa sa barre de fer.

– D'accord, dit-il.

Non. Non ! Josef voulait protester, mais tous les autres acquiescèrent. Alors il jeta sa barre de fer et quitta la passerelle. Seul.

Ils allaient retourner en Europe. Il ne pouvait rien y changer.

ISABEL

AU LARGE DES CÔTES DE FLORIDE, 1994

5e jour de voyage

Ils retournaient à Cuba, et personne ne pouvait rien y changer.

Ainsi, c'était ça, le dernier couplet de la chanson ! songea Isabel. Après tout ce qu'ils avaient traversé, tout ce qu'ils avaient perdu, les notes finales seraient plus sombres que prévues. Pas de *son cubano*, éclatant et triomphal. Leur chanson serait une fugue, un thème musical mille fois répété, sempiternelle rengaine sans point d'orgue. Une *coda* qui les condamnait à être d'éternels sans-abris, même dans leur propre pays.

Les gardes-côtes américains les avaient repérés.

– Geraldo…

Sa mère appela son père, mais celui-ci ne répondit pas, sidéré tout comme ses compagnons par les projecteurs de la vedette des gardes-côtes. Un moteur de bateau – un vrai moteur, avec de vraies hélices – se fit entendre.

– Geraldo, répéta Mami. Ça commence…

– Non, répondit Papi. C'est fini. Pour nous tous. Ils vont nous emmener à Guantanamo.

La lumière des projecteurs balaya leur embarcation.

– Non, insista Mami d'une voix pressante en se tenant le ventre. Je veux parler du bébé. Il arrive !

Stupéfaits, tous les passagers se retournèrent. Isabel s'assit au fond du bateau, sans prendre garde à l'eau qui le recouvrait. Elle ne savait pas quoi penser. Quoi ressentir. Après toutes ces émotions – la joie du départ, la tempête, l'horreur de la mort d'Ivan, le soulagement à la vue des lumières de Miami, le désespoir d'être attrapée par les gardes-côtes et de ne jamais voir *el Norte* – voici que maintenant, sa mère était sur le point d'accoucher. De son petit frère ! Hébétée, Isabel était incapable de faire quoi que ce soit. Elle n'avait plus d'énergie.

– Je n'irai pas à Guantanamo, dans ce camp entouré de barbelés, dit Lito. Je n'ai pas quitté une prison pour finir dans une autre. Je retourne à Cuba. Chez moi. Castro a promis de ne pas punir ceux qui essayaient de partir.

– À moins qu'il n'ait encore changé d'avis, souligna Amara.

C'est Luis qui vit le premier le projecteur des gardes-côtes balayer leur embarcation, puis changer de direction.

– Peut-être que personne n'ira à Guantanamo ! dit-il. Regardez ! Ils s'en vont ! Ils ne vont pas nous arrêter !

Isabel vit le faisceau pointer un autre bateau, quelques centaines de mètres plus loin. Un canot rempli de réfugiés comme eux !

– Encore des Cubains ? demanda Amara.

– Peu importe ! répondit M. Castillo. C'est la chance que nous attendions ! Pagayons jusqu'à la rive ! Vite !

Après avoir jeté un regard à sa mère, Isabel saisit une pagaie taillée dans un bidon en plastique et commença à ramer de toutes ses forces, imitée par Lito, Amara et les Castillo.

– Ne fais pas de bruit, murmura Lito. Les sons portent très loin, en mer.

– Ohhhh, gémit la mère d'Isabel.

– Chut, Teresa, dit Papi en lui prenant la main. Attends que nous soyons arrivés en Floride pour accoucher !

La mère d'Isabel acquiesça, les mâchoires serrées. Elle avait les larmes aux yeux.

Les lumières de Miami se rapprochaient, mais ils étaient encore loin de la terre ferme. Isabel regarda derrière elle. On distinguait dans le noir les projecteurs de la vedette des gardes-côtes, et des silhouettes sombres qui passaient d'un bateau à l'autre. Ils faisaient monter les réfugiés à bord pour les renvoyer à Cuba.

– Ohhhh ! cria sa mère, sa voix résonnant comme un coup de canon dans le silence.

– Ramez, ramez, murmura M. Castillo.

Ils étaient si près du but ! Isabel voyait les lumières aux fenêtres, et la mer portait le son des bongos[22] qui jouaient un air de rumba.

22. Instrument à percussion originaire de Cuba.

– Le courant nous pousse vers le nord, murmura Luis. On va manquer la plage !

– Ce n'est pas grave – du moment que nous sommes sur la terre ferme, nous serons en sécurité ! dit Lito, la voix affaiblie par l'effort. Ne nous laissons pas entraîner ! Ramez !

– Ohhhhh ! cria la mère d'Isabel.

Biiiip ! Biiiip !

De nouveau, la sirène retentit, le projecteur fut braqué sur eux. Les gardes-côtes les avaient rattrapés !

– Non, dit la mère d'Isabel dans un sanglot. Non ! Je veux que mon bébé naisse à *el Norte* !

M. Castillo sortit de son silence pour hurler :

– Ramez !

Ils entendirent derrière eux le moteur de la vedette. Isabel agitait désespérément sa pauvre pagaie de fortune dans les vagues. Des larmes coulaient sur son visage, et elle n'aurait su dire si c'étaient des larmes de chagrin, de peur ou d'épuisement.

Tout ce qu'elle savait, c'est qu'ils étaient encore trop loin du rivage.

Les gardes-côtes allaient les attraper avant qu'ils n'atteignent Miami.

MAHMOUD

HONGRIE, 2015

16e jour de voyage

Le hurlement des sirènes. Les cris des soldats dans les mégaphones. Les explosions…

Recroquevillé au sol, Mahmoud tentait désespérément de reprendre son souffle. Il ne savait pas très bien ce qu'il se passait autour de lui. Il avait l'impression que des guêpes lui avaient piqué les yeux et qu'on lui avait soufflé des produits toxiques dans le nez. Il émit un son étouffé, cri et murmure mêlés.

Après tout ce qu'il avait traversé, il allait mourir ici, à la frontière de la Serbie et de la Hongrie.

Des bras fermes le soulevèrent, l'entraînèrent à l'écart. Ses baskets traînaient sur le chemin de terre. Il n'y voyait toujours rien, mais il sentit que sa poitrine se soulevait et qu'un mince filet d'air avait pénétré dans ses poumons. Il en aspira une grande goulée. Puis on lui attacha les mains derrière le dos avec un fil de plastique, tellement serré que c'en était douloureux. Une nouvelle fois, il fut soulevé et sentit sur sa joue la froideur du métal. Il cherchait son souffle, les menottes lui sciant les poignets, lorsque d'autres gens atterrirent près de lui. En entendant un bruit de moteur, Mahmoud comprit : il se trouvait à l'arrière d'un camion qui venait de démarrer.

Quand enfin il put de nouveau respirer normalement, il s'assit et ouvrit péniblement les yeux. Il faisait noir, mais il distingua neuf autres hommes autour de lui. Les yeux rougis par les gaz lacrymogènes, tous pleuraient, toussaient, et tous étaient menottés. Parmi eux se trouvait son père.

– Papa !

À genoux, Mahmoud parvint à se traîner jusqu'à lui malgré les cahots. Il posa son front contre le sien.

– Où sont Maman et Walid ?

– Je ne sais pas. Je les ai perdus, répondit son père.

Ses yeux étaient cernés de rouge et son visage mouillé de larmes. Il avait une mine affreuse et Mahmoud songea qu'il ne devait pas être mieux que lui.

Mahmoud croyait que le camion allait s'arrêter, mais il continua de rouler.

– Où crois-tu qu'ils nous emmènent ? demanda-t-il.

– Je ne sais pas. Je ne trouve plus mon téléphone. J'ai l'impression que nous sommes dans ce camion depuis longtemps. Peut-être qu'on va en Autriche !

– Non, dit un homme. Ils nous envoient en prison.

En prison ? Mais pourquoi ? Nous ne sommes que des réfugiés ! Nous n'avons rien fait de mal !

Le camion s'arrêta. Mahmoud et ses compagnons furent emmenés dans un bâtiment que l'un des soldats appela un « centre de rétention administrative », mais qui ressemblait à une prison. C'était un bâtiment à un étage tout en longueur entouré d'une clôture barbelée, gardé par des soldats hongrois équipés d'armes automatiques.

Un soldat coupa le fil de plastique qui retenait les poignets de Mahmoud. Au lieu d'être immédiatement soulagé, celui-ci sentit ses mains le picoter, un peu comme ses jambes lorsqu'il s'était réveillé – en mille fois plus douloureux. Les mains tremblantes, il laissa échapper un cri de douleur lorsqu'on le poussa avec son père et les huit autres hommes dans une cellule en parpaings équipée de barreaux métalliques. Bientôt, toutes les cellules du couloir furent pleines de réfugiés.

Un soldat fit coulisser la porte métallique, qui se referma automatiquement.

– Nous ne sommes pas des criminels ! hurla un homme.

– Nous n'avons pas voulu cette guerre civile ! Nous n'avons pas demandé à quitter nos maisons ! renchérit un autre.

Incapable de garder le silence, Mahmoud explosa à son tour :

– Nous sommes des réfugiés ! Nous avons besoin d'aide !

Les ignorant, le soldat s'éloigna. Impuissant, Mahmoud donna un coup de pied rageur dans les barreaux. D'autres cris de colère s'élevèrent autour de lui, vite remplacés par les appels des familles séparées qui tentaient de se parler d'une cellule à l'autre sans se voir.

– Fatima ? Walid ? appela son père.

Mahmoud joignit sa voix à la sienne, mais ni sa mère ni son frère ne répondit.

– Nous allons les retrouver, promit son père.

Comment pouvait-il en être aussi sûr ? S'ils n'avaient pas retrouvé Hana, qu'est-ce qui lui faisait croire qu'ils retrouveraient sa mère et Walid ? Et s'ils les avaient perdus pour toujours ? Mahmoud était mort d'inquiétude. Le souffle court, le cœur battant à cent à l'heure, il avait du mal à ne pas céder à la panique. Ce voyage, cette odyssée, déchirait sa famille, qui s'éparpillait comme des feuilles à l'automne.

– Je n'en reviens pas ! reprit son père, qui avait enfin retrouvé son téléphone. Ils nous ont fait traverser la moitié de la Hongrie, l'Autriche n'est plus qu'à une heure de route. Nous sommes au nord du pays, près d'une petite ville du nom de Györ.

La moitié de la Hongrie… Hélas, au lieu de les aider, les Hongrois les avaient jetés en prison, enfermés sans eau ni nourriture, avec pour seule toilette une cuvette métallique scellée au mur.

Pendant des heures, Mahmoud passa de la panique au désespoir… Il ne cessait de penser à sa mère et à Walid. Étaient-ils dans une prison hongroise, eux aussi, ou les avait-on refoulés de l'autre côté de la frontière, vers la Serbie ? Comment faire pour les retrouver ?

– Franchement, c'est le pire hôtel dans lequel j'aie jamais séjourné ! lança son père.

Il essayait de plaisanter, comme toujours, mais Mahmoud ne trouvait pas ça drôle du tout.

Tout à coup, des soldats munis de matraques entrèrent dans leur cellule et leur demandèrent en arabe de se mettre en rangs pour être « enregistrés ».

Son père protesta.

– Nous ne voulons pas être enregistrés ! Nous voulons aller en Autriche. Pourquoi ne pas nous avoir conduits jusqu'à la frontière ? Nous n'avons jamais eu l'intention de rester en Hongrie !

Il s'effondra quand un soldat lui donna un coup de matraque dans le dos en hurlant en arabe :

– Nous ne voulons pas de vous ici, bande de crasseux ! Vous êtes tous des parasites !

Il lui donna un coup de pied, tandis qu'un autre soldat le rouait de coups.

– Non ! Non ! Arrêtez ! supplia Mahmoud.

C'était un supplice de voir son père traité ainsi, mais que faire ?

– D'accord ! D'accord ! Nous ferons ce que vous voulez ! dit-il aux gardiens.

Il n'en fallut pas plus pour que les coups cessent et que les gardiens ordonnent à tous les réfugiés de se mettre en rangs.

Mahmoud aida son père à se relever, puis ils longèrent le couloir en file indienne sous les regards pleins d'espoir de femmes et d'enfants cherchant un mari, un frère ou un fils.

C'est alors que Mahmoud les vit – sa mère et Walid, enfermés avec les femmes et les enfants !

– Youssef ! Mahmoud !

Son père s'élança vers eux.

– Fatima !

Tchac ! Un soldat le frappa avec sa matraque et il s'écroula, tandis que Mahmoud et sa mère protestaient dans un même cri.

– Restez dans le rang !

À travers les barreaux, la mère de Mahmoud leur tendait les bras.

– Youssef !

– Non, Maman, arrête !

Un gardien fit claquer sa matraque sur les barreaux, et sa mère recula.

De nouveau, Mahmoud aida son père à se lever et l'accompagna dans ce que les soldats appelaient un « centre de traitement ». Là, des agents assis derrière de longues tables collectaient des informations sur les réfugiés. Leur tour venu, un homme en uniforme bleu leur demanda s'ils réclamaient l'asile en Hongrie.

Les poings serrés, tremblant de rage, son père rétorqua :

– Rester ici ? En Hongrie ? Alors que vous m'avez battu et que vous avez enfermé les miens comme de vulgaires criminels ? Vous plaisantez ? Pourquoi ne nous laissez-vous pas aller en Autriche ? Pourquoi faut-il nous faire « enregistrer » ? Nous ne voulons pas rester ici une seconde de plus que nécessaire !

Le policier haussa les épaules, avant de déclarer :

– Je ne fais que mon travail.

Mahmoud sursauta quand son père frappa la table du plat de la main.

– Je ne vivrais pas dans cet horrible pays pour tout l'or du monde !

Le policier cocha une case sur un formulaire.

– Alors nous allons vous renvoyer en Serbie, dit-il sans lever les yeux. Et si vous repassez par la Hongrie, vous serez arrêtés.

Son père ne répondit rien, pas même une plaisanterie. C'est Mahmoud qui donna leurs noms, dates et lieux de naissance à l'agent, avant d'aider son père à regagner leur cellule avec les autres réfugiés. En les voyant passer, sa mère les appela de nouveau, mais son père fit mine de ne pas la voir et Mahmoud ne répondit pas, certain que cela ne ferait qu'attiser la colère des gardiens.

Tête baissée, capuche remontée, regard rivé au sol. Sois insignifiant. Fonds-toi dans le décor.

Disparais.

Voilà comment on évitait les ennuis.

JOSEF

QUELQUE PART AU LARGE D'ANVERS, BELGIQUE, 1939

C'était la fête à bord du *Saint Louis*. Une fête plus grande encore que celle donnée la veille de leur arrivée à Cuba. Ils étaient près d'un millier à laisser éclater leur joie, après avoir été miraculeusement sauvés aux portes de la mort.

La Belgique, la Hollande, l'Angleterre et la France avaient accepté d'accueillir ces réfugiés afin qu'aucun d'entre eux ne retourne en Allemagne.

La mère de Josef n'était plus seule, sur la piste de danse. Des douzaines de couples s'étaient joints à elle, virevoltant à en perdre la tête. Même Josef avait fait un tour de piste.

Certains chantaient et accompagnaient l'orchestre au piano. Dans un coin de la salle de réception, un homme faisait des tours de magie pour amuser Ruthie et les autres enfants tandis que Josef, un peu plus loin, riait des blagues lancées tour à tour par les passagers. La plupart tournaient autour de croisières de rêve à Cuba, mais le plus drôle, ce fut quand un passager se leva et ouvrit la brochure publicitaire du *Saint Louis*.

– « À bord du *Saint Louis*, tous les passagers voyagent en totale sécurité et dans le plus grand confort », lut-il.

Ses compagnons riaient si fort qu'on avait du mal à l'entendre. Il reprit son souffle et poursuivit.

– « Les membres de l'équipage feront l'impossible pour exaucer le moindre de vos désirs et vous rendre la vie agréable ! Nous espérons vous revoir souvent à bord du *Saint Louis* ! »

Josef avait les larmes aux yeux. Pour sa part, il mourrait heureux s'il ne revoyait jamais le *Saint Louis* !

Le lendemain matin, le paquebot accosta dans le port d'Anvers, en Belgique. Les négociations entre le capitaine Schröder et les autres pays étaient encore en cours, et il fallut encore une journée avant que Josef et sa famille, sous le sinistre portrait d'Adolf Hitler, ne rejoignent les autres passagers dans la salle de réception, où on devait leur annoncer leur destination.

Assis à de longues tables, au fond de la salle, les représentants des quatre pays se partageaient les passagers – en s'efforçant de choisir ceux qui avaient les meilleures chances d'émigrer aux États-Unis afin de s'en débarrasser le plus vite possible.

Josef espérait aller en Angleterre, ce pays bien protégé par la Manche étant le plus éloigné de l'Allemagne nazie. Une fois les débats terminés, il apprit que sa famille et lui seraient accueillis en France. Ils feraient partie du troisième groupe de réfugiés à débarquer – après celui à destination de la Belgique et des Pays-Bas, mais avant celui censé gagner la Grande-Bretagne.

Le premier groupe débarqua dans l'après-midi.

Comme la plupart des passagers, Josef regarda ses compagnons quitter le *Saint Louis*. Même s'il ne voulait pas aller en Belgique, il les enviait. Comme tous les autres, il avait hâte de poser le pied sur la terre ferme.

– Vous vous rendez compte, dit un homme en s'avançant vers la passerelle, que nous avons navigué des milliers de kilomètres à bord du *Saint Louis* pour finalement revenir tout près de notre point de départ !

Ses compagnons laissèrent échapper un rire triste. Tout comme les autres passagers, Josef ne ressentait que trop la proximité de l'Allemagne. Pourtant, tant que les nazis resteraient en Allemagne, ils seraient tous en sécurité. N'est-ce pas ?

Le lendemain, cent quatre-vingt-un passagers débarquèrent à Rotterdam, alors même que les Pays-Bas avaient refusé de laisser le *Saint Louis* accoster – exactement comme Cuba. Sous escorte policière, les réfugiés durent emprunter un autre bateau pour gagner le port.

Alors que le *Saint Louis* faisait route vers la France, Josef arpentait la promenade. La moitié des passagers étaient partis, et le paquebot lui paraissait soudain bien vide. Le matin de leur arrivée à Boulogne-sur-Mer, les deux cent quatre-vingt-huit passagers qui continuaient vers l'Angleterre se rassemblèrent sur le pont C pour dire adieu à Josef et à ses compagnons.

– Demain, nous serons le 21 juin, et cela fera exactement quarante jours et quarante nuits que nous sommes à bord. Il me semble avoir déjà entendu cette histoire quelque part, mais où ?

Josef sourit en se rappelant l'histoire de Noé, dans la Torah. Il avait plutôt l'impression d'être Moïse, qui avait erré quarante ans dans le désert avant d'atteindre la Terre promise. Était-ce la France, sa Terre promise ? Enfin ? Josef ne pouvait que prier pour que ce soit vrai. Sa valise dans une main, la main de Ruthie dans l'autre et sa mère près de lui, il descendit la passerelle.

– Tu vois ? dit sa mère, je t'avais bien dit que quelqu'un trouverait une solution. Restons ensemble, et ne perdez pas vos manteaux.

Sur le quai, Josef vit un passager s'agenouiller pour baiser le sol français. S'il n'avait pas eu les mains occupées, il l'aurait imité.

Le secrétaire général d'aide aux réfugiés leur souhaita officiellement la bienvenue en France, tandis que les porteurs se pressaient de décharger leurs bagages, refusant tous les pourboires qu'on leur offrait.

Après avoir passé la nuit dans un hôtel de Boulogne, les Landau prirent un train pour Le Mans, où on les installa dans une modeste pension. Les jours passèrent et la vie reprit son cours. La mère de Josef trouva du travail comme blanchisseuse, Ruthie put enfin s'inscrire à la maternelle et Josef retourna à l'école pour la première fois depuis des mois ! Mais, comme il ne parlait pas le français, on le mit au cours élémentaire. À treize ans – un homme ! – il se retrouvait avec des gamins de sept ans ! C'était humiliant, et il se promit de passer l'été à apprendre cette langue inconnue, quitte à y laisser la vie.

Il n'en eut jamais l'occasion. Deux mois plus tard, l'Allemagne envahissait la Pologne, déclenchant une nouvelle guerre mondiale.

Huit mois plus tard encore, l'armée allemande entrait en France, poussant de nouveau Josef, sa mère et sa sœur sur le chemin de l'exil.

ISABEL

AU LARGE DES CÔTES DE FLORIDE, 1994

5e jour de voyage

La mère d'Isabel se mit à hurler.

– Il arrive ! Il arrive !

Isabel ne savait pas si elle voulait parler du bébé ou du bateau des gardes-côtes. Ou des deux.

– Ramez ! cria Amara.

Isabel pagaya plus fort. Sur la plage, on pouvait voir les parasols pliés pour la nuit, mais toujours plantés dans le sable. Les lampions. Les palmiers. Elle entendait de la musique – une salsa, cette fois-ci. Tout était si proche !

Le bateau des gardes-côtes aussi. Ses lumières rouges clignotant, son puissant moteur vrombissant, l'eau jaillissant dans son sillage, il fonçait droit sur eux.

Ils n'y arriveraient pas ! songea Isabel, qui sentit son cœur s'emballer.

– Ça recommence… dit soudain Lito.

– Quoi ? Que veux-tu dire ? demanda Isabel, le souffle court.

– Quand j'étais jeune, j'étais policier, reprit Lito, le regard hanté. Il y avait un paquebot – un paquebot plein de Juifs venus d'Europe. Et nous les avons renvoyés chez eux. Je les ai renvoyés chez eux ! Et condamnés à une mort certaine, alors que nous aurions facilement pu les accueillir ! Tout ça, c'était de la politique, mais eux étaient des êtres humains. Des vrais gens. Je les ai rencontrés. Je connaissais leurs noms…

– Je ne comprends pas, Lito.

Qu'est-ce que cette histoire avait à voir avec ce qu'ils étaient en train de vivre ?

– Pagayez ! cria son père.

Les gardes-côtes se rapprochaient dangereusement.

– Tu ne comprends pas ? Ces Juifs demandaient l'asile, tout comme nous. Ils avaient besoin d'un endroit où vivre loin d'Hitler. Loin des nazis. Tous les jours, on leur répétait : *Mañana*… Demain, vous débarquerez à Cuba. Mais nous n'avons pas tenu promesse.

Des larmes coulaient sur le visage bouleversé de Lito.

– Nous les avons renvoyés en Europe, vers Hitler et vers la Shoah. Vers leur propre perte. Combien d'eux sont morts à cause de nous ? Parce que je n'ai fait que mon travail ?

Isabel ignorait de quel paquebot parlait son grand-père, mais elle avait entendu parler de la Shoah à l'école. De ces millions de Juifs européens assassinés par les nazis. Et voici que Lito lui racontait une histoire de paquebot plein de réfugiés juifs venu à Cuba quand il était jeune ? Et qu'il aurait contribué à rejeter ?

Mañana… Tout à coup, elle comprit pourquoi son grand-père répétait cela depuis des jours. Et pourquoi ce mot le hantait.

Quand les Juifs pourraient-ils débarquer à Cuba ? *Mañana.*

Quand arriveraient-il en Amérique ? *Mañana.*

Pour les passagers de ce paquebot, *mañana* n'était jamais venu, comprit Isabel. Viendrait-il un jour pour elle et pour sa famille ?

Soudain, Lito sembla s'apaiser, comme s'il avait saisi quelque chose, et pris une décision.

– Tout est clair pour moi maintenant, Chabela. Le passé, le présent, l'avenir. Toute ma vie, j'ai attendu que les choses s'arrangent. Pour croire à *mañana*. À des lendemains qui chantent. Mais bizarrement, alors que j'attendais que le monde change, rien ne s'est produit. Parce que moi, je ne faisais rien. Et je n'ai pas l'intention de répéter la même erreur. Prends soin de ta mère et de ton petit frère pour moi.

– Lito, qu'est-ce que…

– Continuez de ramer ! cria Lito.

Puis il embrassa Isabel sur la joue et, avant qu'elle soit revenue de sa surprise, il sauta dans l'océan.

– Lito ! Lito !

Lito agita les bras vers les gardes-côtes tout en nageant dans la direction opposée.

– Au secours ! Aidez-moi !

Soudain, Papi comprit.

– Il a sauté pour faire diversion !

– Ils viendront nous chercher d'abord ! affirma M. Castillo.

– Non, il risque de se noyer. Ils doivent lui porter secours ! s'écria Amara. C'est notre seule chance – ramez !

Des larmes coulaient sur les joues d'Isabel, là où son grand-père venait de déposer un baiser d'adieu.

– Lito ! cria-t-elle encore en lui tendant les bras par-dessus les vagues.

– Ne t'inquiète pas pour moi, Chabela ! répondit-il. Et rame, maintenant ! *Mañana* est à toi, mon beau rossignol. Va à Miami et sois libre !

Isabel sanglotait trop pour ramer. Hébétée, elle vit les gardes-côtes changer de cap pour aller sauver son grand-père. Avant de le renvoyer à Guantanamo. À Cuba.

MAHMOUD

HONGRIE, 2015

17e jour de voyage

Le lendemain, les policiers vinrent chercher Mahmoud et son père, cette fois pour les conduire dans un camp de réfugiés bondé. Des soldats hongrois portant des masques chirurgicaux surveillaient les entrées et les sorties d'un champ glacial, boueux, entouré de barbelés et hérissé de tentes multicolores plantées entre des montagnes de détritus et des vêtements épars ; l'unique bâtiment en dur était un entrepôt en parpaings désaffecté et dépourvu de fenêtres où étaient alignées des rangées de lits de camp.

Mahmoud et son père aperçurent Maman et Walid parmi les nouveaux arrivants. Après des retrouvailles baignées de larmes, ils reçurent chacun une couverture avec une bouteille d'eau et durent se débrouiller pour trouver un lit. À une extrémité du bâtiment, des soldats hongrois leur jetèrent des sandwiches – on aurait dit des gardiens de zoo nourrissant les animaux. Mahmoud et sa famille, qui ignoraient qu'il fallait grimper sur les tables pour attraper leur déjeuner, manquèrent leur tour.

Mahmoud s'attendait à ce que son père rie de leur mésaventure mais celui-ci, assis sur son lit de camp, le visage et les bras couverts de bleus, le regard dans le vide, ne plaisantait plus. Les coups des Hongrois et son séjour en prison avaient eu raison de sa bonne humeur.

Mahmoud sentit l'angoisse s'emparer de lui. Des quatre membres rescapés de sa famille, il était le seul à ne pas être brisé. Sa mère avait basculé à l'instant où elle avait abandonné sa fille ; elle recommençait d'ailleurs à déambuler dans le dédale de matelas et de couvertures du centre de détention, demandant à tous ceux qu'elle croisait s'ils avaient vu ou entendu parler d'un bébé prénommé Hana.

Son frère Walid était également brisé, mais contrairement à sa mère, il avait décliné peu à peu, comme une barre de chocolat que l'on grignote jusqu'à ce qu'il n'en reste plus rien. Hagard, il était allongé sur un matelas de mousse, indifférent aux autres enfants qui jouaient aux cartes ou au football.

Et voici que maintenant, son père était mort à l'intérieur.

Mahmoud sentit sa colère se réveiller. Que faisaient-ils là ? Pourquoi les Hongrois ne pouvaient-ils pas juste les laisser traverser leur pays ? Pourquoi les avaient-ils transportés jusqu'à la frontière autrichienne si c'était pour les parquer ? Il avait l'impression que tout un pays s'était ligué contre eux et voulait les empêcher de trouver un vrai foyer. Chaque porte était gardée par un policier armé, et on les traitait davantage comme des prisonniers que comme des réfugiés. Ils ne sortiraient d'ici que pour retourner en Serbie, un pays qui ne voulait pas d'eux non plus.

Malgré toutes les épreuves qu'ils avaient traversées, ils n'arriveraient pas en Allemagne.

Mahmoud n'était pas prêt à abandonner. Il voulait que la vie redevienne comme avant la guerre. Ils ne pouvaient pas retourner en Syrie, il le savait. Pas maintenant. Il n'y avait aucune raison pour qu'ils ne puissent pas repartir à zéro quelque part. Être de nouveau heureux. Mahmoud était prêt à tout pour cela. Il voulait essayer, au moins.

Mais pour cela, il fallait attirer l'attention. Se montrer. Or il était tellement plus simple d'être invisible. Cela lui avait bien servi à Alep, en Serbie ou même en Hongrie. Parfois aussi, mieux valait être bien visible, comme en Turquie ou en Grèce.

Tout dépendait de la réaction des autres, songea Mahmoud. Si l'on était invisible, personne ne pouvait vous faire de mal, mais personne ne pouvait non plus vous aider. Ici, si l'on obéissait sans jamais faire de vagues, on finissait par devenir invisible, les gens vous oubliaient complètement. Mieux valait se manifester. Se révolter, sortir du rang.

Soudain, un groupe d'hommes et de femmes portant des vestes et des casquettes bleu ciel marquées « UN » entra dans l'entrepôt, escortés par des officiers hongrois. Mahmoud savait que les lettres UN signifiaient « United Nations[23] » car il avait déjà vu des représentants de cette

---

23. En français, ONU (Organisation des Nations unies), créée en 1945 pour maintenir la paix dans le monde.

organisation aider les réfugiés à Kilis. Munis de carnets et de téléphones portables, ils prenaient des notes et des photos.

Mais c'étaient les Hongrois qui dirigeaient le camp, et les soldats des Nations unies étaient de simples observateurs venus rendre compte des conditions de vie des réfugiés. Mahmoud comprit tout de suite que c'était le moment de se faire remarquer. Il se leva et se dirigea vers la porte, gardée par une femme soldat qui portait une casquette rouge et un gros ceinturon de cuir avec une matraque et divers étuis. Son petit fusil automatique en bandoulière était pointé vers le sol.

Elle ignora Mahmoud, debout devant elle, comme s'il était transparent. Tant qu'il faisait ce qu'on attendait de lui, il demeurait invisible ; et tant qu'il était invisible, elle ne se posait pas de question.

Il était temps que tout cela change.

Prenant une profonde inspiration, Mahmoud ouvrit la porte. Le bruit résonna très fort dans la grande salle. Soudain, les enfants cessèrent de jouer et les adultes se tournèrent dans sa direction. Dehors, il y avait de la verdure et du soleil. Mahmoud cligna plusieurs fois des yeux.

– Hé ! cria la gardienne.

Elle le voyait, maintenant. Les observateurs de l'ONU aussi.

– Stop ! Non ! C'est interdit ! lança la gardienne en mauvais arabe.

Puis elle dit en hongrois quelque chose que Mahmoud ne comprit pas. Comme elle s'apprêtait à lever son arme, elle croisa le regard désapprobateur des observateurs de l'ONU.

Tandis qu'elle hésitait, Mahmoud sortit, puis continua d'avancer, pas à pas, vers la route.

Walid s'élança derrière lui, suivi des autres enfants. Les gardiens se mirent à crier, mais ne tentèrent pas de les arrêter.

– Mahmoud !

Près de lui, Walid était hors d'haleine, mais ses yeux brillaient. Mahmoud ne se rappelait pas les avoir vus aussi vivants depuis une éternité.

– Je ne vais pas attendre ici qu'ils nous renvoient en Serbie, dit Mahmoud à son frère. Viens, on va marcher jusqu'en Autriche.

JOSEF

VORNAY, FRANCE, 1940

13e mois et 10e jour de voyage

Des coups de feu retentirent. Un obus d'artillerie siffla au-dessus de leurs têtes et tomba tout près, dans un fracas assourdissant. Ruthie cria et la mère de Josef la serra contre elle.

Josef jeta un œil par la fenêtre. Ils s'étaient réfugiés dans la petite école de Vornay, un village au sud-est de Bourges. Les pupitres étaient parfaitement alignés ; une leçon oubliée depuis longtemps figurait encore au tableau. C'était la nuit, et les arbres qui entouraient l'école la faisaient paraître plus sombre encore. Si l'obscurité les protégeait, elle les empêchait aussi de distinguer d'où venaient les troupes d'assaut allemandes.

Comme il s'écartait de la fenêtre, Josef remarqua au mur une carte d'Europe où chaque pays possédait sa propre couleur. À peine un an après leur arrivée en France, cette carte n'était plus d'actualité. L'Allemagne avait annexé l'Autriche, puis envahi la Pologne et la Tchécoslovaquie. Les Pays-Bas, la Belgique et le Danemark étaient eux aussi sous la coupe d'Hitler. Les nazis occupaient la moitié nord de la France, y compris Paris. La France entière avait capitulé, mais des poches de résistance ralliées aux forces de la France libre subsistaient dans tout le pays. C'est là que se cachaient Josef et sa famille.

Les seuls réfugiés du *Saint Louis* à être encore en sécurité, songea Josef, étaient ceux qui avaient été accueillis par la Grande-Bretagne – même si le bruit courait qu'Hitler était sur le point de tenter la traversée de la Manche.

Josef, sa mère et sa sœur voulaient aller en Suisse dans l'espoir que ce pays leur accorderait l'asile. Ils étaient arrivés à Vornay après avoir voyagé de nuit, et dormi dans des granges et à la belle étoile, mais les nazis avaient fini par les rattraper.

Apercevant une lumière, Josef risqua un nouveau coup d'œil par la fenêtre. Des troupes d'assaut se dirigeaient droit vers l'école !

– Ils arrivent ! Il faut nous sauver, Mama !

Sa mère attrapa Ruthie. Elle s'élançait vers la porte quand Josef l'arrêta. Il n'y avait qu'une seule porte, par laquelle les nazis allaient entrer.

– Non ! Par ici !

Toujours accroupi, Josef se dirigea vers la fenêtre, au fond de la salle de classe. Ils pourraient l'escalader, s'enfuir dans les bois…

Il tourna la poignée : bloquée ! Par-dessus son épaule, il aperçut le faisceau d'une lampe dans le couloir et reconnut les sonorités familières de l'allemand. Il fallait sortir de là !

D'un coup de coude, il brisa le carreau. Dans le couloir, quelqu'un cria. Pris de panique, il arracha les morceaux de verre qui les empêchaient encore de passer. Il sentit la manche de son manteau se déchirer, puis un contact froid et tranchant sur sa peau. Mais il n'avait pas le temps de penser à cela. Il aida sa mère à grimper, puis lui tendit Ruthie.

– Vite ! Vite ! dit Josef en se glissant à son tour dans l'ouverture.

La fillette dans les bras, sa mère se mit à courir en direction des bois. Ils n'avaient plus de valises – ils les avaient abandonnées depuis longtemps – mais sa mère avait insisté pour qu'ils gardent leurs manteaux, alors qu'on était en plein été.

La seule chose qui leur restait était Bitsy, le petit lapin en peluche dont Ruthie ne s'était jamais séparée, et qu'elle serrait sous son bras.

Josef sauta par la fenêtre, trébucha, se releva et se mit à courir.

– Il est là !

Le faisceau de la lampe le rattrapa. Un coup de feu retentit ; des éclats de bois jaillirent, à moins d'un mètre de lui. Paniqué, Josef trébucha de nouveau, se releva et poursuivit sa course. Derrière lui, les soldats hurlaient, aboyant comme des chiens après un renard.

Ils étaient sur leur piste et ne les lâcheraient pas. Pas avant de les avoir attrapés.

– Il y a une maison, là-haut ! cria sa mère par-dessus son épaule.

Elle s'engagea sur un petit chemin de terre, et Josef la dépassa. C'était une petite maison de campagne, avec deux fenêtres encadrant une porte à double battant, une petite cheminée. Un mince filet de fumée s'en échappait. Josef vit un rideau bouger.

Il y avait quelqu'un !

Il tambourina à la porte tout en jetant des regards inquiets derrière lui. Trois faisceaux lumineux se rapprochaient.

– Au secours ! Aidez-nous, s'il vous plaît.

Personne ne vint ouvrir, et les lumières restèrent éteintes.

– Halte ! cria une voix d'homme.

Josef se retourna. Quatre soldats allemands les avaient poursuivis ; il distingua deux fusils pointés sur lui, ainsi que le pistolet du troisième soldat.

– Les mains en l'air ! Posez l'enfant, ordonna l'homme à la mère de Josef.

Celle-ci obéit, mais Ruthie s'agrippa à elle.

Josef se rendit compte qu'il ne sentait presque plus son bras droit, et que sa manche était pleine de sang. Il s'était coupé en cassant la vitre. Profondément. Quand il appuya sur sa plaie, la douleur fut si forte qu'il faillit s'évanouir.

La tête baissée, Ruthie pleurait, mais elle leva la patte de son petit lapin et dit :

– *Heil Hitler !*

L'un des soldats éclata de rire. Fermant les yeux pour chasser la douleur qui avait envahi son bras, Josef espéra un instant que les soldats allaient les laisser partir.

– Vos papiers !

Ils étaient perdus. Sur leurs papiers figurait la lettre J en majuscule. J comme « Juif ».

– Nous… nous n'avons pas de papiers, dit Mme Landau.

L'un des soldats s'avança vers elle, fusil en main, et fouilla dans les poches de son manteau. Très vite, il trouva ses papiers et ceux de Ruthie puis, tout aussi simplement, il prit ceux de Josef.

Il les rapporta à un homme muni d'une lampe, qui les examina.

– Des Juifs, dit-il. De Berlin ! C'est un long voyage, depuis chez vous.

S'il savait ! songea Josef.

– Nous allons en Suisse, dit Ruthie.

– Tais-toi ! souffla Josef.

– Ah oui ? En Suisse ? Eh bien, je crains que ce ne soit pas possible, dit le soldat. Nous allons vous envoyer dans un camp de concentration, comme tous les autres Juifs.

Pourquoi ? Pourquoi nous pourchasser pour nous renvoyer en prison ? Si les nazis veulent vraiment se débarrasser de nous, pourquoi ne nous laissent-ils pas continuer ?

L'un des soldats s'avança vers eux, arme au poing.

– Non ! Attendez ! s'écria Mme Landau. J'ai de l'argent. Des reichsmarks. Des francs français.

Elle fouilla dans son chemisier, là où elle cachait leur argent. Les billets tombèrent au sol en tourbillonnant.

Le soldat les toucha du pied et siffla avec mépris.

– Je crains que ça ne soit pas suffisant.

Le cœur de Josef s'arrêta de battre.

Saisie du fol espoir d'acheter leur liberté, sa mère devint hystérique.

– Attendez ! Attendez ! J'ai des bijoux. Des diamants !

Elle attrapa le bas du manteau de Ruthie et le lui rabattit sur la tête.

– Mama ! Qu'est-ce que tu fais ?

Elle déchira l'ourlet, comme le père de Josef avait arraché son col lors des funérailles du Pr Weiler, sur le paquebot, et en sortit quelque chose qui brillait dans la lumière des lampes-torches.

Des boucles d'oreilles ! Celles que Papa lui avait offertes pour leur anniversaire de mariage. Josef revit le sourire sur son visage, la lumière dans ses yeux… Voilà pourquoi elle avait interdit à Ruthie d'enlever son manteau !

Le soldat prit les bijoux et les examina à la lumière de sa lampe-torche. Josef retint son souffle. Et si sa mère avait réussi, finalement ?

– C'est tout ce qu'il me reste, dit-elle. Elles sont à vous mais je vous en prie, laissez-nous partir.

– Elles sont très jolies, répondit le soldat. Malheureusement, elles suffiront tout juste à acheter la liberté de l'un de vos enfants.

– Je n'ai rien d'autre, murmura Mme Landau.

Le soldat continuait de la regarder, comme s'il attendait quelque chose. Au début, Josef ne comprit pas ce qu'il voulait – ils n'avaient plus rien à lui donner. Quand le soldat l'attira à lui avec Ruthie et les fit pivoter vers leur mère, il comprit. Cet homme se moquait de savoir combien d'argent ou de bijoux ils avaient. Ce n'était pas cela. Il jouait avec eux, comme un chat joue avec la souris qu'il s'apprête à dévorer.

Elles suffiront tout juste à acheter la liberté de l'un de vos enfants.

L'un des enfants de Rachel Landau serait libre, et l'autre irait dans un camp.

– À vous de choisir, lâcha dans un sourire le soldat nazi.

ISABEL

MIAMI BEACH, FLORIDE, 1994

5e jour de voyage

C'était là, dans ce bateau qui lui servait de maison depuis quatre jours et quatre nuits, que le petit frère d'Isabel allait naître.

Pas tout de suite. D'abord, sa mère devrait pousser, pousser et pousser encore pour mettre le bébé au monde, pendant que les autres ramaient, ramaient et ramaient encore. À l'exception de Mme Castillo qui, assise sur le banc près de Mami, lui tenait la main et l'encourageait.

Derrière eux, les gardes-côtes avaient secouru le grand-père d'Isabel et s'approchaient, lumières clignotantes.

Leur petit bateau bleu était proche du rivage – autour d'eux, les vagues se brisaient avec une crête blanche, et on voyait des gens danser sur la plage – mais encore trop loin. Ils n'y arriveraient pas…

– Allez-y à la nage ! lancèrent à l'unisson Mami et Amara.

Luis et Amara sautèrent par-dessus bord.

– Non, attendez ! cria Isabel.

Sa mère ne pouvait pas nager. S'ils arrêtaient de pagayer, elle n'atteindrait jamais les États-Unis.

Isabel, Papi et M. Castillo ramaient de toutes leurs forces, mais la vedette des gardes-côtes, plus rapide qu'eux, était sur le point de les rattraper.

– Fonce ! dit sa mère à son père. S'ils t'attrapent, ils te renverront à Cuba.

– Non, dit Papi.

Sa mère insista :

– Saute ! Ils me renverront à Cuba, moi aussi. Va, et prends Isabel avec toi. Tu m'enverras de l'argent, comme prévu !

– Non ! protesta Isabel qui, surprise, vit son père acquiescer.

– Jamais, promit-il. J'ai besoin de toi, Tessa. De toi, d'Isabel et de notre petit Mariano.

Mami éclata en sanglots en entendant ce prénom, et Isabel sentit elle aussi ses yeux s'emplir de larmes. Ils n'avaient pas encore trouvé de nom pour le bébé, pas plus que pour le bateau – jusqu'à maintenant. En lui donnant le nom de son grand-père, ils se souviendraient toujours de celui-ci, où qu'ils soient. C'était parfait.

– Ils nous renverrons chez nous ! gémit Mami entre deux contractions.

– Eh bien nous y retournerons, dit Papi. Ensemble.

Il posa son front sur la tempe de sa femme et relaya Mme Castillo pour voir son fils venir au monde.

La vedette des gardes-côtes fonçait dans les vagues. Elle était presque arrivée à leur hauteur.

– C'est le moment ! dit M. Castillo. Il faut nager, maintenant !

– Non, je vous en prie, supplia Isabel, qui pagayait à contre-courant, les yeux baignés de larmes.

Déjà, M. Castillo hissait sa femme par-dessus bord.

Ils les abandonnaient.

Sa mère laissa échapper un cri plus fort que les autres, mais Papi était auprès d'elle. Pour Isabel, ramer était la seule chose qui comptait, désormais. Ramer de toutes ses forces. Elle était le dernier espoir de sa mère.

– Prends Isabel avec toi, répéta celle-ci entre deux contractions.

Isabel savait que son père ne l'écouterait pas. Qu'il ne partirait jamais. Aucun d'eux n'abandonnerait les autres. Ils formaient une famille et ils resteraient ensemble. Pour toujours.

C'est alors que des bras la soulevèrent, puis la firent basculer par-dessus bord.

– Fais tes adieux à Fidel, dit M. Castillo.

C'était à lui que sa mère parlait ! comprit Isabel. Et c'est lui qui l'attirait dans l'eau !

– Non. Non !

– Tu m'a sauvé la vie une fois, laisse-moi sauver la tienne ! dit M. Castillo.

Isabel ne l'écoutait pas. Elle se débattait et criait pour tenter de se libérer. Si cela signifiait laisser ses parents – sa famille – derrière elle, elle ne voulait pas aller aux États-Unis. Mais M. Castillo était trop fort pour elle et la fit basculer dans l'eau.

Plongeant sous les vagues, elle toucha rapidement le fond et tapa vigoureusement du pied pour remonter à la surface. L'eau lui arrivait à la poitrine et, une nouvelle fois, une vague la souleva. Elle lâcha la casquette d'Ivan et la rattrapa avant qu'elle soit emportée vers le large.

Enfin, elle réussit à attraper le rebord du bateau mais M. Castillo, un bras autour de sa taille, la tirait en arrière.

– Non, cria-t-elle. Je reste avec eux !

– Calme-toi et aide-moi plutôt à hisser le bateau jusqu'au rivage !

Isabel se retourna et découvrit Mme Castillo, Luis et Amara, dans l'eau jusqu'à la taille. Ils étaient revenus !

Tous ensemble, ils agrippèrent le bateau. Soulagée, Isabel les imita. Elle avait plus de mal à tirer ; la vue de la vedette toute proche lui redonna des forces.

Depuis la vedette des gardes-côtes, les réfugiés les encourageaient en frappant dans leurs mains, comme lorsqu'ils avaient quitté La Havane. En voyant son grand-père sauter dans tous les sens en leur faisant signe de gagner le rivage, Isabel rit malgré elle. Elle avait de l'eau jusqu'à la taille. Ils y étaient presque !

C'est lorsque les gardes-côtes coupèrent leurs moteurs qu'elle entendit son petit frère crier pour la première fois.

Autour d'elle, le silence se fit. Sur le bateau, son père se leva. Il tenait dans ses bras un petit être tout bronzé, qu'il regardait comme s'il s'agissait d'un merveilleux trésor. Isabel retint son souffle. Elle savait depuis longtemps que sa mère allait avoir un bébé et elle en avait déjà vu beaucoup. Ils étaient mignons, sans plus. Mais celui-ci… n'était pas comme les autres. Elle avait beau le voir pour la première fois, elle l'aimait déjà très fort, plus fort qu'elle n'avait jamais aimé personne, pas même Ivan. C'était Mariano, son petit frère ; elle se sentait prête à tout pour le protéger.

Papi finit par détacher son regard de son fils nouveau-né.

– Aidez-moi à faire sortir Tessa !

Il se pencha par-dessus bord et tendit à Isabel son petit frère, qui hurlait. Comme si on l'égorgeait, comme dans un rêve, elle l'attrapa. Il était tout collant, mais elle n'avait jamais rien vu d'aussi beau.

Instinctivement, Isabel serra contre elle le petit Mariano pour le mettre à l'abri des vagues. Il était si léger ! Et si elle trébuchait ? Si elle le lâchait ? Comment son père pouvait-il lui confier un être aussi précieux ? Puis, tout à coup, elle comprit : il fallait qu'elle s'occupe de Mariano pour que son père et les autres puissent porter sa mère jusqu'au rivage.

– Vas-y, Isabel…

Elle tenait le bébé bien haut au-dessus des vagues et trébuchant chaque fois que l'eau lui fouettait les cuisses ; pas à pas, elle réussit à atteindre la plage.

À poser le pied sur le sol américain.

Trempée, épuisée, elle se retourna.

Papi, Amara et les Castillo avançaient dans l'eau peu profonde avec Mami, là où la vedette des gardes-côtes ne pouvaient pas les atteindre. Sur le pont arrière, parmi les réfugiés qui saluaient et applaudissaient, elle aperçut son grand-père.

Quand elle leva le bébé hurlant au-dessus de sa tête pour qu'il puisse le voir, Lito tomba à genoux, les mains croisées sur la poitrine. Puis les moteurs grondèrent, l'eau se troubla et la navette des gardes-côtes disparut au large.

Leurs pieds mouillés séchant à mesure qu'ils avançaient, ils atteignirent la plage, où M. Castillo baisa le sol. Ils avaient réussi à gagner les États-Unis. La liberté.

Hébétée, Isabel se dirigea d'un pas mal assuré vers les projecteurs clignotants, la musique assourdissante et la foule des danseurs. Quand elle entra dans la lumière, la musique s'arrêta et tout le monde se tourna vers elle. Puis on accourut pour lui venir en aide.

Une jeune femme bronzée en maillot de bain se laissa tomber sur le sable, près d'elle.

– Oh mon Dieu, *chiquita*, dit-elle en espagnol, tu viens de descendre d'un bateau ? Tu viens de Cuba ?

– Oui, répondit Isabel.

Tremblante, elle serrait Mariano contre elle comme si elle ne voulait plus jamais le lâcher.

– Je viens de Cuba, ajouta-t-elle, mais mon petit frère est né ici. Il est américain. Et bientôt, je serai américaine, moi aussi.

MAHMOUD

ENTRE LA HONGRIE ET L'ALLEMAGNE, 2015

17e jour de voyage

De chaque côté de la route, des Hongrois s'arrêtaient pour regarder passer Mahmoud et les autres réfugiés. Hommes, femmes, enfants, tous l'avaient suivi quand il était sorti du centre de détention, bientôt rejoint par les observateurs de l'ONU. La police n'avait rien fait pour les arrêter.

Les réfugiés occupaient toute la largeur de la route, bloquant la circulation. Des groupes de jeunes Syriens marchaient en riant. Une femme palestinienne poussait sa fillette endormie dans une poussette. Une famille afghane chantait une chanson. Vêtus de jeans et de baskets, des sweat-shirts à capuche noués autour de la taille, les réfugiés transportaient le peu qu'il leur restait dans des sacs à dos et des sacs poubelle.

Se frayant un chemin parmi la foule, le père et la mère de Mahmoud lui crièrent :

– Mahmoud ! Que fais-tu ?

– Nous allons en Autriche ! dit Walid.

Son père montra une carte, sur son téléphone.

– Mais c'est à douze heures de marche !

– On peut y arriver, affirma Mahmoud. Nous avons réussi à venir jusqu'ici, alors faisons un dernier effort.

Sa mère le serra dans ses bras, puis étreignit Walid et, bientôt, son père les rejoignit. Autour d'eux, les réfugiés continuaient d'affluer. Quand sa mère les lâcha, elle riait et pleurait en même temps.

Derrière les marcheurs, des automobilistes impatients klaxonnaient tandis que d'autres se rangeaient sur le bas-côté pour les applaudir ou les huer. Depuis une voiture, un policier se mit à parler en arabe dans un mégaphone : « Arrêtez-vous, ou c'est nous qui vous arrêterons ! »

Mais personne ne s'arrêta et personne ne fut arrêté.

Mahmoud et sa famille continuèrent d'avancer avec la foule pendant des heures. Visibles. Exposés. C'était à la fois effrayant et stimulant. Ils marchaient tranquillement, calmement, faisant au passage des signes de la paix aux badauds. Des cars de police munis de gyrophares rouges les obligèrent à se ranger sur un seul côté de la route, en actionnant de temps à autre leur alarme pour écarter les voitures. Des hélicoptères de télévision les survolaient, lorsqu'une femme du *New York Times*, se frayant un chemin parmi la foule, vint poser quelques questions à Mahmoud et interviewer des réfugiés.

Regardez-nous. Entendez-nous. Aidez-nous.

Après tout le temps perdu sur les routes depuis leur départ d'Alep, Mahmoud avait cru que les douze heures de marche passeraient très vite. Mais maintenant, elles lui semblaient interminables. Sans eau ni nourriture, Mahmoud avait les lèvres sèches et l'estomac dans les talons. Il avait l'impression d'être l'un des zombies de son jeu vidéo favori. Tout ce qu'il voulait, c'était s'allonger et dormir, mais il savait que c'était impossible. S'ils s'arrêtaient, les Hongrois les mettraient en prison. Ils devaient continuer d'avancer. Encore et encore, quitte à y laisser leur vie.

Plus tard cette nuit-là, Mahmoud et sa famille atteignirent enfin la frontière autrichienne. Il n'y avait pas de clôture, pas de mur, pas de poste de contrôle. Juste un panneau bleu, sur le côté de la route, avec les mots *Republik Osterreich* à l'intérieur d'un cercle d'étoiles dorées surmonté du drapeau rouge et blanc du pays.

Les voitures de la police hongroise cessèrent de les suivre dès qu'ils eurent franchi la frontière. Les réfugiés s'arrêtèrent pour s'embrasser, se féliciter. Mahmoud tomba à genoux, refoulant des larmes d'épuisement et de bonheur. Ils avaient réussi ! Ce n'était pas l'Allemagne, pas encore, mais ils étaient tout près. Les réfugiés riaient toujours lorsque l'alarme du téléphone de son père sonna, suivie d'une autre, puis d'une autre encore, dans une joyeuse cacophonie.

C'était l'heure d'Isha, la prière de la nuit.

Son père utilisait l'application iSalam pour lui indiquer la direction exacte de La Mecque, à l'heure de la prière. Avec sa famille, il trouva un petit coin d'herbe. Des centaines d'autres réfugiés les imitèrent et, bientôt, tout le monde s'agenouilla pour prier. Ce n'était pas l'idéal – ils étaient censés se purifier et prier dans un endroit propre –, mais le plus important était de respecter l'heure.

C'est Toi seul que nous adorons, et c'est Toi seul dont nous implorons secours. Guide-nous dans le droit chemin… Comme il récitait cette sourate[24] du premier chapitre du Coran, Mahmoud songea que même si les chemins qu'ils avaient empruntés n'étaient pas vraiment droits, Allah les avait conduits jusqu'ici. Avec sa bénédiction, ils atteindraient bientôt l'Allemagne.

Quand Mahmoud rouvrit les yeux, il vit qu'un petit groupe d'Autrichiens s'était rassemblé près des réfugiés en prière. Il y avait des policiers, aussi, et des voitures avec des gyrophares. Il laissa échapper un soupir. *Ils ne nous voient que lorsque nous faisons quelque chose qui leur déplaît.* Les gens qui les observaient ne comprenaient pas qu'ils s'arrêtent pour prier. En Autriche, on ne faisait pas comme cela. Ici, les réfugiés étaient encore des étrangers, des intrus. Pas à leur place.

Que feraient-ils si les Autrichiens leur disaient qu'ils ne voulaient pas d'eux ? Ils avaient traversé la Hongrie dans le calme, mais tout cela tournerait peut-être à la bagarre. Et si on leur passait une nouvelle fois les menottes pour les jeter en prison ?

– Bienvenue en Autriche ! lança quelqu'un dans un arabe teinté d'un fort accent.

– *Willkommen !* renchérirent les autres en applaudissant.

Oui, on les applaudissait. Mahmoud se tourna vers Walid, qui avait l'air aussi étonné que lui. Et si ces gens se trompaient ?

---

24. Dans le Coran, passage plus ou moins long composé de plusieurs versets. Il y en a 114 au total.

S'ils les prenaient pour autre chose que pour des réfugiés syriens ?

Tout à coup, ils se retrouvèrent entourés d'Autrichiens – hommes, femmes et enfants – qui leur souriaient et tentaient de leur serrer la main et de leur faire des cadeaux. Une femme tendit des vêtements à sa mère, tandis qu'un homme soignait les blessures de son père. Un garçon de son âge vêtu d'un maillot des New York Yankees lui donna un sac en plastique rempli de pain, de fromage et de fruits, ainsi qu'une bouteille d'eau. Mahmoud en aurait pleuré de reconnaissance.

– Merci, dit-il en arabe.

– *Bitte*, répondit le garçon, et Mahmoud devina que c'est ainsi qu'on disait « je t'en prie » en allemand.

Les Autrichiens leur apprirent qu'ils les avaient vus à la télévision et avaient décidé de venir les aider. Ils les escortèrent jusqu'à Nickelsdorf, où se trouvait la gare la plus proche. Depuis la passerelle surplombant les rails, des Autrichiens et des Arabes récemment arrivés dans ce pays leur lancèrent des bouteilles d'eau et de la nourriture – pain, fruits frais, paquets de chips. Près de Mahmoud, un homme attrapa un poulet rôti entier emballé dans du papier d'aluminium.

– Nous sommes avec vous ! Que Dieu vous garde ! leur cria une femme en arabe.

Mahmoud sentit son cœur s'emballer. Ils n'étaient plus invisibles, cachés dans un centre de détention. Enfin, on les voyait, et les gens les aidaient.

Lorsqu'ils atteignirent la gare de Nickelsdorf, Mahmoud et sa famille achetèrent des billets pour Vienne, la capitale. Ils voyagèrent de nuit et à leur arrivée, le lendemain matin, ils continuèrent vers Munich, en Allemagne, où ils reçurent un accueil plus impressionnant encore qu'en Autriche. Par centaines, les Allemands déambulaient parmi les réfugiés et leur offraient de l'eau, du café, du thé. Un couple avait apporté un panier rempli de bonbons qu'ils distribuaient aux enfants. Mahmoud et Walid se joignirent à la joyeuse bande de gamins et reçurent chacun deux bonbons, qu'ils engloutirent. Des bénévoles déchargeaient un camion de fruits, tandis que d'autres tendaient des paquets de couches à ceux qui avaient des bébés.

Aussitôt, le souvenir d'Hana resurgit à l'esprit de Mahmoud, qui leva les yeux vers sa mère. Elle aussi pensait à sa petite fille, il le savait. Retenant ses larmes, elle commença à demander à tous ceux qu'elle croisait s'ils l'avaient vue. Mais personne n'avait entendu parler d'un bébé recueilli en mer. Si ceux qui l'avaient secourue l'avaient mise en sécurité, ils étaient probablement quelque part en Allemagne. Mahmoud et sa famille devaient continuer à chercher.

Un Allemand portant un badge marqué « Serhat » – un prénom turc – s'approcha de son père, un bloc-notes à la main.

– Demandez-vous l'asile en Allemagne ?

Mahmoud retint son souffle. C'était terminé ? La fin de leur interminable et affreux cauchemar était-elle proche ? Allaient-ils enfin cesser de bouger, cesser de dormir et de prier dans des couloirs et des gares routières ? En Allemagne, sa famille et lui pourraient se construire une nouvelle vie. Enfin, Mahmoud pourrait chercher un moyen de reprendre contact avec Walid. Ils retrouveraient Hana. Son père plaisanterait et rirait de nouveau ; sa mère serait enfin en paix.

Ils avaient tant voyagé, tant perdu, qu'ils avaient l'impression d'avoir atteint la Terre promise.

Il ne leur restait plus qu'à faire dans leur cœur une place à l'Allemagne et faire de cet étrange pays leur nouveau foyer.

– Oui, répondit son père, tandis qu'un sourire semblait se dessiner sur son visage. Mille fois oui !

ISABEL

MIAMI, FLORIDE, 1994

À la maison

C'était la coda de la chanson d'Isabel.

Une trompette à la main – un cadeau d'oncle Guillermo, le frère de Lito –, Isabel se trouvait non pas sur un trottoir de La Havane, mais dans une salle de classe de Miami. C'était sa deuxième semaine d'école et aujourd'hui, elle allait passer une audition pour jouer dans la classe-orchestre.

Isabel fit bouger ses doigts sur les touches de sa trompette. Elle n'arrivait pas à croire qu'elle était là, dans cette salle de classe, plus d'un mois après avoir débarqué sur la plage de Miami, son petit frère dans les bras.

Tant de choses avaient changé, et si vite ! Une fois sa mère et son petit frère sortis de l'hôpital où on les avait déclarés en bonne santé, le frère de Lito, Guillermo, les avait hébergés jusqu'à ce qu'ils trouvent un appartement. Celui-ci était moins grand que leur maison de Cuba, et loin de la plage, mais Isabel s'en moquait, car elle n'avait pas envie de revoir un jour l'Océan.

Le petit Mariano prenait du poids et semblait heureux avec les autres bébés que Mami gardait chez eux pour gagner un peu d'argent. Papi travaillait comme chauffeur de taxi et économisait déjà pour acheter sa propre voiture. Mme Castillo avait l'intention de reprendre ses études pour pouvoir exercer comme avocate aux États-Unis et son mari négociait un prêt pour ouvrir un restaurant. Luis avait trouvé du travail dans une petite bodega[25] et Amara dans une boutique de vêtements, mais elle prévoyait d'intégrer la police de Miami dès qu'elle aurait obtenu la nationalité américaine.

Quant à Isabel, elle était entrée en classe de cinquième. C'était difficile, parce qu'elle ne parlait pas encore anglais. Il y avait beaucoup d'autres jeunes Cubains, au collège. Quelques-uns étaient arrivés par bateau comme elle, mais ils étaient plus nombreux à être nés ici – des *Cubanoamericanos* qui parlaient espagnol à la maison. Isabel s'était vite fait des amis, des garçons et des filles très accueillants, et elle savait que bientôt, elle parlerait aussi bien anglais qu'eux. Pour s'entraîner, elle regardait beaucoup la télévision (c'était du moins ce qu'elle racontait à ses parents). Elle apprendrait, mais en attendant elle faisait des maths, de l'espagnol et des arts plastiques.

25. Genre de bar dans lequel on se rencontre pour discuter et boire.

Et de la musique.

M. Villanueva et les autres élèves attendaient qu'elle commence à jouer. Elle répétait depuis des semaines. Elle avait d'abord hésité sur le choix de la chanson, et c'est en regardant un match de base-ball avec son père qu'elle avait trouvé.

Après avoir ajusté la casquette Industriales d'Ivan sur sa tête, Isabel prit une profonde inspiration et commença à jouer *La Bannière étoilée*, l'hymne national américain. Elle ne le joua pas comme elle l'avait entendu avant le match, à la télévision, mais comme un *son cubano*, à contretemps et avec une mélodie *guajeo.*

C'est pour Ivan, mort en mer, et pour Lito, retourné à Cuba, qu'Isabel interpréta cette salsa. Pour sa mère également, et son père, qui avaient quitté leur patrie, et pour son frère, Mariano, qui ne connaîtrait jamais les rues de La Havane aussi bien qu'elle. Elle joua enfin pour elle-même, pour ne jamais oublier d'où elle venait. Qui elle était.

Tout le monde s'était mis à taper dans ses mains pour l'accompagner mais Isabel, avec son pied, battait un rythme différent. Enfin ! elle maîtrisait la *clave*, comprit-elle, folle de joie. Lito s'était trompé. Il n'y avait pas besoin d'être à La Havane pour l'entendre. Pour la sentir. Cuba l'avait suivie jusqu'à Miami.

Isabel termina brillamment son morceau, sous les applaudissements de M. Villanueva et des autres élèves. Elle avait envie de pleurer de joie, mais elle refoula ses larmes. Elle en avait assez versé sur Ivan et Lito.

La chanson de son exil était terminée. Il était temps d'en composer une nouvelle.

MAHMOUD

BERLIN, ALLEMAGNE, 2015

Chez lui

Une chanson allemande que Mahmoud n'avait jamais entendue résonnait dans le minibus qui le conduisait avec sa famille dans les rues de Berlin. La capitale allemande était la plus grande ville qu'il ait jamais vue – bien plus grande qu'Alep. Partout, des discothèques, des cafés, des magasins, des monuments, des statues, des immeubles de bureau et d'habitation. Presque tous les panneaux étaient en allemand, mais de temps à autre une boutique de vêtements, un restaurant ou un marché étaient indiqués en arabe. Des bâtiments de brique et de verre de dix étages bordaient les trottoirs ; les rues étaient pleines de voitures, de vélos, de bus et de tramways qui grinçaient, klaxonnaient et pétaradaient.

Cet endroit étrange, effrayant et excitant allait devenir le nouveau pays de Mahmoud.

Le gouvernement allemand les avait accueillis, sa famille et lui. Tous les quatre, ils avaient passé un mois à Munich, dans une école transformée en foyer de réfugiés. C'était simple, mais propre, et ils y étaient restés – libres de leurs mouvements – jusqu'à ce qu'une famille accepte de les prendre sous son toit le temps que ses parents s'organisent.

Et cette famille habitait ici, dans cette rue, dans la capitale du pays.

Le minibus s'arrêta devant une petite maison verte aux volets blancs et au toit pointu. Des jardinières fleuries pareilles à celles que Mahmoud avait vues en Autriche ornaient les fenêtres, et deux voitures allemandes étaient garées dans l'allée. De l'autre côté de la rue, dans un parc, des jeunes faisaient des figures avec leurs skate-boards.

Le père de Mahmoud ouvrit la portière ; Mahmoud, sa mère et son frère attrapèrent les sacs à dos remplis de vêtements, articles de toilette et sacs de couchage donnés par les travailleurs humanitaires allemands. L'homme qui les accompagnait invita Mahmoud et sa famille à le précéder sur les marches menant au seuil de la petite maison, mais Mahmoud resta un instant sur le trottoir à observer les environs. En cours d'histoire, en Syrie, il avait appris que Berlin avait été presque entièrement détruite à la fin de la Seconde Guerre mondiale – et réduite à un tas de décombres comme Alep aujourd'hui. Comme l'Allemagne, la Syrie mettrait-elle soixante-dix ans à renaître de ses cendres ? Reverrait-il Alep un jour ?

Lorsqu'il entendit des cris de joie et de bienvenue éclater sous le porche, Mahmoud rejoignit sa famille sur le perron. Une dame allemande assez âgée étreignait sa mère, tandis que son mari serrait la main de son père. Le travailleur humanitaire devait traduire ce que chacun disait : Mahmoud et les siens ne parlaient pas encore l'allemand, pas plus que leur famille d'accueil ne parlait l'arabe. Ils avaient tout de même écrit « BIENVENUE CHEZ VOUS » en arabe. Même si le style était un peu maladroit, Mahmoud apprécia cet effort – lui-même n'aurait pas pu en faire autant en allemand.

Quand l'homme se tourna vers Walid et lui, il fut surpris de constater qu'il était vraiment vieux ! Il avait une peau blanche et ridée, des cheveux blancs et fins un peu ébouriffés sur le côté, comme s'il avait tenté en vain de les coiffer. Quand on leur avait annoncé qu'ils allaient être accueillis dans une « famille allemande », Mahmoud s'était imaginé une famille comme la sienne, pas comme celle de ses grands-parents.

– Il s'appelle Saul Rosenberg, traduisit le travailleur humanitaire, et il vous souhaite la bienvenue dans votre nouveau foyer.

Quand Mahmoud serra la main du vieil homme, il aperçut une petite boîte en bois sculpté dans l'encadrement de la porte d'entrée. Il reconnut le symbole – une étoile de David ! Comme sur le drapeau israélien. Il tenta de cacher sa surprise. Au Moyen-Orient, Juifs et Musulmans étaient en guerre depuis des décennies. Décidément, ce nouveau monde était vraiment étrange.

La femme de M. Rosenberg s'inclina légèrement pour saluer Mahmoud. C'était une femme assez forte, aux cheveux blancs comme son mari, avec des grosses lunettes rondes et les dents du bonheur. Elle lui sourit amicalement, puis sortit un petit lapin en peluche de la poche de sa robe et le tendit à Walid qui le saisit, des étoiles dans les yeux.

– Mme Rosenberg l'a fait elle-même, expliqua l'interprète. Elle est créatrice de jouets.

La vieille dame s'adressa directement à Mahmoud.

– Elle dit qu'elle t'en aurait bien fabriqué un aussi, mais elle a pensé que tu étais trop vieux pour ça.

Mahmoud acquiesça d'un signe de tête.

– Elle peut en faire un pour ma petite sœur, quand nous l'aurons retrouvée. Nous avons été obligés de la confier à des passagers d'un autre bateau alors que nous étions en train de nous noyer dans la Méditerranée. C'est ma faute, c'est moi qui ai dit à ma mère de faire ça. Maintenant, il faut que je la retrouve et que je la lui rende.

Le sourire de Mme Rosenberg s'évanouit lorsque le travailleur humanitaire finit de traduire. Tandis que Walid allait montrer son nouveau jouet à sa mère, elle entraîna Mahmoud dans le couloir, où étaient accrochées des photos de famille.

– Moi aussi j'ai été réfugiée, jadis, comme toi, expliqua-t-elle, et j'ai perdu mon frère.

Elle désigna une vieille photo sépia encadrée d'un père, d'une mère et de leurs deux enfants – un garçon à lunettes de l'âge de Mahmoud et une petite fille. Le père et le fils étaient en costume-cravate, la mère portait une jolie robe avec de gros boutons et la fillette une tenue de marin.

– C'est moi, et voici ma famille. Nous avons quitté l'Allemagne en 1939, sur un bateau, pour tenter de gagner Cuba.

Pour échapper aux nazis. J'étais très jeune à l'époque, et je suis très vieille aujourd'hui, alors je ne me rappelle pas grand-chose. Mais je me souviens que mon père était très malade. Et je me souviens d'avoir vu un dessin animé avec un chat, et aussi qu'un policier très gentil m'a laissée porter sa casquette…

« Mon père est le seul à avoir réussi à entrer à Cuba –. Nous n'avons pas pu quitter le bateau, et aucun autre pays ne voulait de nous. Alors ils nous ont ramenés en Europe, en pleine guerre. Et nous sommes repartis sur les routes. Quand les nazis nous ont arrêtés, ils ont demandé à ma mère de choisir entre mon frère et moi. Lequel de nous deux serait sauvé ? Comme elle ne pouvait pas choisir, mon frère a choisi pour elle. Il s'appelait Josef. »

Mahmoud la vit tendre le bras et effleurer le garçon sur la photo, laissant une petite trace sur le verre.

– Il avait à peu près ton âge. Je ne me souviens pas bien de lui, mais je sais qu'il voulait toujours être grand. « Je n'ai pas le temps de jouer, me disait-il. Je suis un homme, maintenant. » Alors quand ces soldats ont dit que l'un de nous deux serait libre et que l'autre irait dans un camp de concentration, Josef a dit : « Prenez-moi. » Mon frère était devenu un homme.

Mme Rosenberg marqua une pause, puis décrocha la photo avec respect, en la tenant des deux mains.

– Ce jour-là, ils m'ont arraché ma mère et mon frère, et m'ont abandonnée dans les bois. Je serais morte si une gentille dame française ne m'avait pas recueillie et faite passer pour sa fille. Une fois la guerre finie, j'étais assez grande pour revenir ici en Allemagne. J'ai cherché longtemps ma mère et mon frère, mais ils étaient morts dans un camp de concentration. Tous les deux.

La vieille dame laissa échapper un soupir.

– J'ai pu récupérer cette photo grâce à un cousin qui l'avait gardée et qui avait été caché par une famille catholique pendant la guerre. C'est ici, en Allemagne, que j'ai rencontré Saul, mon mari. Il avait survécu à la Shoah, comme moi. Il a de la famille ici, alors nous sommes restés. Et nous avons fondé notre propre famille.

Elle montra à Mahmoud les douzaines de photos de ses enfants, petits-enfants et arrière-petits-enfants qui ornaient le couloir, puis effleura de nouveau la vieille photo jaunie.

– Ils sont morts pour que je puisse vivre. Tu comprends ? Pour que tous ces gens puissent vivre, tous les petits-enfants, les neveux et nièces qu'ils n'ont pas pu connaître. Mais toi, tu vas les rencontrer, dit-elle à Mahmoud. Tu es encore vivant, et ta petite sœur aussi, quelque part. J'en suis convaincue. Tu l'as sauvée et ensemble nous allons la retrouver, d'accord ? Je te le promets. Nous allons la retrouver et la ramener à la maison.

Comme Mahmoud se retournait pour cacher ses larmes, la vieille dame juive le serra très fort dans ses bras.

– Tout ira bien, maintenant, murmura-t-elle. Nous allons t'aider.

– Ruthie, *komm hier* ! cria le mari de Mme Rosenberg.

Mahmoud n'eut pas besoin d'interprète pour comprendre qu'il les invitait à le rejoindre dans le salon.

Mahmoud s'essuya les yeux d'un revers de manche, tandis que Mme Rosenberg tentait de remettre la photo à sa place. Mais ses vieilles mains tremblaient tellement que Mahmoud dut l'aider à la remettre sur son crochet. Son regard s'attarda sur Josef. Il avait l'air triste, pour son âge, ce garçon qui était mort pour que Ruthie puisse vivre et accueillir un jour Mahmoud et sa famille chez elle.

La vieille dame le prit par le bras. Ses parents les attendaient, avec Walid et M. Rosenberg, dans ce salon plein de vie et de lumière, où flottait une bonne odeur de cuisine.

C'était comme à la maison.

LES VOYAGES DE JOSEF, D'ISABEL ET DE MAHMOUD

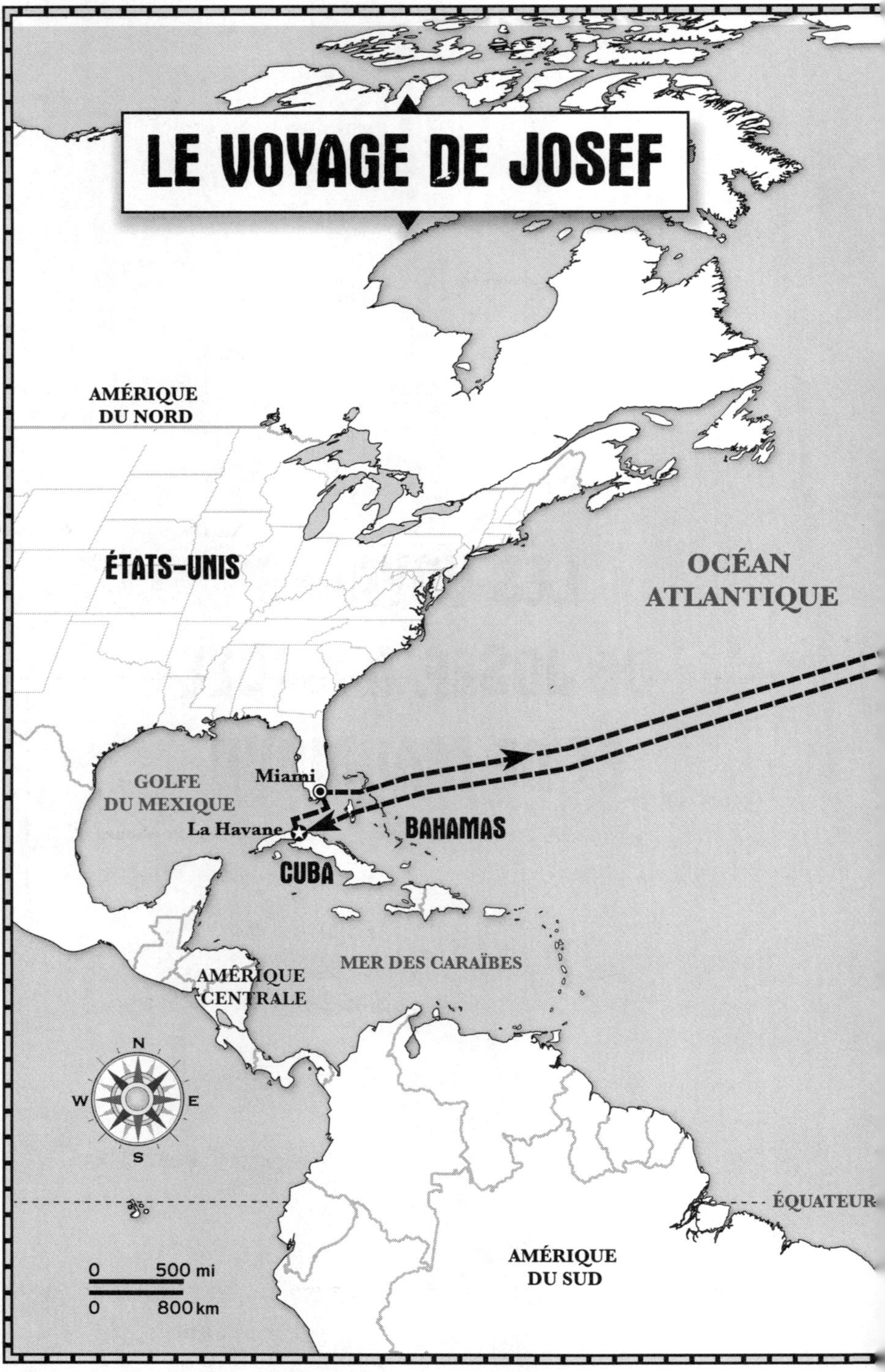

LE VOYAGE DE JOSEF
AMÉRIQUE DU NORD
ÉTATS-UNIS
OCÉAN ATLANTIQUE
GOLFE DU MEXIQUE
Miami
La Havane
BAHAMAS
CUBA
MER DES CARAÏBES
AMÉRIQUE CENTRALE
N
W
E
S
ÉQUATEUR
AMÉRIQUE DU SUD
0
500 mi
0
800 km

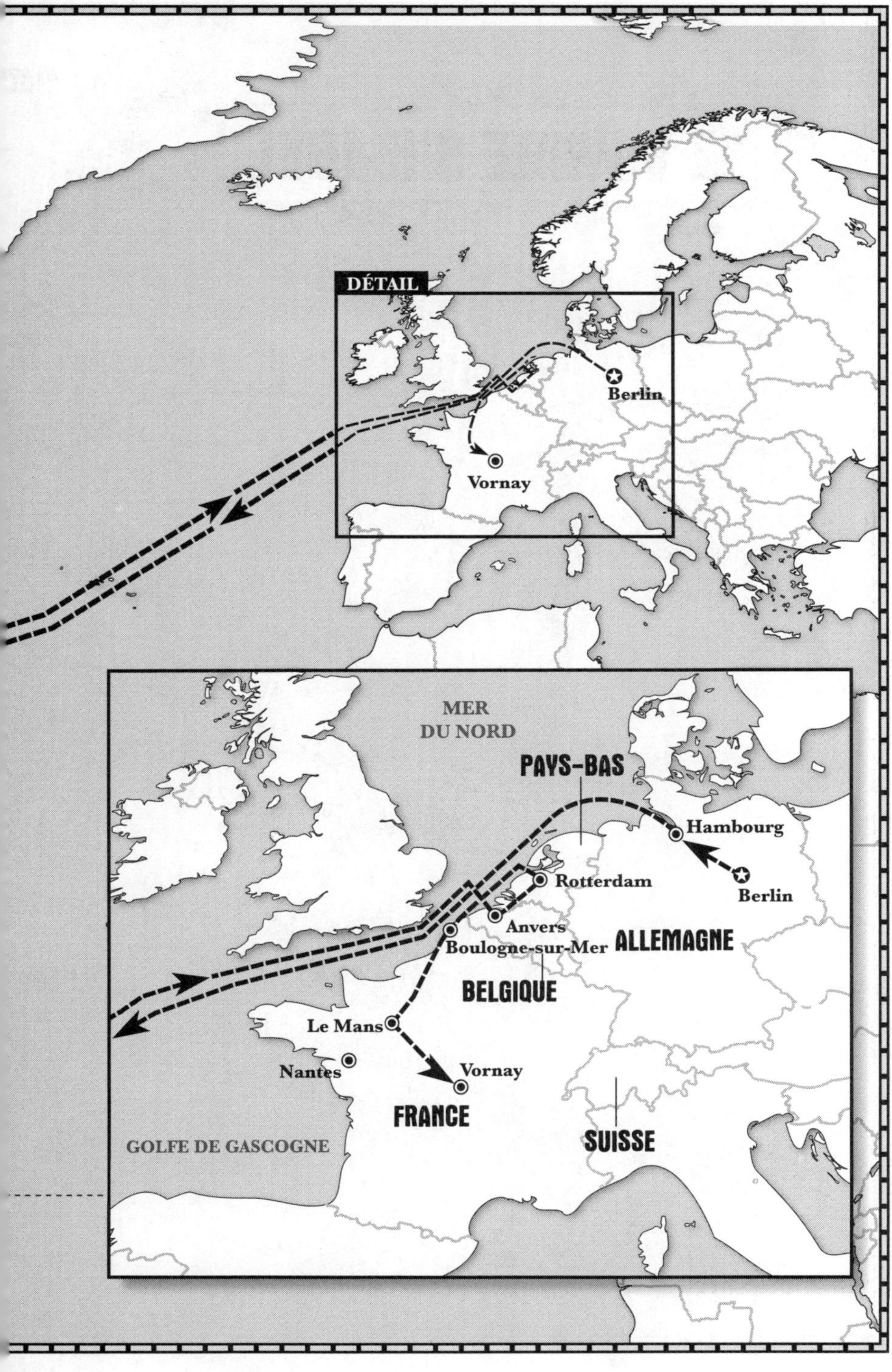
DÉTAIL
Berlin
Vornay
MER
DU NORD
PAYS-BAS
Hambourg
Rotterdam
Berlin
Anvers
Boulogne-sur-Mer
ALLEMAGNE
BELGIQUE
Le Mans
Nantes
Vornay
FRANCE
GOLFE DE GASCOGNE
SUISSE

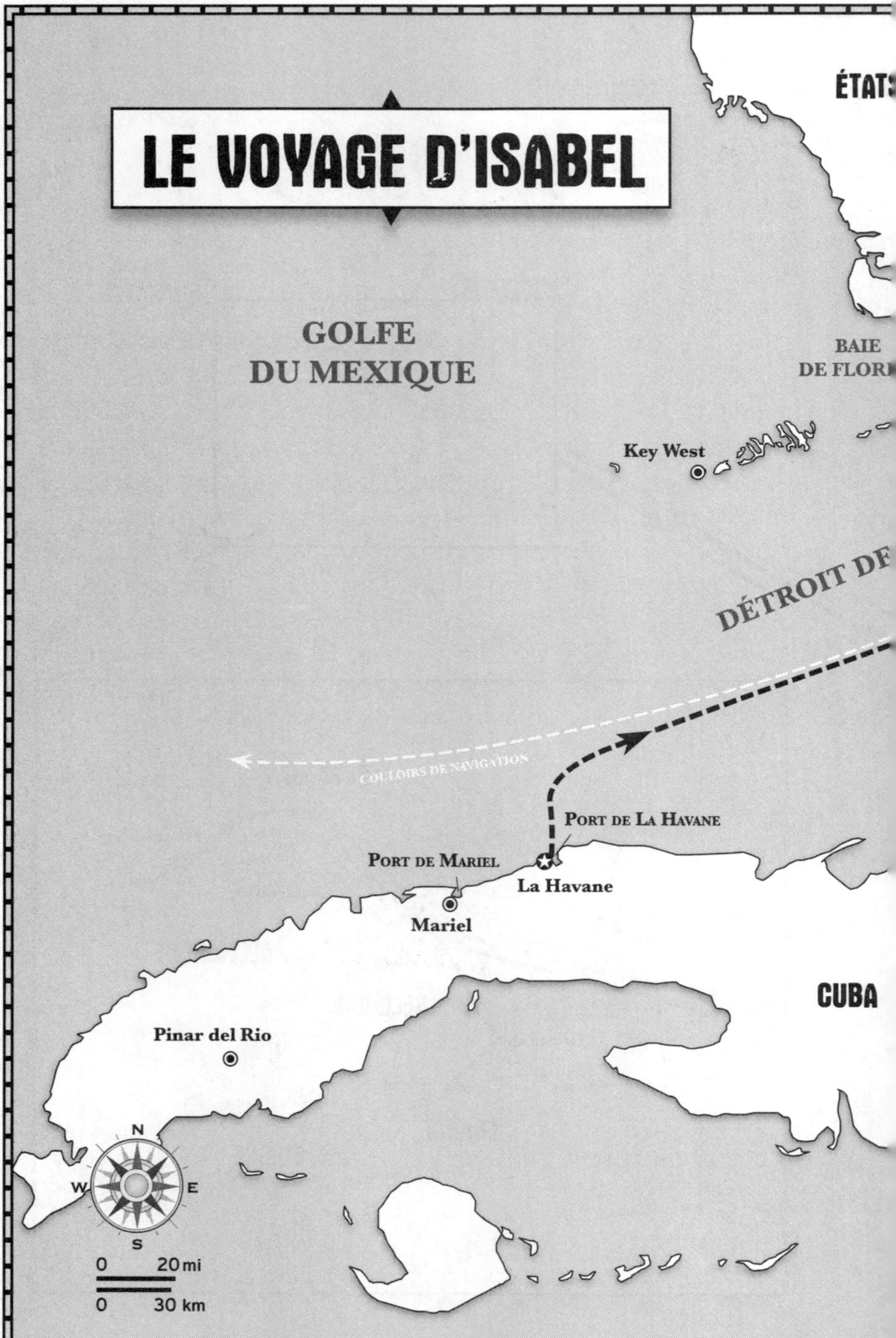
LE VOYAGE D'ISABEL
ÉTATS
GOLFE
DU MEXIQUE
BAIE
DE FLOR
Key West
DÉTROIT DE
COULOIRS DE NAVIGATION
PORT DE LA HAVANE
PORT DE MARIEL
La Havane
Mariel
CUBA
Pinar del Rio
N
W
E
S
0 20 mi
0 30 km

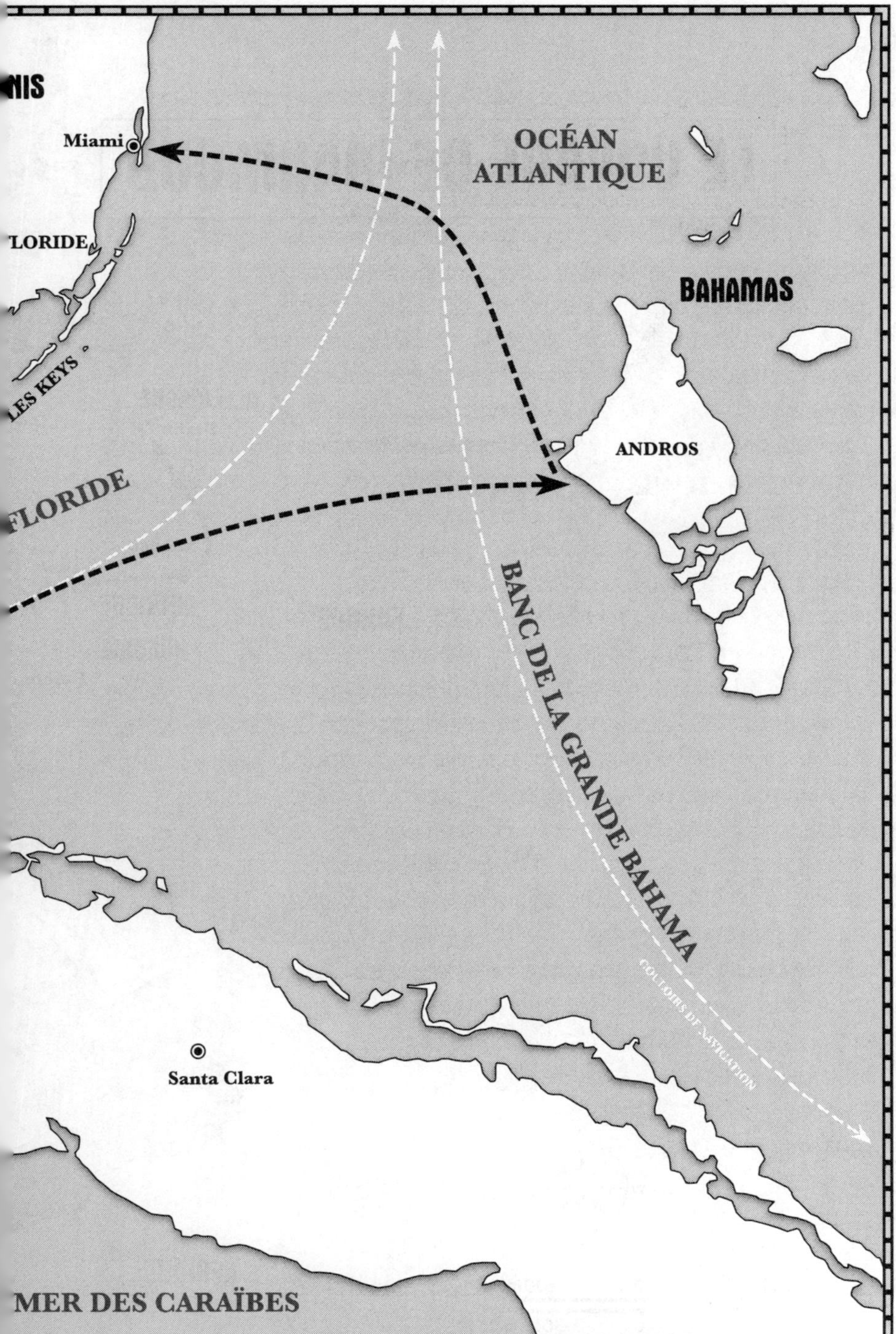
NIS
Miami
OCÉAN
ATLANTIQUE
LORIDE
LES KEYS
BAHAMAS
ANDROS
FLORIDE
BANC DE LA GRANDE BAHAMA
COULOIRS DE NAVIGATION
Santa Clara
MER DES CARAÏBES

LE VOYAGE DE MAHMOUD
MER DU NORD
MER
ALLEMAGNE
Berlin
OCÉAN ATLANTIQUE
Munich
Vienne
AUTRICHE
EUROPE
HONGRIE
Horgos
MER ADRIATIQUE
N
W
E
S
0 200 mi
0 300 km
AFRIQUE

MER CASPIENNE
SERBIE
MER NOIRE
Belgrade
MACÉDOINE
Istanbul
Gevgelija
TURQUIE
nique
LESBOS
MER
ÉGÉE
Kilis
Izmir
Athènes
Alep
GRÈCE
SYRIE
Damas
CRÈTE
Daraa
ER MÉDITERRANÉE
MOYEN-ORIENT

NOTE DE L'AUTEUR

Josef, Isabel et Mahmoud sont des personnages de fiction, mais leur histoire s'inspire de faits réels.

JOSEF

Le *Saint Louis* était un paquebot qui, en 1939, a quitté l'Allemagne avec 937 passagers, presque tous des réfugiés juifs fuyant le nazisme. Alors qu'ils devaient émigrer à Cuba – certains pour s'y installer définitivement, d'autres dans l'attente de pouvoir entrer aux États-Unis ou au Canada –, ils apprirent à leur arrivée qu'ils ne seraient pas autorisés à débarquer, et ce pour des raisons politiques : les services cubains qui avaient délivré des visas aux réfugiés étant en conflit avec Federico Brú, le président de l'époque, celui-ci invalida les visas. À La Havane, des espions nazis diffusèrent de la propagande antijuive et montèrent la population cubaine contre les réfugiés. Non seulement les nazis ne voulaient pas des Juifs en Allemagne, mais ils se réjouissaient de les voir refoulés par d'autres pays. Pour eux, cela prouvait que le monde entier cautionnait la manière dont ils les traitaient.

Gustav Schröder est le véritable nom du capitaine du *Saint Louis*. Il a laissé le souvenir d'un homme généreux, qui traitait bien ses passagers juifs et a tout tenté pour leur trouver un refuge. Otto Schiendick a existé, lui aussi. Il représentait le parti nazi à bord, mais c'était également un agent de la police secrète chargé de faire passer des documents aux espions nazis infiltrés à Cuba. Evelyne et Renata sont les vrais noms de deux sœurs dont la mère avait choisi de rester en Allemagne. Leur père, le Dr Max Aber, qui avait précédé sa famille à Cuba, réussit à les faire débarquer grâce aux relations qu'il avait nouées avec les autorités locales. Les autres passagers n'eurent pas cette chance.

Le personnage du père de Josef, Aaron Landau, a été inspiré par deux hommes ayant voyagé à bord du *Saint Louis* : Aaron Pozner et Max Loewe. Aaron Pozner, un professeur d'hébreu, avait été chassé de chez lui durant la nuit de Cristal et envoyé à Dachau, où il fut battu, humilié et témoin d'incroyables atrocités. Après six mois de détention, on le relâcha à condition qu'il quitte le pays dans les quinze jours. À bord du *Saint Louis*, il fut molesté par Otto Schiendick et ses hommes. Il se joignit aux mutins qui tentèrent de prendre le contrôle du *Saint Louis* après que les États-Unis et le Canada lui eurent refusé d'accoster.

Max Loewe était un avocat juif qui, à l'instar du personnage d'Aaron Landau, s'était vu interdire par les nazis d'exercer son métier. Il avait tout de même continué ses activités de juriste auprès d'avocats allemands acquis à sa cause, qui le payaient en sous-main. Mais, découvert par la Gestapo, il avait rejoint sa femme et ses deux enfants – un garçon et une fille – juste à temps pour embarquer sur le *Saint Louis*. Mais, comme Aaron Landau, Max Loewe était un homme brisé quand il retrouva sa famille. Il tenta de se suicider en sautant du *Saint Louis*, qui avait jeté l'ancre à quelques encablures du port de La Havane.

L'*Orduna et* le *Flandre*, des paquebots battant respectivement pavillon anglais et français et transportant tous deux des réfugiés juifs en route vers Cuba, furent eux aussi arraisonnés près du port de La Havane. Au grand désespoir des passagers du *Saint Louis*, on autorisa ces deux bateaux à accoster. Ce que les passagers du *Saint Louis* ignoraient, c'est que seuls les titulaires d'un passeport cubain purent quitter l'*Orduna et* le *Flandre*. Les autres, pour la plupart des Juifs munis de visas d'entrée invalides, tout comme les passagers du *Saint Louis*, durent chercher un autre pays d'accueil.

Parmi les passagers du *Saint Louis*, les plus chanceux furent ceux qui purent gagner l'Angleterre – et échapper à la Shoah. Sur les 630 réfugiés qui retournèrent en Europe continentale, le musée du Mémorial de l'Holocauste des États-Unis estime à 254 ceux qui, parmi 6 millions de Juifs européens, furent exterminés par les nazis. « La plupart furent tués à Auschwitz et Sobibor, déclare le Musée, et les autres moururent dans des camps d'internement, dans la clandestinité ou en tentant de fuir les nazis. » Ruthie, qui, dans ce récit, est une survivante, ferait partie des 100 000 Juifs vivant aujourd'hui en Allemagne, sur les 500 000 que comptait ce pays avant la Seconde Guerre mondiale. Beaucoup d'autres survivants de la Shoah choisirent de ne pas retourner en Europe et s'installèrent aux États-Unis ou dans la toute jeune nation d'Israël.

La tragédie du *Saint Louis* est célèbre et a inspiré de nombreux livres, pièces de théâtre, films, et même un opéra.

ISABEL

En 1994, en partie à cause du récent effondrement de l'Union soviétique et de l'embargo commercial américain contre Cuba, des citoyens cubains affamés manifestèrent sur le Malecón. En réponse, le président cubain Fidel Castro annonça que quiconque voudrait quitter Cuba n'en serait pas empêché – ni jeté en prison, sort réservé jusque-là à ceux qui tentaient de fuir le pays. Castro avait déjà employé cette stratégie par le passé, lorsqu'une vague de protestation avait menacé de submerger les forces de l'ordre et failli renverser son gouvernement, en autorisant les citoyens à quitter le pays par tous les moyens possibles, le plus souvent à bord de bateaux et de canots de fortune. Une fois tous ses opposants réfugiés à Cuba, les protestations avaient cessé et les choses étaient rentrées dans l'ordre. Dans les cinq semaines de l'année 1994 durant lesquelles les Cubains furent autorisés à quitter leur île, 35 000 partirent pour les États-Unis – presque deux fois plus que durant toute l'année 1993.

De nombreux Américains protestèrent contre cette soudaine vague de réfugiés, surtout parce qu'à l'époque, les Cubains obtenaient facilement la citoyenneté américaine, contrairement aux immigrants d'autres pays. D'autres, soucieux de déjouer le stratagème de Castro, plaidaient pour que les opposants cubains restent chez eux dans l'espoir qu'ils finiraient par renverser le gouvernement. Bill Clinton, alors président des États-Unis, se trouva face à un choix crucial : laisser rentrer les réfugiés ou envoyer des navires de guerre américains pour les refouler ? Alors qu'il tentait de trancher cette épineuse question, Clinton ordonna qu'on envoie tous les réfugiés cubains pris en mer sur la base militaire américaine de Guantanamo. Ensuite, ils pourraient soit retourner à Cuba, soit attendre que les États-Unis ou un autre pays leur accorde l'asile. Quelques mois plus tard, en

1995, Clinton annonça que les réfugiés cubains détenus à Guantanamo seraient autorisés à entrer aux États-Unis mais que, dorénavant, tous ceux qui seraient pris en mer seraient renvoyés à Cuba, au lieu d'être conduits en Floride ou à Guantanamo. En revanche, ceux qui réussiraient à gagner les États-Unis pourraient y rester. Cette nouvelle politique, désignée sous le nom de « pieds mouillés, pieds secs » (*wet feet, dry feet*) dans ce récit, ne fut officiellement baptisée ainsi qu'en 1995, après la promulgation de la loi éponyme. J'ai également pris quelques libertés en mêlant les émeutes qui poussent Isabel et sa famille à quitter Cuba et la décision américaine d'emprisonner les réfugiés cubains pris en mer. Ces deux évènements se sont en réalité déroulés à un mois d'écart, mais je les ai fait coïncider pour rendre mon récit plus vivant et plus romanesque.

Malgré la menace d'emprisonnement à Cuba et les dangers de la mer – houle, tempête, noyade, requins, déshydratation et manque de nourriture –, un nombre croissant de Cubains tentent chaque année de traverser les 90 milles qui séparaient La Havane des côtes de Floride. D'après le Pew Research Center, 43 635 réfugiés sont entrés aux États-Unis en 2015, et ce chiffre a été dépassé en octobre 2016. Ces dernières années, de nombreux réfugiés cubains ont carrément choisi d'ignorer la loi des « pieds mouillés, pieds secs » en gagnant Mexico ou l'Équateur par la mer ou par les airs, avant de poursuivre leur route et d'entrer aux États-Unis par le nord. On les a surnommés les *dusty feet* (« pieds poussiéreux »). Cependant, au fur et à mesure que les pays situés au sud des États-Unis ferment leurs frontières, les Cubains sont de plus en plus nombreux à traverser le détroit de Floride à bord de bateaux et de canots artisanaux. Toujours selon le Pew Research Center, 9 999 réfugiés cubains sont entrés aux États-Unis *via* Miami en 2015, tandis que 3 505 ont été arrêtés par les gardes-côtes américains. On ignore combien périssent chaque année pendant la traversée. En 1994, l'année où Isabel entreprend son périple, on estime à trois sur cinq le nombre de réfugiés qui perdent la vie en mer.

En 2014, le président Barack Obama et le président Raoul Castro, le frère de Fidel, annoncèrent conjointement le rapprochement entre les États-Unis et Cuba ; en 2015, le président Obama annonça la reprise des relations diplomatiques entre les deux pays et la réouverture de leurs ambassades respectives à Washington et à Cuba. Dans le cadre de cette normalisation des relations, le gouvernement américain suspendit les restrictions touristiques à l'égard de Cuba. En août 2016, le premier vol commercial en provenance des États-Unis depuis plus d'un demi-siècle atterrit à La Havane. Le 12 janvier 2017, avant de terminer son mandat, le président Obama décida le gel immédiat de la politique des *wet feet, dry feet.* On ignore encore l'impact qu'auront sur Cuba et ses citoyens ces changements des relations américano-cubaines – ainsi que la mort de Fidel Castro, survenue le 25 novembre 2016. L'avenir nous le dira.

MAHMOUD

La Syrie vient d'entrer dans la septième année de l'une des guerres civiles les plus violentes et les plus meurtrières de l'histoire. Alep, la ville natale de Mahmoud, n'est plus qu'un champ de ruines après les combats qui ont vu des groupes de rebelles s'opposer au régime de Bachar el-Assad, en guerre contre son propre peuple. La ville est assiégée, pilonnée quotidiennement par les attaques aériennes des Russes et de l'artillerie syrienne. Les habitants qui n'ont pas réussi à fuir Alep en 2015, date du départ de Mahmoud et de sa famille, sont aujourd'hui piégés dans une zone de combats. Les Nations unies estiment à plus de 470 000 le nombre de personnes tuées depuis le début du conflit, en 2011, ce qui correspond à peu près à la population de la ville d'Atlanta. Et chaque jour la guerre fait des ravages. En septembre 2016, en une seule semaine de combats, on comptait 96 enfants parmi les victimes. Chaque semaine, des dizaines d'enfants en âge d'aller à l'école meurent sous les bombes. Lors d'une attaque massive, en décembre 2016, on estime que l'armée syrienne a repris environ 95 % du territoire tenu par les rebelles. Des centaines de milliers de civils se sont retrouvés pris au piège des combats, provoquant une nouvelle crise humanitaire. Aujourd'hui encore, les affrontements continuent à Alep, et ceux qui en réchappent n'ont nulle part où aller. Selon le quotidien britannique *The Guardian*, environ 40 % des infrastructures de la ville ont été endommagées ou détruites. Des quartiers entiers sont en ruines. Marchés, restaurants, commerces, immeubles d'habitation, rien n'a été épargné. Plus personne ou presque ne va au travail ou à l'école. Après avoir abattu tous les arbres de la ville pour se chauffer, les Syriens ont été contraints de brûler du mobilier scolaire. Les hôpitaux, quand ils sont encore debout, n'ont ni médicaments ni matériel pour soigner leurs patients.

Dans ces conditions, le chiffre de plus de 10 millions de déplacés n'est guère étonnant. Parmi ces 10 millions, les

Nations unies estiment à 4,8 millions les réfugiés ayant dû quitter la Syrie et, chaque jour, de nouvelles personnes se jettent sur les routes de l'exil, laissant derrière elles toute leur vie, pour échapper à la guerre et au bain de sang. Pour survivre, tout simplement.

Mais où vont-ils ? Les Nations unies ont compté plus de 2,7 millions de réfugiés syriens en Turquie, dont la plupart vivent dans des camps comme celui de Kilis, où Mahmoud et sa famille sont passés. D'autres pays de la région, comme le Liban, la Jordanie et l'Irak, ont accueilli un grand nombre de réfugiés, mais sont arrivés à la limite de leurs capacités d'accueil, au risque de voir leur opinion publique se retourner contre ce flux de migrants. Ils sont des millions de réfugiés à tenter de rejoindre l'Europe, où des pays comme l'Allemagne, la Suède et la Hongrie les accueillent par milliers. Mais leur chemin est semé d'embûches souvent mortelles. D'après l'Organisation internationale pour les migrations, plus de 3 770 réfugiés ont trouvé la mort en 2015 en tentant de traverser la Méditerranée en bateau. Et ceux qui parviennent à poser le pied sur le sol européen sont souvent persécutés et emprisonnés dans des pays qui ne veulent pas d'eux ou ne disposent pas des moyens nécessaires pour gérer ce flux de migrants. La Hongrie a été le premier pays à construire une clôture pour empêcher les réfugiés de progresser vers le nord ; depuis, d'autres pays les imitent, de plus en plus nombreux. Même l'Autriche, qui s'est montrée très accueillante envers les réfugiés, a commencé à fermer ses frontières en 2016.

L'histoire de Mahmoud et de sa famille est basée sur des faits réels. En 2015, un groupe d'environ 300 réfugiés syriens détenus sans raison dans un camp aménagé dans une école danoise s'est mis en marche comme un seul homme et a rejoint une autoroute, bloquant la circulation. Sur les ponts, des passants les ont applaudis et leur ont donné de l'eau et de la nourriture. Une autre manifestation de ce genre a eu lieu en Hongrie, où des milliers de réfugiés ont marché de Budapest jusqu'à la frontière autrichienne. J'ai mêlé ces deux anecdotes dans ce récit.

Les personnages de Mahmoud et de ses parents ont été composés à partir de différents portraits de réfugiés. Mais celui de Walid est directement inspiré de la photographie désormais célèbre d'Omrane Daqneesh, un enfant de cinq ans originaire d'Alep. Sur cette photo, Omrane, qui vient de survivre à une attaque aérienne, est assis seul à l'arrière d'une ambulance. Pieds nus, le visage couvert de sang et le corps couvert de cendre grise et de terre, il ne pleure pas, n'exprime pas de colère. Il est habitué. Il ne connaît rien d'autre car son pays est en guerre depuis qu'il est né. Si personne ne fait rien pour l'aider aujourd'hui, il appartiendra demain à la « génération perdue » d'enfants syriens, selon l'expression employée par les Nations unies.

CE QUE VOUS POUVEZ FAIRE

Beverly Crawford, professeur émérite à l'université de Californie de Berkeley, a écrit que les réfugiés vivent trois vies. La première, passée à échapper aux horreurs qui les ont poussés à quitter leur foyer – comme la persécution et l'assassinat des Juifs dans l'Allemagne nazie de Josef, la famine et les violations des droits de l'homme à Cuba, où vit Isabel dans les années 1990, ou la guerre civile meurtrière de la Syrie de Mahmoud. Dans leur fuite, ceux qui ont la chance de pouvoir partir commencent une deuxième vie, tout aussi dangereuse que la première, et qui consiste à tenter de survivre aux traversées souvent mortelles, aux patrouilles aux frontières et aux criminels en tous genres qui cherchent à profiter d'eux. La plupart des migrants n'ont pas accès aux camps de réfugiés et passent leur temps à chercher un toit, de l'eau, de la nourriture et un peu de chaleur. Mais même dans les camps, les réfugiés sont exposés à la maladie et ont souvent moins d'un euro par jour pour survivre.

Ceux qui parviennent à quitter leur pays et à aller au bout de ce voyage vers la liberté entament alors une troisième vie, repartant de zéro dans un nouveau pays de religion et de langue différentes des leurs. Leurs diplômes ne sont souvent pas reconnus par leur pays d'accueil. Ainsi, des réfugiés qui étaient médecins, avocats ou professeurs dans leur pays d'origine travaillent comme vendeurs, chauffeurs de taxi ou agents d'entretien. Des familles qui, jadis, vivaient dans des maisons confortables, avaient des voitures et de l'argent doivent tout reconstruire. Logés avec d'autres réfugiés par le gouvernement ou dans des familles d'accueil, ils sont contraints de refaire leur vie dans une ville étrangère.

Vous pouvez aider les réfugiés en faisant des dons à l'une des nombreuses organisations qui leur viennent en aide à chaque étape de ces trois vies. Certaines organisations caritatives ont des missions très spécifiques, comme sauver les personnes qui fuient le Moyen-Orient par bateau ou luttent contre la maladie dans des camps. Deux de mes organisations favorites s'occupent plus spécialement des enfants réfugiés du monde entier. La première est l'Unicef, le Fonds des Nations unies pour l'enfance, qui tente d'éviter que les enfants syriens deviennent une génération perdue en leur prodiguant soins médicaux, nourriture, eau, hygiène et éducation à la fois en Syrie et dans les pays où ils sont réfugiés. La seconde est Save the Children, qui, avec l'aide de nombreuses entreprises et personnes privées, vient en aide, dans le monde entier, à des enfants dans des situations d'urgence, et a mené une action spécifique au profit des enfants syriens.

90 % des fonds récoltés par l'Unicef et Save the Children bénéficient directement aux enfants. Les dons faits à l'une ou l'autre de ces organisations permettent d'agir dans des zones de conflit bien définies ou d'aider les enfants réfugiés du monde entier. Pour en savoir plus, connectez-vous sur :

Unicef : www.unicef.fr

Save the Children : www.savethechildren.ch/fr

Une partie des gains issus de la vente de ce livre sera reversée à l'Unicef, dont je souhaite soutenir l'action en faveur des enfants réfugiés du monde entier.

Alan Gratz,

Caroline du Nord, États-Unis, 2016

Sommaire

Achevé d'imprimer en Italie par Grafica Veneta
Dépôt légal : 3e trimestre 2018